Schicht am Schacht

Ralf Vennemann

Gelangweilte Grubengnome terrorisieren die Menschen im Kohlenpott. Eine Rentnerband rettet die Welt.

Für meine Tochter Katja, meine Frau Sabine und meine Mutter Renate – Ihr drei seid das Herz und der Mittelpunkt meines Lebens.

Katja, deine Neugier, deine Lebensfreude, dein Lachen und deine Hilfsbereitschaft erinnern mich jeden Tag daran, was im Leben wirklich zählt und wichtig ist.

Sabine, ohne dich hätte ich viele Wege nicht gefunden – deine Liebe, deine Geduld und dein Glaube an mich tragen mich mehr, als Worte je sagen könnten.

Und Mama, du hast mir die Kraft und den Mut mitgegeben, meinen eigenen Weg zu gehen – mit deinem Vertrauen, deiner Wärme und deiner stillen Stärke.

Euch dreien verdanke ich mehr, als ich je in einem Satz ausdrücken kann. Danke – aus tiefstem Herzen."

Impressum:

Druck und Distribution im Auftrag des Autors: epubli

Die Publikation und Verbreitung erfolgen im Auftrage des Autors, zu erreichen unter: Lutherstr. 7 d, 44532 Lünen

Die Umschlagsillustrationen und Bilder des Romans wurden durch den Autor mit Hilfe einer KI (Chat GPT) erstellt.

Eine kleine Info zum Buch

Der geneigten Leserschar sei gesagt: Dieser Roman ähnelt irgendwie den Film *From Dusk till dawn*.
Nur anders. Irgendwie *ganz* anders! Aber so was von!
Bei *From Dusk till Dawn* schaut man sich zunächst einen Krimi an, um dann plötzlich in der Flimmerkiste einen heftigen Vampirfilm am Start zu haben.

In diesem Buch wird man kaum Krimi-Elemente finden. Auch Vampire sind hier äußerst rar gesät und finden eigentlich (fast) nur in meinem Kopf unter der Rubrik: „Hätte man eventuell auch noch mit reinnehmen können" statt.

Mein Roman besteht allerdings trotzdem aus zwei völlig verschiedenen Elementen:

In den ersten Kapiteln beschreibe ich mein oftmals stark gebeuteltes Leben als Pensionär, Hundehalter, Gitarrist und Sänger einer Amateurcover-Band im Ruhrgebiet, genauer gesagt in Lünen-Süd.

Später geht es dann ab unter Tage, wo wir es in den alten Zechen und Höhlen mit Grubengnomen und anderem Kroppzeugs zu tun bekommen.
Ich benutze dabei bewusst viele Begriffe aus dem Kohlenpott. Und wenn die Figuren dann reden, taucht das dann regelmäßig auf.

Das übliche Vorwort

Bedankt euch dafür bei meinem alten Pauker Michael „Mike" Semmler. Denn der hat uns bereits damals auf der Realschule im Deutsch-Unterricht dauernd eingebläut: „Leute, achtet auf die Gliederung. Kurze Einleitung, guter Mittelteil und ein knackiger Schluss!"

Aus diesem Grund werfe ich jetzt erst einmal bewusst ein Vorwort ins Feld. Keine Sorge. Das werden keine 300 Seiten wie beim Herrn der Augenringe.

Viele fangen aus einer Laune heraus irgendwann damit an, ein Buch zu schreiben. Und sind sich dabei sicher, dass der Computer am Ende einen Bestseller ausspucken wird. Pulitzer-Preis. Fertig gearbeitet. Privatinsel in der Karibik, Knete ohne Ende. Hübsche Frauen in knappen Bikinis spielen am Strand, während du dir im Liegestuhl einen Cocktail nach dem anderen in die hohle Birne hämmerst.

Die Wirklichkeit sieht leider anders aus. Da hockst du nämlich schon seit Tagen verzweifelt vor dem PC. Trotzdem besteht dein Bestseller gerade erst einmal aus ein paar bombastischen Schlusssätzen wie: „Mist, das sind ja erst 4 Seiten" oder: „Hier müsste jetzt doch so langsam wirklich irgendetwas Aufregendes passieren". Leute. Ohne Konzept irgendwelchen Kram herunter zu blödeln, ist vergeudete Zeit und kann nur schief gehen. Es hilft allerdings, wenn du als Schreiberling einen an der Klatsche hast. Und was das angeht, bin ich ja bekannterweise ziemlich weit vorne. Womit ich damit auch schon die erste Hürde zum Bestseller-Autor übersprungen hätte.

Dieses Buch ist meiner Tochter Katja gewidmet, die es trotz einer Kindheit im Kreis einer Menge völlig verpeilter Leute und eines total bekloppten Vaters geschafft hat, sich ohne schwerwiegende Schäden zu einem vollwertigen Mitglied unserer Gesellschaft zu entwickeln. Was im Endeffekt nicht leicht war, denn das arme Kind hat den gleichen Gen-Defekt wie ich. Bedeutet: Nur Blödsinn im Kopf. Dank auch an meine Ex-Frauen und viele, hier namentlich nicht weiter erwähnten Damen, die mich zwischen den Scheidungen so angenehm auf Kurs gehalten oder sogar netterweise selbst als Scheidungsgrund gedient haben. An meine Mama Renate: Ich liebe dich. Danke für alles! Ohne dich wäre ich jetzt nicht so, wie ich bin. Bei einer Rede zur Verleihung des Oscars hätte man mir wohl bereits jetzt das Mikrophon zu gedreht und zur Ablenkung Shakira mit viel Tam-Tam auf der Bühne mit dem Arsch wackeln lassen, während ich wild strampelnd von zwei breit gebauten Zombies in schwarzen Anzügen von der Bühne gezerrt worden wäre. Doch die Lobeshymne ist noch nicht zu Ende.

Die Oscar-Gewinner für ihr Lebenswerk sind für mich definitiv meine damals wirklich völlig abgedrehten, frisierte Mofas fahrenden Großeltern Walter und Dora.

Eines noch: Sabine, meine Hummel. Ich liebe Dich!

In diesem Roman wurden Namen und teilweise neu erfundene Charaktere real existierender Personen verwendet. Bei Rollo, Peter und Juri handelt es sich um Mitglieder unserer Band DIE OHRWURM GMBH.

Kevin, der jetzt hier den Roadie gibt, war damals Drummer in einer anderen Band. Mein Kumpel und wahrscheinlich bester Freund im wahren Leben ist Rainer *„Captn Ahab"* Stöwe, im Roman einfach der Captn genannt. Andere Personen sind teilweise frei erfunden. Sollte sich aber jemand wiedererkennen, sind Übereinstimmungen rein zufällig oder vielleicht fieser Weise doch beabsichtigt. Der Amboss in der Werkstatt vom Chromo dem Technick heißt deshalb nicht umsonst Lothar (schönen Gruß, Herr Oshege). Zum Ende hin bekommt der jetzige Präsident der USA von mir die volle Breitseite verpasst. Wenn ich ihn dabei einen dummen Hirni mit schlechtsitzender Donald Duck Frisur nenne, dann ist das eben so. Ist aber ausdrücklich nicht beleidigend gemeint, sondern wirklich nur meine ganz persönliche Meinung.
Genug geschwafelt. Jetzt ist: SCHICHT AM SCHACHT.

Kapitel 1: Winter in Lünen-Süd

Samstagmorgen. Lünen-Süd. Sternzeit 19.01.2021 , 07.20 Uhr. Wochenende. Zu dieser Zeit dümpelt unser kleines Dorf am Rande des Reviers wie gewohnt noch völlig verpennt vor sich hin. Genau wie ich. Richtig wach sein ist anders. Ich schaue aus dem Fenster. Wieder einer dieser Tage, die die Welt nicht wirklich braucht. Trübes, dunkles Selbstmörderwetter. Genau das, was die Leute irgendwann mit Magenbeschwerden, Nierensteinen, Arschblutungen und Wander-Hämohorriden in die Arztpraxen unserer Stadt spült. Sagt jedenfalls unsere Nachbarin. Und die muss es als Arzthelferin ja schließlich wissen. Halt wieder einmal einer dieser Tage, zu denen wir hier im Kohlenpott so liebevoll sagen: „Watt ein usseliges, fieses Scheißwetter."

Melancholie macht sich breit. In den Wochen nach Weihnachten haben hier bei uns hier im Dorf fast alle den Blues.

Deshalb auch völlig normal, wenn du beim Gassi-Gehen mit dem Hund im Südpark plötzlich einen Schlag vor den Schädel bekommst. Könnte ursächlich an dem Typen liegen, der ziemlich leblos und steif gefroren an einer Astgabel im Wind hin und her schaukelt. Aber warum musste der gerade Schuhgröße 48 haben? Das tut doch weh!

Als alter Lünen-Süder bleibst du trotzdem cool, obwohl die Beule an deiner Stirn immer mehr anschwillt und dabei heftig zwiebelt. Erst mal das Handy raus, die Bullen anrufen, und abwarten, was da noch so passiert. Kurz darauf voll die Action im Südpark.

Hinterher verteilst du dann Haltungsnoten dafür, wie der Einsatz gelaufen ist. Die Bullerei-Abteilung kam dabei sogar ganz gut weg. Die hatten es sich inzwischen auf der Motorhaube des Streifenwagens bequem gemacht. In der einen Hand je eine Brötchentüte der Bäckerei Schulte aus Lünen-Süd und in der anderen ein dampfendes Leberkäs-Brötchen.

Thema beim Frühstück war gerade wie üblich Borussia Dortmund. Damit war die Polizei-Abteilung für mich bei 80 von hundert möglichen Punkten angelangt. Die Feuerwehr kam bei der ganzen Aktion leider gar nicht gut weg. Ich weiß nicht, welcher Hilfsbrandmeister auf die glorreiche Idee gekommen ist, die Leiter direkt an der Leiche anzulegen. Der machte jedenfalls kurz darauf mit seiner Kettensäge erst einmal den Abflug. Haltungsnote 4.0 inklusive Bruch des rechten Schienbeins. Weil die tief gefrorene Leiche nach dem Abschneiden vom Ast direkt noch zwei Feuerwehrleute unter sich begraben hat, und dabei zusätzlich in der Mitte auseinandergebrochen ist, kann ich dafür heute leider keine gute Haltungsnote verteilen. Für mich war der Drops so weit gelutscht. Also ab nach Hause. Beule kühlen und frühstücken.

Arschkalt da draußen. Temperaturen im zweistelligen Minus-Bereich. Laut Thermometer derzeit minus 10 Grad.

Kapitel 2: Guten Morgen, Ralle

Das nächste Wochenende, 07:30 Uhr. Also definitiv nicht wirklich meine Zeit. Wieso bin ich eigentlich zu dieser unchristlichen Zeit so früh aus meiner warmen Poofe gekrochen? Man weiß es nicht!

Leute. Mit Ü60 bedeutet wach werden auch immer sofort blasentaktisch roten ABC-Alarm. Da war man aber so was von fix kurz davor, gegen das Genfer Chemiewaffen-Abkommen zu verstoßen. Aber der Weg nach unten zum Klo bestand aus genau 36 Stufen. Und gerade die Dachstiege führte sehr steil herunter. Das packst du nicht mit Kirmes in der Blase. Gut. Im Flur der ersten Etage unseres Zechenhauses gab es ein Waschbecken aus den

30erJahren inklusive vintage Wasserkran aus Kupfer. Doch da auf halbem Weg nach unten einfach rein zu pieseln, während meine Frau in nur zwei Meter Entfernung davon im Schlafzimmer pennt? Nee. So etwas machst du als netter Eheschluffen definitiv nicht! Trotzdem gestaltete sich die Problemlösung für den kleinen Heimwerker auch heute Morgen wieder wie gewohnt. Der mögliche Supergau wurde von mir wie üblich mittels einer kleinen Gießkanne, dem Dachfenster und der Dachrinne souverän ausgehebelt. Danach wäre es für mich ein Leichtes gewesen, mich wieder in mein Kojenbett in der Dachschräge zu flätzen und bis mittags weiter zu ab zu ratzen.

Aber egal: Die Nacht war rum. Ich seilte mich also im Halbschlaf mit verklebten Augen die Dachstiege herab. Auf halbem Weg nach unten wummerte es plötzlich in meinen Ohren. Tiefe Basstöne und leiernder, meditativer Gesang. Lag wohl an den 10 cm großen, in orangefarbene Saris gekleideten Mönchen, die auf dem Absatz vor dem Flurfenster gerade beim Morgengebet waren. Wie schon gesagt: So richtig wach sein war anders. Ich verabschiedete mich aber trotzdem im Vorbeigehen von den früh morgendlichen Hallus mit einem schlapp hin gehauchtem: „Hare Krishna, ihr Wichser."

Und außerdem stand für mich ja heute auch einiges auf dem Programm. Ganz wach war allerdings wirklich etwas anderes. Aber dem konnte man ja nachhelfen. Also ab nach unten und fertig werden.
36 Stufen später stand ich allerdings immer noch völlig unmotiviert und orientierungslos in Rippenunterhemd und Schlabber-Unterhose im Esszimmer. Ich blickte an meinen Beinen herunter. Schön war was anderes. Dünne, weiße Porree-Piepen. Am linken Fuß eine schwarze Socke mit Ernie und Bert, die mit der rechten Hand den Metal-Gruß zelebrierten.
Und rechts eine dicke, rote Wollsocke, die aber so was von gar nicht ins Gesamtkonzept passte.

Irgendwie hatte ich es bewerkstelligt, die Kaffeemaschine mit Wasser und Kaffeepads zu füttern. Die alte Dame blubberte gemütlich vor sich hin, um in Beamten-Manier ganz langsam für mich das schwarze Wasser des Lebens herzustellen.

Der frische Kaffeeduft weckte zunehmend meine Lebensgeister. Leute, geht es euch auch so? Ich finde den Geruch frisch aufgebrühten Kaffees einfach obergeil.

Ist bei mir zusammen mit dem Duft von verdunstendem Sommerregen auf heißem Asphalt oder nassen, verrottenden Blättern im Herbstwald in Sachen Nasen-Orgasmus ganz weit vorne. Ich glaube, jeder von uns hat da so seine ganz speziellen Gerüche, die unmittelbar einen Nasen-Orgasmus bei ihm auslösen. Frisch aufgebrühter Kaffee steht bei mir da ganz klar an erster Stelle. Während das schwarze Wasser immer noch ziemlich lustlos langsam in die Tasse hinein tröpfelte, nahmen immer mehr meiner Gehirnzellen den Dienst auf. Unglaublich, aber wahr: 07:40 Uhr an einem Samstagmorgen. Und die Akku-Leistung von Onkel Ralle lag bereits schon bei knapp 70 Prozent.

Hier auf Sohle Null, also über Tage im Kohlenpott, sind wir seit unserer Geburt darauf konditioniert, von November bis Ende März fast durchgehend mit regnerischem, dunklen Selbstmörder-Wetter zu leben. Heute mussten wir also wieder einmal mit einem dieser grausamen Tage klarkommen. Aber wegen des miesen Wetters untätig den Blues zu schieben, war heute definitiv nicht mein Ding. Dafür war die Zeit einfach zu schade. Brust raus, Arschbacken zusammenkneifen und fertig werden. Aber vorher besser doch noch mal Pippi machen!

Auch bei so einem Sauwetter konnte man sich den Tag ja immer noch ganz prickelnd gestalten. War ja eigentlich genau das passende Wetter für einen typischen Couch-Tag vor der Glotze mit Cola und gesalzenen Knabbereien.

Zum Abend hin wäre dann ja vielleicht ein zwangloses Treffen in gemütlicher Atmosphäre mit den Krombachers und ihrem Kumpel Johnny Walker angesagt.

Da ja wie immer im normalen TV nur Bockmist laufen würde, könnte man sich den Abend ja je nach Lust und Laune mit Blue-Rays in Richtung „Best of Helge Schneider" oder „Star Wars I – VII " versüßen.

Hätte ich schon Bock draufgehabt, aber leider hielt meine persönliche Lebensplanung für den heutigen Tag bereits einige andere Schmankerln für mich bereit. Während ich an die damit verbundenen Aktivitäten dachte, wurde der Drang, mich vielleicht doch sofort wieder in die Poofe zu legen und noch friedlich ein paar Stunden weiter vor mich hin zu schnarchen, plötzlich wieder stärker.

Zu diesem Zeitpunkt habe ich tatsächlich kurzfristig daran gedacht, einen unerwartet auftretenden Anfall von Homines akutissimes Flu (zu Deutsch: akute, fast tödliche Männergrippe) als letzten möglichen Rettungsanker vorzutäuschen. Aber nein. Da musste ich jetzt durch. Die für heute geplanten Aktivitäten auf die lange Bank zu schieben, war nicht drin. Bestimmte Dinge mussten halt irgendwann zeitnah erledigt werden. Und dafür bot sich leider Gottes üblicherweise immer das Wochenende an. Ich gehe halt nun mal von Montag bis Freitag arbeiten. Und mit so einem schrägen Hobby bleibt dir leider gar nichts anderes übrig, als die über die Woche liegen gebliebenen Dinge am Wochenende zu erledigen.

Wenn das da draußen heute bloß nicht so düster wäre. Da jagt man doch kein Schwein vor die Tür. Geschweige denn einen 60jährigen Alt-Hippie mit Wanderwirbeln im Kreuz. Die Dinger randalierten bereits jetzt schon wieder in froher Erwartung in meiner Hüfte herum, um mich später im Laufe des Tages immer heftiger zu piesacken. Egal. Selbst die Drecks-Wirbel würden meinen sich stetig weiter aufbauenden Elan am heutigen Tag nicht mehr bremsen können. Gut. Das würde spätestens heute gegen Abend leider wieder der Fall sein. Aber auch erst dann, wenn die Wirkung der Schmerztabletten verflogen war. Die hatte ich mir nämlich schlauerweise gerade schon im Bad eingeworfen.

Ich sage nur: Ibuprofen. Hoch lebe der Super-Acetylsalicylsäure-Superman im Pillenschrank! Dank ihm ziehe ich das für heute geplante Programm rigoros durch.

Das schwarze Wasser weckt zusehends meine Lebensgeister.

Kapitel 3: Es schneit

Ein zweiter Blick aus dem Fenster. Und endlich rafft der Onkel, warum es draußen so düster ist: Es schneit. Doch das gibt die Sachlage nicht einmal ansatzweise wieder.

Denn da fällt gerade zentnerweise Schnee vom Himmel herab. Und bei den derzeitigen Minus-Temperaturen konnte es sich dabei nur um Pulverschnee handeln. Zum ersten Mal seit dreißig Jahren wieder vernünftiger Schnee im Kohlenpott. Nicht dieser mistige, durch Mark und Bein gehende, grauweiße Pappschnee, der uns hier im Winterhalbjahr im Schnitt für ca. zwei Wochen die Laune bis auf den Nullpunkt schraubt.
Pulverschnee. Meinetwegen kann das wochenlang so weiter gehen. Die Bäume hinten im Garten sind in diesem Schneegestöber kaum noch zu erkennen.
An den Rändern der Fenster im Erdgeschoß bilden sich langsam Eisblumen.

Unten, auf dem Boden vor dem Fenster, sehe ich direkt am Übergang zum Rasen kleine Fußspuren im Schnee, die schnurgerade direkt in Richtung Vogelfutterhaus führen. Eine Maus hat sich aus ihrem Bau herausgewagt. Klar. Sie hat Hunger. Für sie muss sich der Weg durch das Schneegestöber anfühlen, wie eine Wanderung durch einen Blizzard am Südpol. Trotzdem, es ist Frühstückszeit. Deshalb kämpft sie sich tapfer weiter ihren Weg durch die immer höher werdende Schneedecke. Ich sehe, wie sie akrobatisch am Holzpfahl zur Futterstelle klettert, um sich dann mit einem gekonnten Aufwärts-Salto auf die Plattform des Vogelhauses zu schwingen. Chapeau, du kleine Maus. Das Frühstück hast du dir mehr als verdient. Keine Sorge. Ich stelle dir nachher auch noch frisches Wasser raus und verteile Sonnenblumenkerne und etwas Obst direkt vor eurem Bau.

Es scheint tatsächlich noch kälter zu werden. Laut Außenthermometer haben wir nun minus 13 Grad. Und es schneit immer noch wie Teufel. Inzwischen hat sich hinter dem Haus eine jungfräuliche Schneewüste ausgebreitet. Noch gestern Abend hatte ich meinem Haushaltsvorstand Sabine versprochen, am Samstagmorgen die Hundehaufen auf der Wiese zu entsorgen. Aber: Die Wiese ist weg, und damit auch das Hundehaufen Problem.

Die Hucken waren sicherlich im Laufe der Nacht aufgrund der heftigen Minus-Temperaturen in den „Frosta-Modus" übergegangen. Aus der Nummer mit der Hundescheiße war ich jedenfalls dank Neuschnee zumindest vorläufig raus!

Kann doch kein Schwanz ahnen, dass hier im Ruhrgebiet quasi über Nacht völlig unerwartet eine arktische Kältewelle mit Schnee-Chaos über uns hereinbricht. Wer rechnet denn auch damit, dass es mitten im tiefsten Winter plötzlich zu schneien anfängt und sich die Temperaturen auf zweistellige Minusgrade einpendeln?

Immer noch Samstagmorgen. Inzwischen acht Uhr. Trotz des trüben Wetters macht es Spaß, aus dem Fenster heraus in diese völlig neue, ungewohnte Winterwelt hinaus zu schauen. Sonnen-Aufgang. Draußen wird es immer heller. Das Schnee-Gestöber macht kurz Pause. Der Garten erstrahlt in einem ungewohnten, grellen und jungfräulichen Weiß. Schnee wirbelt im Wind herum. Ein verzauberter Nebel fällt aus den Bäumen heraus und schwebt Elfenstaub gleich in Richtung Boden herab. Die Äste bewegen sich im Walzertakt von links nach rechts. So, wie es aussieht, wird es heute wohl den ganzen Tag lang schneien. Der Himmel hängt jedenfalls immer noch voller Geigen. Dicke Flocken fallen auf die Erde herab. Wenn das bloß nicht so hell wäre. Also fix die Sonnenbrille aus dem Schreibtisch geholt und vor die Augen damit. Letzte Nacht habe ich tatsächlich acht Stunden durchgeschlafen. Also ausnahmsweise mal keine senile Bettflucht.

Der Onkel ist jetzt bereits so wach, dass er nach der zweiten Sitzung auf der Keramikschüssel und dem ersten Kaffee erst mal unter die Dusche gesprungen ist. Das warme Wasser massiert mir die Kopfhaut und bringt selbst die letzten Ganglien meines Hirns auf volle Betriebsbereitschaft.

Im Hintergrund läuft im Radio wie immer Antenne Unna mit Lothar Baltrusch. Schön, wenn man sich zu dem Menschen, der da Radio für dich macht, ein Gesicht vorstellen kann.

Bei Lothar geht heute Morgen allerdings total die Post ab. Die Nachrichten überschlagen sich. Feuerwehr und Polizei im Dauereinsatz. Überall abgebrochene Bäume, meterhohe Schneewehen und auf den Straßen kein Durchkommen mehr. Chaos in Laos, bzw. im Kreis Unna. Derzeit 480 Kilometer Stau in Nordrhein-Wandalien.

Lothar ist Elvis-Fan und lässt sich an diesem Morgen nicht lumpen. Auf Antenne Unna läuft deshalb gerade: „I´m dreaming of a white Christmas" in der Version von Elvis, dem King. Gehörte zwar nicht unbedingt in das vom WDR genehmigte Programm. Doch Lothar hat halt einen Arsch in der Hose und zieht das Musikprogramm jetzt der Situation angepasst gnadenlos durch. Und obwohl ich das jetzt gerne mit voller Power mit rocken würde, singe ich unter der Dusche nur leise mit. Denn eine Etage über mir schläft meine Frau. Und die will ich um diese Uhrzeit wirklich nicht unbedingt aufwecken.

Kapitel 4: Ich werde Privatschnüffler

Fertig geduscht. Im Spiegel lächelt mich heute Morgen tatsächlich einmal ein freundliches, nur leicht zerknittertes Gesicht an. Man sieht genau: Der Typ da im Spiegel hat heftig gelebt. Trotzdem. Für sein Alter sieht er immer noch ganz nett aus. Kleine Fältchen um die braunen Augen und den Mund herum lassen darauf schließen, dass er in seinem Leben viel gelacht haben muss.

Gut. 10 Kilo weniger Hüftspeck hätten was. Aber dazu wäre Sport angesagt. Und Sport ist Mord. Und Sport war wohl zumindest in den letzten 10 Jahren nicht so wirklich sein Ding. Älter werden ist echt Kacke und wirklich nichts für Feiglinge!

Kein Scheiß: Noch bis Mitte 40 bist du schlank wie eine Tanne und gut durchtrainiert. Jetzt bist du Ü60, und jedes Wochenende werfen dich die Bratensoßen deiner Frau zusammen mit Rotkohl, Schweinebraten und Knödeln regelmäßig mit gefühlt Milliarden von Kalorien pro Gabel aus der Bahn. Wenn das mal bloß nicht so lecker wäre!

Dazu gönnt man sich dann auch ab und zu mal unter der Woche einen Whiskey oder auch ein paar Gläser

Bier. Und gerade an Wochenenden darf es davon dann auch gerne mal etwas mehr sein. Ganz heftig wird es, wenn dem braven Heimwerker zur Belohnung für ein wie üblich bravourös erledigtes, handwerkliches Tagewerk von seiner holden Maid ein Sixpack Draft Guiness kredenzt wird.

In diesem Zusammenhang wollen wir erst gar nicht von Chips, Kartoffelsticks, Plätzchen und selbst gemachter Marmelade reden. Okay. Der Typ im Spiegel ist tatsächlich viel zu fett, und sieht mit seiner melatenblonden, langen Matte auf dem Kopf auch ohne runde Sonnenbrille aus wie ein zweitklassiges Ozzy-Obourne-Double. Aber trotzdem: Der scheint wirklich voll in Ordnung und gut drauf zu sein. Ich habe ihn dann auch gleich rasiert und ihm die Zähne geputzt.

Ich fühle mich fit wie ein Turnschuh. Mitte Februar 2022. Noch neun Monate bis zur Pensionierung. Ende September geht es für mich nach fast 45 Jahren beim blauweißen Trachtenverein ab in den Ruhestand. Aber die Füße hochlegen, um dann irgendwann mit Filzpantoffeln vor dem Fernseher mit der Bild am Sonntag im Schoß nur noch leise vor sich hin zu vegetieren und dann irgendwann den Arsch zu zukneifen? Absolut nicht mein Ding!

Für diesen Moment hatte ich vorgesorgt.
Heute kam dann auch endlich der Brief vom

Gewerbeaufsichtsamt. Meine Zulassung als Privat-Detektiv war problemlos genehmigt worden. Wenn ich wollte, konnte ich mit Wirkung vom heutigen Tag an sofort mit privaten Ermittlungen loslegen. Möglicherweise lag das ein wenig daran, dass ich mit Tanja, der dafür zuständigen Sachbearbeiterin, vor mehr als 20 Jahren kurzfristig drei Monate lang eine heftige Affäre hatte. Egal. Jetzt lag die Zulassung als Privat-Schnüffler also ganz unschuldig vor mir auf meinem Schreibtisch. Mir war klar. Dieses Wochenende musste ich dringend die Jungs von der Band anrufen. Allerdings, Samstagmorgens um diese unchristliche Zeit bei einem von ihnen das Telefon bimmeln zu lassen, würde mich in akute Lebensgefahr bringen. Jeder von ihnen hätte mir sofort kalt lächelnd den Kopf um 180 Grad nach hinten gedreht, wenn ich ihn zu dieser nachtschlafenden Zeit angerufen hätte. Gut.
Der eine oder andere wäre vielleicht sogar eventuell gerade noch wach gewesen. Das allerdings leider auch nur noch in einem, wie man so schön sagt: Die freie Willensbestimmung ausschließendem Zustand. Bei meinen Kumpels richtete sich das am Wochenende regelmäßig danach, wann man der letzten Bierflasche den Hals umgedreht hatte. Meist war es dann schon fast wieder hell. Sonntag gegen 18 Uhr wäre da schon eine weitaus bessere Zeit.

Zu diesem Zeitpunkt hatte jedenfalls keiner der Jungs auch nur den geringsten Schimmer von meinem Plan mit unserer gemeinsamen Detektei.

Da war viel Fingerspitzengefühl angesagt. Aber mir war schon klar, wen genau ich dabei habe wollte.

Doch heute Morgen musste ich ja noch nicht unbedingt die Pferde scheu machen.

Kapitel 5: Hunde gibt es hier auch?

Inzwischen ist es 09:30 Uhr am Samstagmorgen. Und derzeit liegt noch jemand ganz anderes unschuldig und friedlich vor sich hin schlummernd in seinem Bettchen. Dabei handelt es sich um meine holde, mir angetraute Ehefrau Sabine. Habe ich schon erwähnt, dass ich sie liebe? Aber ganz so friedlich scheint es da oben dann doch nicht abzugehen. Ich höre: Sie hat die große Baumsäge ausgepackt, und sägt derzeit wohl einen größeren Forst (Ich vermute, irgendwo im Norden Alaskas) ratze putz bis auf die Wurzeln ab.

Also liegt es an mir, heute die Fütterung der Raubtiere übernehmen. Finn und Ronja, unsere belgischen Schäferhunde, traben und trippeln auch schon ungeduldig im Hausflur herum. Unsere Mutanten: Ronja mit ihren lustigen Schlappohren und das Riesenvieh Finn. Viel zu groß für eine Malinette, aber leider oft der irrigen Meinung, er sei ein Chihuaha.

Ich habe den beiden dann auch schnell neues Wasser hingestellt, die Futternäpfe gereinigt und aufgefüllt. Wir lieben unsere Wauzies, aber die Hunde bekommen bei uns trotzdem keine Sonderbehandlung. Bei uns wird gefressen, was in den Napf kommt! Für jeden Hund gab es also wieder nur Trockenfutter mit ein wenig Nassfutter. Garniert mit einem Ei, einer halben Süßkartoffel, drei Löffeln auf 41 Grad erwärmter instand Hühnerbrühe, einer Scheibe Diät-Salami, etwas Anis, Kümmel, einer Prise gemahlener Cachew-Kerne, 34 Gramm türkischem Fetakäse und einem Cocktail-Schirmchen mit lustigen, aufgedruckten Hundemotiven.

Wie immer waren die Hunde-Näpfe innerhalb weniger Nano-Sekunden bis auf den letzten Krümel leer gefuttert.

Danach Tür auf, die Hunde in den Garten lassen und die zweite Tasse schwarzes Wasser in der Kaffeemaschine anwerfen. Drei Minuten später Tür wieder auf und die Hunde wieder rein lassen. So spielte sich das regelmäßig bei trockenem Sommerwetter ab. Leider war heute Morgen in Sachen Hunde-Auslauf „Holidays on Ice" angesagt. Was bedeutete, dass ich unsere Fellinger nach Erledigung ihres Geschäfts bereits im Windfang vor der Haustür abfangen musste.

In diesem Zusammenhang sei mir ein kurzes Statement zum Malinois (landläufig auch Belgischer Schäferhund genannt), erlaubt.

Erste Rassebeschreibungen datieren bis auf das Jahr 1561 zurück:

„Und so Yhr nycht mit Furcht behaftet und eyn Rytter edlen Gemühts oder eyne starke Frouw Gottes seyd, so nehmet dann dahyn eynige von der Nachkommen Schar des Vampyr und Gargoyle. Kreuzet sie so dann myt des Teufels Höllenhund und der Drachen Brut. Und so werdet Yhr erhalten eyn Tier, dass derselbygst aussiehet wyrd wie eyn Hund. Doch seyet vorsychtig. Lasset Eych nycht fyhrn in die Irre. Derselbyges Gezücht brauchet stets viel Lybe und eyner starken Hände Fyhrung, damyt es nycht tanzet herum auf Eurer Schädel Decke und zerleget euer selbigst Burg in kleynigste Teyle. Doch erzyhet Yhr es von kleyn auf, wyrd es schytzen Euer Burg und Lehen und vertreyben jeglicher Art von Dybesgesindel Schar jetzt und immerdar."

Passt definitiv wie Faust aufs Auge! Dem ist wirklich nichts Wesentliches mehr hinzuzufügen.

Ganz übel ist es, wenn dein acht Monate alter Rüde sich im Sommer dazu entschlossen hat, mal eben die erheblich ältere Hundedame des Hauses zu schwängern. Und du dann um Weihnachten herum plötzlich eine militante Rocker-Gang aus sechs pubertierenden Malinois Welpen im Haus hast.
Ist dann auch absolut überhaupt nicht mehr prickelnd, wenn du nur kurz weg warst und bei deiner Rückkehr schon an der Haustür feststellen musst, dass im Erdgeschoss deines Hauses während deiner Abwesenheit ein Tornado der Stärke acht auf der Richterskala gewütet hat.
Könnte ursächlich daran liegen, dass sich im Wohnzimmer gerade sechs braune, gerade einmal zwanzig Zentimeter große Hundewelpen wie Braunkohlebagger auf Koks durch die kärglichen Reste deines 4000-Euro-Sofas fräsen. Kleine Lederstücke, bunte Schaumstoffreste und auf Zahnstocher-Größe zerfetzte Holzspäne wirbeln dabei fröhlich durch die Luft. Du siehst, wie die Stehlampe

neben dem Sofa umfällt und anschließend mit einem lauten Knarzen volle Kanne auf den Wohnzimmertisch knallt.
Dir ist klar. Um den drohenden Supergau aufzuhalten, bräuchtest du mindestens sechs Helfer (die in asiatischem Kampfsport ausgebildet sind) oder selbst zwölf Hände.
Und während sich deine Designer-Lampe in ein Puzzle aus tausenden von Teilen verwandelt, räumt sie noch ein paar halbvolle Kaffeetassen sowie den Aschenbecher vom Tisch ab. Die noch nicht völlig zerkauten Reste des Wohnzimmerteppichs werden derweil von herum wuselnden Fellknäueln akkurat in Falten gelegt und erinnern dabei stark an Nordseewellen bei Springflut Stufe Acht.
Aus irgendeiner unergründlichen Ursache ist deine Stereoanlage wohl von ganz alleine aus dem Schrank heraus gehüpft. Sie liegt jetzt unter dem Fernseher, der sich ebenfalls in Richtung Boden verabschiedet hat und gerade auf den Resten des Teppichs blaue Funken sprüht.
Zum Glück brennt es noch nicht.
Plötzlich schaukeln die Bose Lautsprecherboxen (Gesamtwert knapp 2000 Euro) Unheil verkündend wild hin und her. Um dann in Stereo nach vorne weg zu kippen.
Zwischen ihnen wirbeln immer noch sechs kleine, kaum wahrnehmbare Fellbündel hin und her. Nur

knapp 10 Sekunden später besitze ich plötzlich Designer-Boxen im Stil von Friedensreich Hundertwasser. Da ist nicht eine eckige Kante mehr vorhanden. Und mit den durch die statische Aufladung an ihnen anhaftenden, bunten Mikropartikeln aus Schaumstoff sind sie und auch die kleinen Hunde-Terroristen dann doch irgendwie sehr putzig anzusehen.
Der Sturm löst sich plötzlich in Wohlgefallen auf.

Unvermutet steht jetzt ein Hundewelpe vor mir. Er präsentiert mir in der Schnauze stolz sein Lieblingsspielzeug: Einen völlig zerkauten und vor Schleim triefenden Tennisball. Er macht sogar freiwillig und ohne Kommando direkt vor mir Sitz. Mir ist sofort klar, den Ball würde er genau in diesem Augenblick gerne gegen eine leckere Hunde-Spezialität eintauschen. Er hebt auch gleich die rechte Pfote und sieht sofort begehrlich in Richtung der Oskar-Tonne im Esszimmer, in der sich genau diese Art von Hunde-Snacks befindet. Es handelt sich hier um Luzie, die schlaueste aus dem Wurf.
Treue, und zumindest ihrer Meinung nach komplett völlig unschuldig blickenden braunen Augen flehen mich förmlich an: „Chef, ich bin am Verhungern. Und du bist schuld, wenn ich deshalb gleich tot umfalle!"

Als das nicht sofort fruchtet, springt sie mit ihren Pfoten an mir hoch und gibt mir nochmals mit unschuldigen Dackelaugen die volle Breitseite.
Und schon habe ich verloren. Geht ab in Richtung Indien. Ähnlich wie Fakir und Schlange. Nur, dass ich in diesem speziellen Fall die Schlange bin. Obwohl sie sich das wirklich nicht verdient hat, zaubere ich doch ziemlich fix ein Leckerchen für sie aus der Tonne heraus. Der winzige, hellbraune Atompilz vor mir regt sich nun langsam ab. Nachdem sie ein Stück Lunge verputzt hat, wird sie müde. Klar. Hunde in diesem Alter pennen bis zu 20 Stunden lang am Tag. Sie will vorher noch ein wenig schmusen, obwohl ich jetzt nicht unbedingt Bock darauf habe. Ich kraule sie trotzdem mies gelaunt ein wenig hinter den Ohren.
Es dauert dann auch nicht lange, bis sich auch der Rest der Abriss-Kolonne Leckerchen bei mir abgeholt hat und danach in einen kollektiven Tiefschlaf gefallen ist.
Nachdem der Fallout in unserem Wohnzimmer komplett in einen zweidimensionalen Aggregatzustand gewechselt hat, bekomme ich so langsam wieder Luft. Unser Versicherungs-Heini würde sich sicher wieder einmal den Arsch ab freuen. Da er das Dingens mit unseren belgischen Fell-Terroristen allerdings so langsam auswendig kannte, würde es bei der Schadensregulierung wohl zum Glück wieder einmal keine Probleme geben.

Gut. Wenn wir uns die alljährlich fällige Haftpflichtversicherung für die Hunde sparen würden, könnten wir es uns wohl nach ca. fünf bis sieben Jahren leisten, Grönland oder Alaska zu kaufen. Aber wer will das schon!

Aufgepasst, und um nochmals auf den Punkt zu kommen: Aufgrund ihrer tatsächlich etwas außergewöhnlichen Zuchtlinie sind Malinois wirklich nichts für Anfänger!

Die Welpen waren nach der Schredder-Aktion im Wohnzimmer völlig durch und würden jetzt erst mal ein paar Stunden ab ratzen. Ich greife mir also die Bande und trage sie nacheinander runter in den Keller in ihre abgesicherte Schlafbude. Tür zu. Und es kehrte erst einmal Ruhe im Haus ein.

(Guten Tag, Herr Ruhe!)

Jetzt waren die Welpen aber alle aus dem Haus und das Erdgeschoss wieder komplett mit neuen Möbeln ausgestattet.

Und Lünen-Süd entpuppte sich am heutigen Tag als Winter-Wunderland.

Finn und Ronja mussten nach dem Frühstück jetzt erst einmal ab in den Garten, um „ihren Geschäften" nachzugehen.

Durch die Glasbausteine des Windfangs konnte ich gut erkennen, dass die beiden da draußen sichtlich ihren Spaß hatten.

Sie pflügten ihre Köpfe durch den Schnee, wälzten sich wild hin und her und fanden dabei irgendwie kein Ende. Klar. Diesen Spaß hatten sie so bisher noch nie erlebt.
Hinten in der rechten Ecke des Gartens dampften gerade zwei Hucken friedlich vor sich hin. Ein großer und ein kleiner Haufen, die sich gerade langsam in der Schneedecke verabschiedeten. Direkt am Gartenzaun ätzen sich zusätzlich zwei gelbe Pfützen ihren Weg in Richtung Grasnarbe.
Mich ätzte es gerade auch heftig an, mir hier im Windfang bei dieser Affenkälte die Pinne in den Arsch zu frieren und darauf zu warten, dass die beiden Fellinger endlich wieder rein wollen. Meine Körpertemperatur war inzwischen innerhalb weniger Minuten auf gefühlte 22 Grad gefallen. Und ich bibberte gerade am ganzen Körper.
„Ronja, Finn. Kommt rein! Es gibt Leckerlies," Die beiden hatten wohl allerdings gerade keinen großen Bock darauf, wieder ins Haus zu kommen. Jetzt war für sie erst einmal Schneepflug spielen angesagt. Keine Ahnung, wie lange das dauern würde.
Mir war schweinekalt. Die Hunde konnten mich jetzt wirklich so langsam am Arsch lecken! Irgendwann würden die Biester ja genug davon haben, sich wie doof im Schnee herum zu wälzen.
Während ich wieder ins Haus ging, schlugen meine Kiefer wegen der Kälte unkontrolliert zusammen. Was

dazu führte, dass sich die Plombe im rechten Schneidezahn meines Oberkiefers verabschiedete. Egal. Haustür zu, ab ins Wohnzimmer und fertig werden mit Ärgern.
So langsam wurde es auch Zeit für eine weitere Tasse schwarzes Wasser. Die mir dann wegen des starken Temperaturunterschiedes auch sofort beim ersten Schluck gleich die Plombe im Backenzahn (Unterkiefer hinten links) in Richtung Speiseröhre herauskatapultierte. Ich hustete mir deshalb erst einmal fast die Lunge aus dem Balg.
Glücklicherweise hatte ich derzeit noch keine Zahnschmerzen. Klar, war ja im Augenblick eh alles tiefgefroren und in Sachen Nerven komplett out of Order. Aber um das Zahnproblem müsste ich mich dann doch vielleicht wirklich zeitnah kümmern.
Jetzt erst einmal alle Fenster in Wohn – und Esszimmer aufreißen und ordentlich durchlüften. Mein Plan ist es, es sich mit der Tasse dampfenden Kaffee auf dem Sofas gemütlich zu machen.
Ich habe mich kaum hingesetzt, da kratzt es an der Haustür. Draußen bellen plötzlich und völlig unerwartet Hunde. Die kenne ich nicht. Das können unmöglich meine sein. Denn die wollten ja noch ein wenig länger draußen auf der Wiese Schneepflug spielen. Nur wenige Zeit später geht das Bellen so langsam in ein unerträgliches Wolfsgeheul über. Okay, die kenne ich dann wohl doch. Denn so eine

Randale können wirklich nur unsere beiden Fellinger veranstalten. Etwas knabbert wohl auch gerade am Holzrahmen unserer Haustür. Und das sind in diesem Fall sicherlich keine Holzwürmer! Ich habe da jetzt echt keinen Bock mehr drauf, aber hilft ja nichts.
Die Hunde würden erst Ruhe geben, wenn ich sie wieder in die warme Stube hinein verfrachtet hätte.
Ich raffe mich also widerwillig vom Sofa auf. Der halbvolle Kaffeebecher bleibt dampfend auf dem Wohnzimmertisch stehen. Mir ist klar: Ich musste die Hunde sofort direkt im Windfang abfangen, um dadurch eine längere, ungeplante Wischaktion im Erdgeschoß bereits im Ansatz zu unterbinden.
Ich schnappe mir also schlauerweise ein paar Handtücher, gehe zur Eingangstür und öffne sie.
Als ich nach unten sehe, blicke ich auf zwei halb erstarrte Yetis, an deren Ohren, Bäuchen und Beinen glitzernde Eiszapfen hängen.
Ich schnappe mir die kleinere der beiden Eisskulpturen, um sie dann mit dem Handtuch im Flur abzureiben und einigermaßen aufzutauen. Ronja zeigt auch ziemlich schnell wieder einigermaßen normale Lebenszeichen.
Zeit für Skulptur Nummer Zwei. Die wiegt leider 40 Kilo und hört auf den Namen Finn. Mein Dicker scheint völlig erstarrt zu sein. Da komme ich wohl mit Abrubbeln mit dem Handtuch nicht wirklich weiter.

Gut, dass wir eine ebenerdige Dusche haben. Ich wuchte also die Eisskulptur mittels eines Rollbretts (Leute, ihr wisst inzwischen, ich habe Aua Rücken!) durch den Flur nach hinten ins Badezimmer und dort in die Dusche. Bei dem Transport erleide ich an den Unterarmen Erfrierungen ersten Grades. Bin aber trotzdem im Nachhinein froh darüber, dass bei dieser Aktion kein Ohr oder der völlig tiefgekühlte Schwanz meines Hundes abgebrochen ist. Denn das hätte sicher derbe Motze von meiner Chefin Sabine gegeben.
Dieser Hund ist völlig durchgefroren. Ich taue ihn deshalb in der Dusche nur langsam und vorsichtig mit lauwarmem Wasser wieder auf. Da uns Ronja dabei durch die Duschtür mit ihren süßen braunen Knopfaugen anbettelt, darf sie schließlich auch noch mit unter den warmen Brausestrahl.
Als beide Hunde komplett aufgetaut sind, rubbele ich sie in der Duschkabine mit Badetüchern (habe bei 12 Stück aufgehört zu zählen), so gut wie möglich trocken. Trotz allem hing in ihrem dicken, flauschigen Winterfell immer noch eine geballte Tankladung Wasser.
Das Bad hatte ich erst gestern noch frisch gewienert und dabei sogar ausnahmsweise die Wandfliesen poliert. Komplettreinigung, zwei Stunden Arbeit! Also wartete die schlaue Reinigungsfachkraft derzeit erst einmal geduldig in der Dusche ab, bis meine beiden

nassen Flokati-Teppiche sich noch mehrmals kräftig abgeschüttelt hatten.
Da man sich als Hund aber erst so richtig das Fell abschüttelt, wenn es dem Hundehalter so viel wie möglich Arbeit bereitet, bekamen ich und selbstverständlich auch das komplette Badezimmer nach Öffnen der Dusche leider trotzdem immer noch eine volle Breitseite verpasst.
Die Verteilung des dann noch vorhandenen Fellwassers erfolgte danach auch noch unmittelbar in Wohn – und Esszimmer auf Teppich, Fernseher, Schrankwand und Wohnzimmertisch. Ein guter Morgen war definitiv etwas anderes. Trotzdem nahm ich ziemlich angepisst den Feudel und einen Eimer mit Allzweckreiniger und Wasser in die Hand, um das Chaos zu beseitigen.
Als das alles erledigt war, stellte ich zu meinem Bedauern fest, dass in der Kaffeetasse auf dem Wohnzimmertisch inzwischen nur noch eine eiskalte, ungenießbare Teerbrühe auf mich wartete. Diese war wirklich nur noch als Blumendünger zu gebrauchen, was ich dann auch sofort in die Tat umsetzte. Der Gummibaum in der Ecke würde es mir irgendwann noch danken.

Kapitel 6: Der Tag wird nicht besser

Jetzt aber sofort schnell wieder ab ins Esszimmer, wo in der Ecke am Kamin auf dem Servierwagen schon die Kaffeemaschine auf mich wartete.

Irgendwie hatte ich in diesem Augenblick das Gefühl, dass mich die Maschine in Erwartung, jetzt noch einen Kaffee produzieren zu müssen, plötzlich mit bösen Blicken strafte. Jedenfalls fing die Leucht-Diode des Einschalters plötzlich an, stroboskopartig vor sich hin zu flackern.

In diesem Augenblick klingelte mein Handy, dass hinter mir auf dem Tisch lag. Mist. Hatte gestern ganz vergessen, den Wecker auszustellen. Deshalb dröhnte derzeit gerade Unheil verkündend der Imperiale Marsch aus Star Wars mit 94 Dezibel durch das Erdgeschoss unseres Hauses. Dem Ding musste ich aber so was von sofort den Hahn abdrehen.

Nicht, dass meine Frau Sabine frühzeitig wach würde und plötzlich völlig verpennt und total mies gelaunt um die Ecke kommt. Gegen ihren dann zu erwartenden Auftritt wären der gerade im Esszimmer herum marschierende Herr Vader und seine Sturmtruppen definitiv kleine Micki-Mäuse gewesen! Während ich das Handy fix auf lautlos stellte, blubberte die Kaffeemaschine hinter meinem Rücken friedlich vor sich hin. Der flackernde Schalter kam wohl doch nur von einem leichten Wackelkontakt.

Prima, diesen Kaffee ziehe ich mir jetzt gleich ganz in Ruhe rein. Und der würde lecker schmecken. Denn netterweise hatte ich die Kaffeemaschine ja gestern noch radikal entkalkt und grundgereinigt. Das Ding war also quasi fast wie neu.

Ja, Scheiße! Plötzlich umspült eine Magmaähnliche Flüssigkeit Ernie und Bert und damit auch meinen rechten Fuß. In der nächsten Nanosekunde folgt zunächst ein kurzes Aufheulen meinerseits. Im Anschluss katapultiert mich ein in einem Fluchtreflex ausgeführter Sprung halb über den Esszimmertisch. Meine Socken sind nass und zum Glück schon kurz nach Kontakt mit dem flüssigen Magma auch nur noch lauwarm. Das konnte man gerade noch so aushalten.
Ernie und Bert hatten sich allerdings bei der Aktion von hellhäutigen Muppets plötzlich in eher dunkelhäutige, dem afroamerikanischen Typ angehörige Handpuppen verwandelt.

Ich ahnte Unheil! Ein Blick in Richtung Kaffeemaschine gab mir Recht: Dieses bösartige Ding hatte sich wegen der Wut über die ungewohnte Akkordarbeit wohl selbst entriegelt und das schwarze Nass zusammen mit einer Menge Kaffeeprütt an der Tasse vorbei über den Servierwagen und das dort im unteren Bereich gelagerte Geschirr verteilt. Die dabei entstandene, zähflüssige Suppe sammelte sich jetzt gerade in einer braunen Pfütze auf dem Boden des Esszimmers. Bedeutete für mich, heute schon zum zweiten Mal ausgiebig den Feudel schwingen zu müssen, um einen Kubikmeter mit Kaffeeprütt verseuchtes Geschirr mit der Hand zu spülen, und diese miese Drecksau von Kaffeemaschine nochmals einer Generalreinigung zu unterziehen.

Gute Laune war derzeit nicht wirklich angesagt. Nach der Aktion brauchte ich jetzt dringend schwarzes Wasser. Und wenn das nicht klappte, dann war hier aber so was von Achterbahn! Nachdem ich die Kaffeemaschine übel verbal durch beleidigt und zusätzlich auch noch mit meiner Dienstwaffe bedroht hatte, ließ sie sich gnädiger weise dazu herab, tatsächlich völlig unproblematisch eine weitere Tasse Kaffee zu produzieren.

Als ich die Tasse anfasse, höre ich allerdings ein kurzes Zischen a la heiße Herdplatte, und sehe etwas Qualm aus den Fingerkuppen meiner rechten Hand hervor steigen. Gleichzeitig spüre ich genau da einen heftigen, stechenden Schmerz. Sieht so aus, als hätte ich heute Morgen wirklich voll die Arschkarte gezogen.

Andererseits hätte ich ja auch dran denken können, dass die Maschine nach der Generalreinigung vielleicht wieder besser funktionieren und damit auch erheblich heißeres Kaffeewasser produzieren könnte. Gut. Da habe ich mir gerade ordentlich die Fingerkuppen der rechten Hand verbrüht, Doch das war definitiv meine eigene Schuld. Also fertig werden mit Ärgern.

Mein Adrenalinspiegel verlangte allerdings gerade extrem nach Bewegung. Aus diesem Grund suche ich ausnahmsweise einmal sämtliche Ecken im Erdgeschoß nach alten Socken ab. Die gefundenen 21 Socken (wie immer hat das Socken-Monster wieder zugeschlagen und gleich mehrere meiner Socken gefressen oder in einer Parallel-Dimension gebunkert), verstaue ich im Wäschebeutel des Badezimmers. Danach rauche ich noch im Esszimmer die erste Zigarette des Tages. Nur, um nach ein paar Zügen wieder einmal den Hustenanfall des Jahrhunderts zu bekommen. Wobei ich mich ernsthaft frage: Wieso tue ich mir das mit der Raucherei eigentlich immer noch an?

Kapitel 7: Es kann nur schlimmer werden

Jetzt aber erstmal ab ins Wohnzimmer auf meine heißgeliebte Couch. TV is King. Kopf aus, und Prolo-TV an!

Ja Scheiße! Zwei Drittel der Couch sind nass. Könnte ursächlich daran liegen, dass es sich zwei klatschnasse Hunde, die Pfoten weit von sich gestreckt, auf dem Sofa bequem gemacht haben und in einen komatösen Tiefschlaf gefallen sind. Finn´s Ohren nehmen dabei alleine schon fast ein komplettes Sofakissen ein und Ronja hat sich trotz ihrer geringen Körpergröße breit auf allen verfügbaren Kuscheldecken als Drei-Kissen-Hund zusammengerollt. Onkel Ralle hat eiskalte Füße. Obwohl eiskalt die für mich derzeit wirklich komplett unbefriedigende Gesamtsituation nicht wirklich trifft. Stell dir vor, deine Füße stecken in einem Gletscher in der Arktis fest. Zähle noch einmal 50 Grad minus dazu, und du bist in Sachen gefühlte Temperatur ungefähr da, in welchem Zustand sich meine Füße gerade befanden. Ich hatte also wirklich so richtig tiefgefrorene Eisfüße.

Konnte ich jetzt gerade auch gut daran erkennen, dass Ernie und Bert auf meiner rechten Socke inzwischen Eiskristalle an der Nase hatten. Wegen des globalen Frostschadens an meinem Körper eiere ich auch betont vorsichtig durchs Erdgeschoß von der Kaffeemaschine in Richtung Couchgarnitur, um mir beim Gehen nicht noch versehentlich den einen oder anderen Zeh abzubrechen. Hat auch fast geklappt. Irgendetwas schien da draußen aber plötzlich nicht mehr in Ordnung zu sein. Denn die Hunde fingen auf einmal an, auf dem Sofa liegend wie wild herum zu bellen. Als ich mich umdrehe, um aus dem Fenster zu sehen, knalle ich volle Kanne mit dem großen Zeh meines rechten Fußes gegen ein Bein des Wohnzimmertisches. Glück gehabt. Ist wohl nur eine starke Prellung. Der tiefgefrorene Zeh ist glücklicherweise noch komplett dran. Der Zehnagel leider nicht. Der steht jetzt frech zur Hälfte nach oben hin abgeknickt in der Gegend herum. Kann mich vor Schmerz kaum noch auf den Beinen halten. Geht nicht anders. Ich muss jetzt dringend auf die Couch. Auch wenn das gleich scheißen weh tut, das Ding muss weg. Nagelknipser raus und weg damit. Aber dafür muss ich mich ja erst einmal hinsetzen. In der äußersten rechten Ecke des Sofas sind nur knapp 40 cm Platz. Das wird eng. Aber ich drücke meinen Hintern vorsichtig in diese kleine Lücke zwischen Ronja und der Sitzlehne hinein. Unsere Kleine kommentiert das mit einem mürrischen Knurren, rückt aber doch netterweise mit dem Hintern noch etwas zur Seite. Ich schnappe mir den Nagelknipser und entferne den überflüssigen Rest meines Zehnagels. Richtig vermutet. Auch das tut wieder scheißen weh. Der Nagel ist ab, und wider Erwarten blutet es nur leicht nach. Als ich bibbernd eine der Decken unter ihr wegziehe, springt Ronja vom Sofa, um kurz darauf mit einem Kau Spielzeug vor mir zu stehen. Wuff, die Kleine will spielen! Ich aber nicht! Das kann ich in meiner derzeit doch ziemlich angeschlagenen Verfassung gerade überhaupt nicht vertragen. Ich will jetzt endlich nur in Ruhe meinen Kaffee trinken und mir dabei eine Zigarette rauchen. Inzwischen habe ich mir eine der Decken gekrallt und es mir in Unterwäsche und Socken auf der Couch bequem gemacht. Dank meiner voran gegangenen Lüftungs-Aktion ist es im Wohnzimmer immer noch arschkalt. Meine Füße fühlen sich immer noch an wie Eisklumpen. Aber unter der Decke lässt es sich trotzdem einigermaßen gut aushalten. So langsam wird es besser. Sprich: Es kehrte etwas Wärme zurück in meinem Körper. Ich lege die Füße hoch auf das Sofa, um noch mal für eine halbe Stunde auszuspannen. Kacke. Auch daraus wird wieder einmal nichts! Ronja springt immer noch wie ein Flummi im Wohnzimmer mit ihrem Spielzeug im Maul hin und her und bellt sich dabei einen ab. Finn lässt sich auch nicht lumpen. Mit Knurren und Bellen wird jetzt erst einmal auf dem Teppichs vor dem TV unter Zuhilfenahme von einigen Hundespielzeugen der allmorgendliche, zehnminütige Hundekampf ausgefochten. Den beiden ist es scheißegal, ob ich mir gerade gefühlt das rechte Bein knapp unter dem Knie amputiert habe, oder nicht. Jetzt ist erst einmal toben angesagt. Und das bereitet grundsätzlich immer erheblich mehr Spaß, wenn Frauchen oder Herrchen dabei mitspielen. Ich werfe also lustlos ein paar Mal diverse Spielzeuge von der Couch aus in Richtung Wohnzimmerfenster. Leider köpft Finn den großen Fußball beim fünften Wurf so unglücklich ab, dass er eine der Orchideen auf der Fensterbank in ihre Einzelteile zerlegt. War ja gerade für mich auf dem Sofa fast gemütlich geworden. Ich schäle mich also aus der inzwischen wirklich warmen Decke hervor und schnappe mir im Flur die Kehrschaufel und den Handfeger. Die Pflanze hat es glücklicherweise überlebt. Ich fege den Dreck zusammen und pflanze sie wieder ein. Da haben wir noch einmal Glück gehabt. Denn das sind Sabines Lieblinge. Wenn denen etwas passiert, gibt es Motze.

Kapitel 8: TV ist King

Die Hunde toben weiter hemmungslos vor sich hin. Durch die damit verbundene Geräuschkulisse bekomme ich von den Nachrichten im TV außer dem Fernsehbild und einigem unverständlichem Gemurmel wieder einmal nichts mit. Aber sind ja eh immer die gleichen Hiobsmeldungen. Tag für Tag nur negative Schlagzeilen, bei denen ich mich regelmäßig frage: „Ticken die da oben eigentlich noch ganz richtig?" Ich warte sehnlichst auf den Tag, an dem der Nachrichten-Fuzzie auf einmal aus heiterem Himmel heraus deklariert, dass die Saudis jetzt doch freiwillig die Pläne für den wasserbetriebenen Automotor herausgerückt und sich sämtliche Staaten auf eine globale Aufforstung geeinigt haben. Zusätzlich waren sich plötzlich alle Weltmächte, und selbst der kleine Giftzwerg aus Nordkorea, von einem Tag auf den anderen klar darüber, dass Kriege echt Scheiße sind und man die Knete für die Rüstung doch besser in die Forschung und den Ausbau des Gesundheitswesens stecken sollte. Zeitgleich erfahre ich, dass ein 18jähriger Nerd aus Fallingbostel eine Methode erfunden hat, wie man aus einer Zuckererbse ohne jegliche Umweltbelastung in einem Reagenzglas tausende von Megatonnen Energie gewinnen kann. Der Bio-Bauer Harm Harmssohn berichtet gerade live in einem Interview davon, dass es ihm gelungen ist, in seinem Kuhstall aus Mückenlarven gentechnisch einwandfreie und sehr leckere Nackensteaks, Koteletts und andere Fleischwaren gezüchtet zu haben. In den Wüsten des afrikanischen Kontinents regnet es derweil junge Schweine. Mais, Gemüse und Gras wachsen plötzlich dort, wo es vorher kaum noch etwas zu essen gab. Das wäre doch mal was: Weltweit Friede, Freude und Eierkuchen!

Doch so lange uns auf dieser glücklicherweise zumindest derzeit noch blauen Erdkugel irgendwelche unfähigen, total korrupten Heiopeis mit Donald Duck-Frisuren und üblen Profil-Neurosen regieren, kannst du das leider komplett abhaken. Dann „schaffen wir das" eher nicht.

Auch wenn uns das hier in Deutschland eine kleine, etwas dickliche Dame in rosa Hosenanzügen mit Hamsterbacken und stark ausgeprägten Falten ums Kinn herum mindestens dreimal wöchentlich vom Gegenteil überzeugen möchte.

In diesem Zusammenhang:

Ist euch eigentlich schon einmal aufgefallen, wie viele der Politiker, die weltweit das Sagen haben, eigentlich total seltsam aussehen? Fängt bei unserer Kanzlerin an. Wenn ich deren Gesicht sehe, kommt es mir zumindest in den letzten Jahren regelmäßig so vor, als würde die Maske nicht mehr richtig sitzen. Wenn die spricht, sieht das aus, als hätte jemand eine Bauchrednerpuppe in der Hand.

Auch der Mann in den USA mit der orangefarbenen Haut und der seltsamen Donald Duck Frisur wirft über die Jahre mehr und mehr Falten. Irgendwas stimmt da doch nicht.

Ich vermute inzwischen, dass die Aliens, die deren Körper übernommen haben, von Generation zu Generation immer mehr schrumpfen. Das würde in Sachen des Aussehens unserer Spitzenpolitiker doch einiges erklären. Wer weiß schon, was da oben in der Chefetage weltweit wirklich los ist?

Spaß beiseite.

Ich schalte die Nachrichten weg und schau mir nun lieber die zwei Verkaufskanonen auf IVOUK-TV (Ich verkaufe Online unnützen Kram TV) an. Da kannst du den Ton problemlos wegdrehen, denn die labern eh nur gequirlten Schwachsinn. Am unteren Bildrand verkündet mir eine Laufschrift Unheil drohend, dass der hier angepriesene, mein Leben völlig positiv verändernde Artikel derzeit nur noch 236mal zu haben ist. Sollte ich jetzt zuschlagen, gäbe es für mich auch noch das eine oder andere Gimmick, was sich zusätzlich nicht unerheblich sehr positiv auf meine weitere Lebensgestaltung auswirken würde.

Auf dem Verkaufstresen liegen drei Päckchen Streichhölzer sowie eine unbestimmte, größere Menge Kastanien und Eicheln. Diese werden für den lächerlichen Betrag von 310 Euro als das innovative Bastel-Set des Jahres 2022 angepriesen. Sollte ich jetzt sofort zuschlagen, würde ich das von Pierre Kretin persönlich entworfene Schnitzmesser, ein signiertes Original-Cap von Otto Waalkes mit dem Aufdruck: "Der ostfriesische Heimwerker" und den Claudia Schiffer-Schleifklotz komplett für lau dazu erhalten. Also wirklich: Nicht schlecht, der Specht! Auf der rechten Seite hinter dem Tresen steht eine mehrfach geliftete Matrone ohne jegliches erkennbares Minenspiel, die ihre besten Zeiten wohl schon seit ca. 30 Jahren hinter sich hat. Botox und Titten-Implantate in Doppel-D haben ihr über die Jahre hinweg den Rest gegeben. In den 70ern muss sie aber wohl echt eine Granate gewesen sein. Diese Zeiten sind wohl jetzt leider definitiv vorbei. Da hilft es auch nicht, dass sie in ihrem eigentlich viel zu engem Kleidchen angestrengt versucht, ihre künstlich aufgepumpten Titten (Mädels seid nicht böse, aber so etwas kann man auch als nettester Schwanzträger nicht mehr unbedingt als Brust bezeichnen) entsprechend zur Geltung zu bringen.

Neben ihr trippelt ein kleinwüchsiger, glatzköpfiger Gnom mit Freddie Mercury Gedächtnis-Schnauzbart fast nackig in einer goldenen Unterbuxe mit an den Brustwarzen angeklebten, ebenfalls golden glänzenden Staubwedeln nervös und völlig hektisch mit einem Ruhepuls von ca. 180 Schlägen pro Minute vor einem Flipchart hin und her. Die Beiden sind heute Morgen zusammen so dermaßen unterirdisch drauf, dass mir dafür tatsächlich diesmal ad hock keine passende Nach-Synchronisation einfallen will. Geht auch so. Reichte ja schon, mir dieses Dream-Team ohne wahrnehmbaren Original-Ton antun zu müssen. Derartigen Kram kann ich mir so früh am Morgen wirklich nicht ziehen. Ich zappe mich in der folgenden halben Stunde durch gefühlt 300 Sender, aber überall läuft nur uninteressanter Kram. Muss mir wohl für diese Tageszeit tatsächlich mal ein paar Stummfilme herunterladen. Ein wenig Slapstick in Sachen Laurel und Hardy oder die kleinen Strolche in der Original-Version wäre jetzt echt klasse. Aber zumindest heute hatte ich da leider wieder einmal verloren. Selbst auf Netflix finde ich nicht einen Stummfilm von Charlie Chaplin. Klar, es ist Samstagmorgen. Da läuft auf allen Kanälen eh nur Proleten-TV auf unterster Sohle. Und das ist definitiv nicht mein Ding. Nur schräges Zeug aus der Abteilung: Sachen, die die Welt nicht braucht. Volksverdummung hoch zehn. Wie sang Frank Zappa damals in den 70ern schon so treffend: „I´m the slime oozing out of your TV-set!"

Da ich weiß, dass ich augenblicklich eh keine Ruhe bekommen werde, pelle ich mich widerwillig unter der Decke hervor und räume zunächst einmal den Wohnzimmertisch ab. Bedeutet, die Kippen aus dem Aschenbecher zu entsorgen. Sowie drei bis vier leere Tassen, ein paar Teller und etwas Besteck in die Spülmaschine einzuräumen. Die drei leeren Bierflaschen vom gestrigen Abend deponiere ich in Windeseile in der Kiste draußen im Windfang. Scheiße. Die Eiseskälte weht mir wieder heftig ums Gemächt. Was ist das heute Arschkalt! Mein persönliches Bio-Thermometer ist irgendwie plötzlich wieder fast drei Zentimeter kürzer geworden und zum zweiten Mal ziemlich schrumpelig fast komplett zwischen meinen Oberschenkeln verschwunden.

Kapitel 9: Die Rettung naht

Während ich wieder kaffeetrinkend und paffend auf dem Sofa sitze, substrahieren sich die Hunde gelangweilt aus dem Wohnzimmer, um im Anschluss die Holztreppe im Flur in Richtung erster Stock und Schlafzimmer herauf zu ballern.

Erinnerte irgendwie stark das Schlagzeugsolo aus „In a-Gadda-da-Vida“. Klack, Bumms, Bäng!

Roter Alarm! Eckhardt, die Russen kommen!

Plötzlich wildes Sirenen-Geheul, was zu dieser Zeit aber außer mir niemand wahrnehmen konnte.

In dieser Situation konntest du höchstens noch bis eins zählen, bis bei Sabine da oben im Schlafzimmer voll die Action abgehen würde.

Die Hunde störte das nicht. Ich höre noch, wie sie gerade im Ehebett für die nächste Meisterschaft im Parallel-Trampolinspringen trainieren. Begleitet von einem genervten: "Neeeiiiinnn! Aufhööören!!!"

Die Liebe meines Lebens erschien dann auch wenig später völlig verpennt und zerknautscht umringt von zwei wild um sie herumspringenden Fellknäueln im Wohnzimmer.

Der Samstagmorgen gestaltete sich für mich urplötzlich extrem gefährlich. Jetzt bloß nichts sagen und einfach mal das Maul halten.

Mein Bienchen ist ein Morgenmuffel. Jedes Wort zuviel von mir könnte zum jetzigen Zeitpunkt total nach hinten losgehen, und im schlimmsten Fall einen Atomkrieg im Irak, Belgien, den Niederlanden, aber auch in Holland, den Benelux-Ländern, aber auch vielleicht in Holland auslösen. Eventuell auch in Belgien. Gut, dass ich heute tatsächlich schon wirklich wach war.

Während Sabine im Halbschlaf ins Badezimmer schlurfte, stellte ich in der Küche fix eine Tasse Beruhigungskaffee für sie her.
Wasserkocher an. Nescafe, drei in eins.
Normalerweise ist das ja Kaffee mit Milch und Zucker. Nett wie ich bin, gestalte ich den Morgenkaffee für meine Holde aber sogar als vier in eins. Die geheime vierte Zutat besteht dabei aus ein paar Tropfen Valium. Aber das muss sie ja nicht unbedingt wissen. Und, um das hier einfach einmal zu betonen: Ich bin halt nicht nur ein betont netter, sondern auch ein äußerst vorsichtiger und vor allem extrem lernfähiger Ehe-Schluffen.
Denn ich hänge einfach am Leben!

Jetzt nur noch schnell den Kaffee für die Holde auf den Wohnzimmertisch gestellt und den Fernseher auf einen Mädchensender geschaltet. Glück gehabt.
Heute Morgen laufen sechs neue Folgen von McPlautz Töchtern. Das ist definitiv bestes Mädchen-

Fernsehen: Pferde, Schafe, Beziehungs-Probleme. Niemand weiß, wer mit wem Probleme oder Sex hat. Passt schon. Genau ihr Ding.

Aber die Zeit drängt. Wir Männer wissen genau, wenn man der Gefahr nicht unbedingt schon früh morgens ins Auge schauen muss. Also fix anziehen. Wie gewohnt in fröhlichen, bunten Farben: Hellgraues T-Shirt mit AC/DC Logo, Lederhose und Lederweste in schwarz und eine knallrote Unterhose. Nicht zu vergessen die Ernie und Bert Socke am rechten Fuß und die rote Socke links. Die dann doch irgendwie gut zu meiner Unterbuxe passte.

Ende gut, alles gut? Da war ich mir nicht sicher. Ich schnappte mir in Windeseile noch schnell meinen braunen Staubmantel von der Garderobe im Esszimmer, und steckte Handy und Geldbörse ein. Um dann mit den Worten: "Schatz. Ich bin mal eben kurz im REWE, Brötchen holen" vorübergehend Asyl und Schutz in der Gesellschaft anderer Menschen zu suchen.

Kapitel 10: Im Rewe

Alter Schwede! Inzwischen wohl an die zwanzig Zentimeter Neuschnee. Gehwege und Fahrbahn um diese Uhrzeit natürlich noch nicht einmal ansatzweise geräumt. Überall Schnee, Schnee, und nochmals Schnee. Eben mal schnell mit dem Auto zum REWE zu fahren konnte ich getrost vergessen!

Es würde sicherlich fast 20 Minuten dauern, den Vito einigermaßen vom Schnee frei zu räumen. In der Zeit wäre ich dort zweimal zu Fuß angekommen. Also eiere ich mehr recht als schlecht mit hoch geschlagenem Mantelkragen die leicht abschüssige Straße herunter in Richtung REWE Nelson. Windböen treiben mir Schneeflocken ins Gesicht und wirbeln mir die frisch gestylten Haare gehörig durcheinander. So ein Schweinewetter! Von oben rieselt mir Schnee in den Kragen und unten läuft mir das pappige Zeug gefühlt gleich literweise in die Schuhe. Ich musste mir eingestehen, dass Halbschuhe mit glatter Leder-Brandsohle bei Neuschnee nicht unbedingt wirklich die beste Wahl waren. Aus diesem Grund zogen sich die 300 Meter auf dem abschüssigen Gehweg ganz schön hin. Auf dem Weg zum REWE habe ich mich dann auch gleich zweimal abgelegt und mir übel das Steißbein geprellt. Was meine Laune an diesem Morgen auch nicht unbedingt verbessert hat.

Doch das war immer noch besser, als sich ungeschützt der amtierenden Miss Morgenmuffel auszusetzen. In diesem Augenblick hatte ich das Bild genau vor meinen geistigen Augen. Und plötzlich fröstelte es mich noch ein wenig mehr. Leute, wenn man sich nicht genau an die Samstagmorgen-Regeln hielt, war man als Mann so gut wie verloren.

Nach dem Guten-Morgen-Kuss und ihrem: "Mummen Orgen, Schnatz" war nur noch ein: "Guten Morgen, Hummel" zulässig. Danach herrschte erst einmal Sendepause. Üblicherweise war danach strickt ein halbstündiges Sprechverbot einzuhalten.

Nachdem die Holde zwischenzeitlich für ein ausgiebiges Wannenbad im Keller verschwunden und den Schlaf-Polter gegen Jeans und Sweat-Shirt getauscht hatte, war die Sache dann schon nicht mehr so gefährlich.

In Phase 2 des Samstagmorgens kamen die Werbeprospekte an den Start. Während sie diese minutiös durchblätterte, konnte man sie schon ab und an mit kurzen Sätzen ansprechen.

Gut, manchmal musste ich die Frage mehrfach wiederholen, bis sie darauf reagierte. Die Reaktion war dann meist ein leichtes Nicken, begleitet mit "hmmn, numm, hö" oder ähnlichem.

Wenn ich besonders frech drauf war, riskierte ich sogar manchmal ein leises: "Schatz, das Sofa brennt" oder " Ich fahre dann mal eben mit meiner Geliebten im neuen Porsche shoppen".

Das ging eigentlich immer ungeschoren durch. Und auf die Frage: "Was hast du eben gesagt, Hase?" hatte ich ja immer ein "Na, was gibt es denn nächste Woche Schönes im Lidl?" oder ähnliches parat.

In Phase drei erläuterte mir meine Holde dann meist in ausschweifender Form die Sachen, die sie diese Woche auf der Arbeit genervt hatten. Als Zeitansatz waren hierfür ebenfalls meist ungefähr 30 Minuten anzusetzen.

Also Ohren auf Durchzug stellen, Gehirn abschalten, nett lächeln und zuhören. Obwohl ich das ja so oder ähnlich eigentlich jedes Wochenende zu hören bekam. Der schlaue Mann warf da natürlich ab und an ein zustimmendes "Hmm", "Ja", "Stimmt", "Geht ja gar nicht", "Diese olle Ziege", oder ähnliches ins Gespräch ein.

Wenn das alles einigermaßen glatt lief, war der Tag so gut wie gerettet.
Während ich noch über die Vorzüge des Ehelebens vor mich hin grübelte, war ich tatsächlich am REWE eingetroffen.
Da stehst du dann kaum im Laden und nur ein paar Sekunden später ist auch gleich wieder erstmal Schluss mit Spaß. Denn du kommst jetzt erst mal keinen Zentimeter voran.

Grund dafür ist die Bäckerei im Eingangsbereich. Diese befindet sich nämlich offensichtlich in einer Parallel-Dimension, in der die Zeit stark verlangsamt abläuft. Die netten Bäckereiverkäuferinnen bewegen sich dort nur in Zeitlupe. Die Mädels sind so langsam, dass man ihnen quasi beim Gehen die Schuhe besohlen könnte. Als die letztens eine Schnecke im Laden hatten, dauerte es drei Wochen, bis sie die eingefangen hatten.
Zusätzlich konnte es dir passieren, dass schon bereits um 12 Uhr einige Brotsorten nicht mehr zu haben waren, weil die Kuchen-Schubsen wieder einmal zu wenig Ware bestellt hatten.

Die Lünen-Süder Kundschaft findet es inzwischen allerdings völlig normal, bis zu 15 Minuten lang auf ihre Brötchen zu warten. Denn der Backofen befand sich ja bekannter Weise leider auch in einem Parallel-Universum. Allerdings ohne die eventuell zu erwartenden Spezial-Effekte in Richtung Raumschiff Enterprise zu produzieren. Was die Sache dann ja doch bei der ganzen Warterei auf das Gebäck irgendwie erheblich interessanter gestaltet hätte. Das gesamte Bäckerei-Universum dümpelte halt ganz, ganz langsam in Slow Motion vor sich hin. Selbst die Tauben auf den Dachträgern im Gebälk über der Bäckerei bewegten höchstens einmal pro Woche ihre Flügel.

Mir war klar: Einige der Tauben hier mussten sicherlich schon mehrere hundert Jahre alt sein!

Zusätzlich baute gerade zum Wochenende hin eine Schar rüstiger Rentner und Rentnerinnen im Eingangsbereich des Ladens mittels Einkaufswagen und Hackenporsche ständig eine Wagenburg a la schlechter Italo-Western auf, um dort stundenlang gemütlich Smalltalk zu halten.

Das erinnerte in der Regel stark an eine Dose Sardinen. Leider ohne Öl, was das Hineinflutschen in den Laden doch sicher stark erleichtert hätte.

Mir ging das jedenfalls regelmäßig ziemlich auf den Sack. Zum Glück war ich wie immer gut vorbereitet.

Früher nahm man Brandpfeile, um eine Wagenburg aufzulösen. Heutzutage zeigte man in so einem Fall mit dem linken Arm nach oben und sagte dabei: " Schauen sie mal da oben, die Taube brennt". Gleichzeitig lässt der Fachmann das Bowiemesser aus dem rechten Ärmel gleiten und sticht unbemerkt an ein paar Rollatoren die Reifen platt: "Ach du Schreck. Haben sie schon gesehen, dass ihr Rollator einen Platten hat?"

In dem daraufhin entstehenden Durcheinander gelang es mir letztlich immer, mich aus dieser Menschenmenge heraus zu schälen und in den Laden hinein zu gelangen.

Wie bei fast jedem Discounter stehst du dann erst einmal in der Obst- und Gemüseabteilung. Die ist hier wirklich gut sortiert. Ein paar Vitamine können ja gerade im Winter nicht schaden. Derzeit sind für mich saisonbedingt Mandarinen angesagt. Komisch. Das ganze Jahr über esse ich kaum Obst, aber in der Zeit um Weihnachten herum fege ich mir pro Woche kistenweise Mandarinen weg. Obwohl ich davon regelmäßig Dünnschiss bekomme. Egal, trotzdem lecker. Also erst einmal rein damit in den Einkaufswagen. Hier vorne gibt es auch leckere Erdnüsse in Schale, frische Gewürze und anderes, stark vitaminbelastetes Zeugs.

Ich packe gerade friedlich die Vitaminbomben in meinen Einkaufswagen, als es plötzlich klack macht, und mir jemand von hinten förmlich die Pinne weg haut. Mein Blick nach hinten fokussiert sich auf eine ca. 90jährige Matrone, die ihren Einkaufswagen wie einen Leopard-Panzer vor sich herschiebt. Sie scharrt mit den Hufen. Mir ist sofort klar: Die hat wirklich nicht mehr viel Zeit!
Trotz eines Körpergewichts von 45 Kilo und einer

Größe von knapp 150 Zentimetern rollt sie mit ihrem Einkaufswagen wie ein Ninja auf Speed durch den Laden. Mir ist klar: Wer da nicht rechtzeitig zur Seite springt, wird erbarmungslos von ihr platt gemacht. Kann passieren, muss ich aber nicht unbedingt sofort als erstes am frühen Morgen haben. Ich beschließe, die Attacke dieser schrumpeligen Schildkröte mit Glasbausteinen vor den Augen einfach zu ignorieren, und setze meinen Einkauf immer noch ziemlich tiefenentspannt fort. Schon wenige Meter später wird mir allerdings der Durchgang durch drei Kinderwagen schiebende Mädels aus der Abteilung Arsch frisst Hose blockiert. Ich taxiere die drei Wuchtbrummen altersmäßig auf Anfang bis Mitte zwanzig. Klar, wir befinden uns hier in der Sonderangebots-Abteilung.

Vier Kühltruhen voller Joghurts, Würstchen und anderer Sachen, die kurz vor dem Erreichen des Mindesthaltbarkeitsdatums nun erheblich günstiger zu erwerben sind.
Was ich allerdings wirklich schade finde ist, dass die Mädels vor mir ihr MHD offensichtlich auch bereits schon mit Mitte Zwanzig überschritten haben. Mit zwei Fettrollen am Po und vier Hüftrollen erinnern mich die Damen doch stark an überfütterte Seidenraupen, die kurz davor sind, sich zu verpuppen. Ich hegte bei diesem Gedanken allerdings keine Hoffnung darauf, dass sie sich danach in

hübsche Schmetterlinge verwandeln könnten. Außerdem wäre die für die zur Verpuppung erforderliche Ausdehnung ihrer Körper ja schon durch die enganliegenden, grellbunten Leggings nicht oder nur kaum möglich gewesen. Glücklicherweise war der obere Körperbereich der drei Grazien durch wattierte Daunenjacken verdeckt, die in den unmöglichsten Farben metallicfarben vor sich hin glitzerten. Und trotz der Tatsache, dass sie sich derzeit zusammen mit geschätzt acht Arschloch-Blagen herumärgern mussten, die offensichtlich nur Scheiße im Kopf hatten, schienen diese toupierten Perückenschafe immer noch gut gelaunt und im Allgemeinen mit der Gesamtsituation zufrieden zu sein.

Ich grübelte so vor mich hin: Das Leben ist ein stetiger Fluss. Manchmal dümpelt das Wasser langsam vor sich hin. Ein anderes Mal fließt es schnell über irgendwelche Stromschwellen hinweg. Wenn du dann Pech hast, stürzt es über einen Wasserfall heftig und ungebremst in die Tiefe. Und landest dabei direkt auf einer blonden Robbe. Die du dann auch noch heiratest.
Und schon schaltet sich da bei mir wieder einmal das Kopf-Kino an. Stell dir mal vor: Du lernst mit achtzehn in der Disco eine echt geile Braut kennen. Blonde Wallemähne, hübsches Gesicht,Top-Figur. Bei dem Mädel ist alles genau da, wo es sein muss. Gut.

Du bist als Mann nicht unbedingt die hellste Kerze auf der Torte. Aber das ist sie ja auch nicht. Passt also. Du weißt genau, die Perle ist genau die Richtige für dich. Und weil dir zur Gesamtsituation nichts Besseres einfällt (und das Ding da unten in deiner Körpermitte wegen ihr auch kaum noch Ruhe gibt) wird dann auch mal fix geheiratet. Da seid ihr gerade mal 19 Jahre alt. Danach springt ihr erst einmal regelmäßig zusammen durchs Ehebett.
Ergebnis: Ihr habt nach fünf Jahren drei Arschloch-Blagen produziert.
Seltsamerweise, also quasi über Nacht, liegt da plötzlich eine hundert Kilo schwere Seidenraupe mit acht Speckrollen und sechs Titten neben dir im Bett. Und da ist nichts mehr mit Locken, die dich irgendwie locken könnten. Dein tiefer gelegter 3er-BMW hatte sich ja leider auch ganz fix nach dem ersten Kind im Tausch für einen billigen Kombi aus Korea ins Nirvana substrahiert. Neben dir im Auto sitzt jetzt ein Wesen, das du nur noch „meine Dicke" nennst. Da helfen dir auch keine Kevin und Shania an Board Aufkleber. Junge, sieh´s ein: Dein Leben ist Scheiße.

Du wirst ab sofort billige Trainingsanzüge tragen. Und wenn du darunter als stummen Protest gegen die Lage der Nation ein Shirt mit dem Aufdruck: „Save the Whales" trägst, nimmt dir das in deiner derzeitigen Situation auch wirklich jeder ab. Ist ja ehrlich gemeint. Muss ja keiner wissen, dass damit die „Dicke" gemeint ist, die neben dir im koreanischen Kleinwagen für vermehrten Abrieb des Profils der Räder auf der Beifahrerseite sorgt. Du bist so was von im Arsch. Du checkst es nur noch nicht. Tatsache ist, irgendwann wirst du in deinem Kommunionsanzug viel zu früh in einer Holzkiste vor dich hin schimmeln. Da improvisieren wir dann. Je nachdem, wie schlank du wegen der Fress-Sucht deiner Frau geblieben bist. Und wundere dich nicht, wenn deine Kids auch russisch draufhaben. Könnte ursächlich daran liegen, dass die „Dicke" wenn du auf Montage warst, eine Etage höher mit Igor, dem russischen Nachbarn rum gepoppt hat. Ich sage nur: Kuckuck! Sollte dir im Nachhinein aber auch ziemlich Latte sein. Das war ihr Leben. Schade auch! Kopf-Kino aus.

Ich kämpfe mich weiter durch bis zur Wurst-Theke. Das Glück ist mir hold. Keiner vor mir. Klasse. Den Wurst-Einkauf werde ich heute schnell erledigt haben. Und genau in diesem Moment knallt mir die schrumpelige Schildkröte aus der Gemüse-Abteilung zum zweiten Mal ihren Einkaufswagen von hinten in die Hacken: „Junger Mann. Gehen Sie mal zu Seite. Ich habe es eilig, mein Enkel kommt morgen zu Besuch. Und jetzt schnell weg da!" Mir war klar. Die olle Zippe hatte wirklich nicht mehr viel Zeit übrig, um in Ruhe Wurst einzukaufen. In ihrer Situation musste man wohl zweimal darüber nachdenken, ob man sich noch eine größere Dauerwurst kauft oder nicht. Tatsache war aber: Meine Knöchel schmerzten nach der erneuten Attacke durch diese alte Schachtel so derbe, als hätte mir Katsche Schwarzenbeck von hinten eine Blutgrätsche verpasst. Ich war froh, mich gerade noch so auf den Beinen halten zu können. War wohl nichts gebrochen. Aber ich bin ja ein harter Typ und habe Respekt vor dem Alter. Und selbstverständlich habe ich die militante Trockenpflaume dann vorgelassen. Obwohl ich ihr wegen der Schmerzen in meinen Unterschenkeln auch ganz gerne einfach nur mal so aus Spaß den Hals um 180 Grad nach hinten umgedreht hätte. Einmal Knacks, und die Sache hätte sich ganz schnell von allein erledigt. Wer wusste denn schon, wem ich damit sogar vielleicht einen Gefallen getan hätte?

But now, welcome to the Show:

„Geben Sie mir mal drei Scheiben Bärchen-Wurst. Mein Enkel kommt morgen vorbei, und der isst die doch so gerne. Der Patrick geht ja im Sommer auf die Realschule. Sein Bruder Jan ist ja schon weiter. Der studiert Jura auf der Fachhochschule. Meine Tochter war schon fünf Wochen nicht mehr bei mir. Ich alte Frau bin ja völlig alleine. Tun sie mal noch

drei Scheiben Schweinebraten dazu. Ach, wissen sie was? Ich brauche noch 500 Gramm Mett halb und halb.
Haben sie gehört, was mit der alten Frau Müller passiert ist? Herzinfarkt. Ja, so schnell kann es gehen. Schöne Beerdigung, schöne Blumen. Aber die Mettbrötchen waren wirklich schrecklich. Ich habe ja auch Probleme mit dem Kreislauf, aber der Hetti Scherwinkski aus meiner AWO-Gruppe geht es noch schlechter! Geben sie mir mal noch sechs Scheiben Salami. Aber nicht die mit Knoblauch!"

So zieht sich das noch weitere 10 Minuten hin.

Inzwischen bin ich über die komplette Familien-Geschichte dieser alten Schachtel informiert. Hinter mir stehen mittlerweile um die 30 Leute an der Wurst-Theke an. Inzwischen warte ich irgendwie darauf, dass in der Wurst-Abteilung die ersten Atombomben niedergehen. Hinten rechts über der Theke zerplatzt auch plötzlich wie auf Kommando mit einem lauten Knall eine Leuchtstofföhre. Der Altrocker direkt hinter mir macht sich gelangweilt mit einem Bowie-Messer die Fingernägel sauber und flucht dabei leise Verwünschungen in seinen Bart. Bergleute in Rente werden von ihren Frauen schon einmal vorab mit Einkaufslisten in die Nudel, Eier- oder Käse-Abteilung delegiert, um dort die eigentlich

erst im späteren Verlauf des Ladenbesuchs anstehenden Einkäufe zu erledigen. Ein Tanz auf dem Vulkan! Mir ist klar: Nicht mehr lange, dann platzt hier vor der Wurst-Theke die Bombe!
Und schließlich platzt auch mir der Kragen: „Hören sie mal, wer soll denn eigentlich die ganze Scheiße noch fressen? So alt werden sie doch gar nicht mehr, um das alles noch weg zu putzen!"

Applaus aus den hinteren Reihen.

Standing Ovations!

Der Altrocker gibt mir Fünf und will mir spontan sein Bowie-Messer schenken. Ich flüstere ihm zu: "Danke, aber ich habe schon eins hier im Ärmel. Du stehst wohl auch nicht auf Rollatoren?" Wobei ich meinen Dolch nur für ihn sichtbar leicht in meine rechte Innenhand gleiten lasse. Er nickt nur kurz und flüstert mir zu: "Jau, diesen Monat schon 26 Reifen." Um anschließend laut heraus zu rufen: „Meine Damen und Herren. Darf ich vorstellen:

DER KÖNIG DER WURSTTHEKE!"

Leider war der Ladeninhaber, Herr Melson, wegen der Gesamtsituation ziemlich angepisst und erteilte mir wegen der Angelegenheit ein vierwöchiges Wursttheken-Verbot. Aber das war es mir definitiv wert! Ich habe dann einfach Wurst aus dem Frische-

Regal gekauft. Eine Salami-Pizza, Streu-Käse, Oliven, Pfifferlinge, Tabasco und eine Flasche Henry-Mason-Whiskey später stand ich in der Schlange an der Kasse an. Nicht ohne zum dritten Mal einen Einkaufswagen in die Knochen geballert zu bekommen. Klar. Hinter mir stand wieder diese kleine, runzelige Schildkröte, um mir noch mal mit den Worten: „Gehen se mal weg! Ich habe es eilig," ihren Einkaufswagen in die Hacken zu wämsen.
Ich habe sie dann netterweise mit ihren Einkäufen vorgelassen. Als es bei ihr ans kassieren ging, habe ich dann einfach mal laut die Bemerkung fallen lassen: „Echt klasse, dass sie in ihrem Alter noch auf Sexspielzeug stehen. Ich wusste gar nicht, dass man das auch hier im Laden kaufen kann." Gut. Bei dem Sexspielzeug handelte es sich um eine stinknormale Salatgurke. Aber den Spaß wollte ich mir jetzt gönnen. „Und vergessen sie bitte nicht, den Sechserpack Kümmerling aus ihrer Handtasche mit aufs Band zu legen. Kann ja schon mal passieren, dass man das in ihrem Alter eventuell einmal vergisst."
Und plötzlich war so was von Karneval im Laden!

Hinter mir kniete sich ein junger Mann mit Dreadlocks auf den Boden: "Du bist für mich ein Gott, ich bete dich an". Mir unbekannte Menschen umarmten und küssten sich, warfen Chipstüten und andere Sachen

in die Luft. Ganz weit hinten im Laden plöppten definitiv zweimal Korken von Sektflaschen. Party-Time, Konfetti und Trallala im Supermarkt!
Der Ladeninhaber konnte der ganzen Aktion allerdings mental immer noch nicht so ganz folgen und vergatterte mich auf der Stelle zu drei Monaten verschärften Ladenverbots. War mir aber völlig Wuppe!
Der Whiskey aus dem Penny schmeckt ja auch ganz gut! Der schlaue Mann beugt ja vor. Nächstes Mal gehe ich da nur noch mit Wadenbeinschonern einkaufen. Um dort hoffentlich eine militante Schildkröte mit Glasbausteinen vor den Augen zu treffen.
Auf die Perückenschafe in der Gemüse-Abteilung kann ich dann aber beim nächsten Mal wirklich gut verzichten!

Kapitel 11: Snowdriver Extreme

Am Nachmittag kam mein Bienchen plötzlich auf die verwegene Idee, zum Sonderangebotskrämer Thomas Phillips nach Dortmund-Derne zu fahren. Also erstmal fix hoch an den Kleiderschrank, die lange Unterbuxe, dicke Socken, einen Norwegerpulli und die dicke Winterjacke anziehen.

Danach Eiskratzer und Handschuhe raus, den Vito vom Schnee frei räumen, um zum Krämer nach Dortmund zu fahren. Aber schon auf dem Garagenhof befanden wir uns plötzlich in einem völlig neuen Telespiel namens Snowdriver extreme, für das man weder einen PC oder eine Spielekonsole benötigt. Als Neuling habe ich als Fahrzeug wie bereits erwähnt unseren, im derzeit vorherrschenden Schneegetümmel gut sichtbaren, schwarzen Vito gewählt. Heftiger Schneefall und damit verbundene schlechte Sicht sind Spielvorgabe. Also schalte ich zusätzlich das Abblendlicht ein.

Level 1: Die Fahrt beginnt auf unserem Hof unmittelbar vor der Garage und endet nur Sekunden später nach nur 12 Metern Fahrtstrecke zwischen den Hecken direkt in Höhe des Gehwegs. Dort haben drei rüstige Rentnerinnen mitten in unserer Einfahrt in Wild-West-Manier mittels Gehhilfen und Hacken-Porsche eine Wagenburg errichtet. Die Damen unterhalten sich angeregt und lächeln mir freundlich ins

Gesicht. Ich winke nett zurück und deute dabei zart mit den Händen an, dass ich doch gerne auf die Straße abbiegen möchte. Dies zeigt leider keine Wirkung. Ich bin gezwungen, die Scheibe herunterkurbeln, um nun höflich meine Absicht in verbaler Form kund zu tun. Und siehe da: Die Damen räumen tatsächlich, aber sichtbar widerwillig und betont langsam das Feld. Beim Hochfahren der Seitenscheibe hör ich noch:

„Frecher Schnösel! Junger Mann! So etwas hätte es früher bei Adolf aber nicht gegeben!" Nach 20 Metern Fahrt auf der Lutherstraße sehe ich nur noch im Rückspiegel, dass mir alle drei Damen wie auf ein geheimes Kommando hin zeitgleich den Stinkefinger zeigen. Mädels, ich bin mir sicher, so etwas hätte es bei Adolf damals sicherlich auch nicht gegeben!

Leider bringt mir das gleich einen dreifachen Punkteabzug ein. Der Zähler für mein erstes Leben steht bereits jetzt schon gefährlich nahe des roten Bereichs auf minus 60 von 100 Punkten. Trotzdem setze ich immer noch froh gelaunt meine Fahrt auf der Lutherstraße fort.

Und bin bereits nach einhundert Metern plötzlich und unverhofft in Level 2 angelangt. Dieses wurde vom Spiele-Designer kurz vor der Jägerstraße in Höhe der Einfahrt des Parkplatzes der Firma Rossmann angelegt. Dort rangiert gerade ein ca. 95jähriger Herr mit Hut in der Absicht, nach links auf den Parkplatz einzufahren, einen japanischen Kleinstwagen angestrengt vor und zurück. Ich sehe, ihm kommt vom Parkplatz aus ein anderer Pkw entgegen. Auch die 80jährige Fahrerin dieses Nissan Micra hat ihre Mühe, sicher und unfallfrei vom Parkplatz herunter zu kommen. Für beide Fahrzeuge zusammen verbleibt nur noch eine äußerst knappe Lücke von höchstens 6 Meter Breite.

Okay Leute, das ist nun wirklich einmal eine enge Kiste! Ich bleibe entspannt, bis der Herr und die Dame ihre Kleinstwagen in der für sie wohl neuen Rekordzeit von 12 Minuten aus der Parkplatz-Einfahrt heraus manövriert haben.

Ich schaue in den Rückspiegel. Hinter mir inzwischen Stau bis zum Horizont (was auf der Lutherstraße ca. 300 Meter bedeutet). Aber das sind wir in Lünen-Süd seit dem fast zweijährigen Umbau der Bebelstraße und dem Bau des neuen Nord-Tunnels Richtung Horstmar ja mehr als gewohnt. Dank Einbahnstraße-Regelung direkt vor meiner Haustür und diversen irrwitzigen Umleitungen ging da für uns hier im Dorf ja in Sachen Autofahren lange Zeit fast gar nichts mehr. Da war oft mehr als nur Geduld angesagt. Gut. Das ist jetzt glücklicherweise vorbei. Also, abgehakt und erledigt!

Aus dem Hup-Konzert hinter mir höre ich als gestandener Rock-Musiker sofort definitiv die Melodie von „Bohemian Rhapsody" heraus. Also singe erst einmal fleißig alle „Gallileos" bis zum Ende mit, steige noch kurz mit der Luftgitarre ins Solo von Brian May mit ein, und setze erst dann den Vito wieder langsam in Bewegung. Genau das brauchte ich jetzt. Und alles andere ist mir gerade aber so etwas von Latte! Und auf diese paar Minuten länger warten kommt es dann doch für uns alle hier auf der Lutherstraße jetzt wirklich nicht mehr an! Der Punkte-Zähler honoriert das mit einer Gutschrift von 40 Punkten. Ich bin wieder mittig im gelben Bereich!

In dem Augenblick, in dem ich wieder anfahren will, bemerke ich gerade noch aus den Augenwinkeln, wie ein tiefer gelegter Ford Mustang mit einer Bodenfreiheit von höchstens 5 cm vom Parkplatz kommend mit einem für die winterlichen Straßenverhältnisse total irrwitzigen Tempo nach links in die Jägerstraße hinein driftet. Die Karre gerät dabei voll in den Gegenverkehr und somit komplett in meine Fahrspur. Ich trete das Bremspedal gefühlt fast durch das Bodenblech. Mein Vito bricht leicht nach hinten links hin aus. Mit Gegenlenken und ein wenig Gas gelingt es mir trotzdem, ihn innerhalb von fünf Metern und damit knapp 40 cm vor dem Heck des Ford Mustang wieder gerade in die Fahrspur hinein und zum Stillstand zu bekommen. Das war knapp! Und bringt mich wieder 10 Punkte weiter in Richtung grüner Bereich!

Der Mustang rutscht derweil mit der Front weiter um einen halben Meter in die Fahrbahn der Jägerstraße hinein. Schade eigentlich! Denn genau in diesem Augenblick nähert sich aus Richtung Dortmund kommend der immer genau im falschen Moment auftauchende, bei Glatteis und Schneeglätte intensiv die Gefahren des Straßenverkehrs suchende Rollerfahrer. Und das mit ungefähr 25 km/H. Gut, er hat die Füße auf der Straße, um den Roller einigermaßen kontrolliert in der Spur zu halten.

An seinen Stiefeln und Unterschenkeln haben sich schon 10 cm dicke Eis-Placken gebildet. Er kommt also aus Dortmund-Derne oder Scharnhorst, denn käme er aus der Dortmunder Innenstadt, wäre das Eis an seinen Schenkeln sicher eher 20 cm oder noch ein wenig dicker gewesen. Roller vs. Ford Mustang, ein mehr als ungleicher Kampf! Das wird auch unserem Nachwuchs-Stuntman auf dem Roller fix klar. Rechtzeitig bremsen ist nicht mehr! Definitiv nicht auf 20 cm Neuschnee und eisglatter Straße. Er versucht es trotzdem und ledert sich in Höhe der Fußgängerampel und damit ungefähr 40 Meter vor der Einmündung ab. Sein Taiwan-Roller fliegt durch die Luft, schlägt aus ca. zwei Metern Höhe ein paar Mal auf der Straße auf und zerlegt sich dabei in ein Erwachsenen-Puzzle von mehreren tausend Teilen. Der Typ purzelt zwischenzeitlich mit mehreren Flugrollen und ziemlich zirkusreif durch den aufgehäuften Schnee am Fahrbahnrand entlang und kommt knapp einen Meter vor dem Mustang in einer 60 cm hohen Schneewehe zu liegen. „Unfall! Jemand verletzt? Die Polizei anrufen?" - Obwohl die Kollegen bei dem Scheiß Wetter sicherlich mehr als genug zu tun haben?

Während ich darüber nachdenke, rafft sich unser ehemals Roller fahrender Stuntman wieder auf, klopft sich den Schnee von der Kleidung ab und taumelt leicht benommen ab in Richtung Ford Mustang. Ich stehe mit dem Vito nur 10 Meter davon entfernt, kurbel das Seitenfenster herunter und frage:" Alles klar? Soll ich die Polizei anrufen?" Der Typ nimmt den Helm ab:" Nee, lass mal, Alder. Alles klar!" Trotzdem fahre ich den Vito schräg gegenüber auf den Parkstreifen in Höhe der Laderampe des REWE-Marktes und steige aus. Normalerweise ist dort Parkverbot, aber wegen des ganzen Schnees kann man die Parkflächenmarkierung dort gerade eh nicht sehen. Und die Schergen des Lüner Ordnungsamts haben heute sicherlich genug in der Lüner City zu tun. Die würden sich heute definitiv bei dem miesen Wetter nicht nach Lünen-Süd verirren.

Außerdem bin ich hier als „Noch-Polizist" ja doch irgendwie in der Pflicht. Mir schießen sofort so Dinger wie Strafvereitelung im Amt, Unterlassene Hilfeleistung, usw. durch den Kopf. Genauso einen Kram konnte ich knapp 9 Monate vor meiner Pensionierung aber so was von gar nicht gut gebrauchen. Der Mustang und der Ex-Rollerfahrer haben sich inzwischen hinter mir ebenfalls auf dem Parkstreifen vor dem Rewe etabliert. Sprich: Der Mustang ragt dabei ein wenig schräg mit dem Heck 30 cm in die Fahrbahn hinein, der Roller-Fuzzy hält sich in Höhe des Fords auf dem Gehweg bereit.

Die Türen des Mustangs öffnen sich. Und genau in diesem Moment habe ich eine Erscheinung. Da fehlen jetzt nur noch Boden-Nebel und Stroboskop-Licht wie in einer 70erJahre Disco! Doch ich merke sofort: Das lässt sich samstagmorgens in Lünen-Süd auf offener Straße nicht unbedingt sofort so realisieren! Aus dem Auto schälen sich in Zeitlupe zwei platinblonde, heftig durchgestylte Perücken-Schafe heraus. Die Haare der Mädels dermaßen auf toupiert, dass ich mich wundere, wie sie mit der Frisur überhaupt in diese flache Karre hineingekommen sind, ohne sich dabei einen derben Haarspitzen-Kartharr einzufangen. Die zweite Frage drehte sich um die Tatsache, warum beide mitten im Winter bei dieser Schweinekälte nur mit sehr knappen Miniröcken, Netzstrümpfen und bauchfreien Tops bekleidet waren.

Echt heftiger Auftritt, aber für unser Dorf eigentlich doch immer noch ziemlich normal. Halt original Lünen-Süder Perückenschafe.

Und schon schnellt mein Punktezähler direkt rauf auf 50 Punkte im grünen Bereich. Level completed. Ich biege nun wieder auf die Jägerstraße ab. Dort befindet sich in Höhe des Rewe eine Fußgängerampel. Ist klar, Wir befinden uns jetzt in Level 3!

Die Ampelanlage zeigt für mich Grünlicht. Aus den Augenwinkeln sehe ich gerade eben noch zwei dunkel gekleidete Gestalten, die trotz Rot für Fußgänger 10 Meter vor dem Übergang über die Straße laufen. Sie tragen schwarze Sturmhauben, schwarze Jacken und dunkle Hosen. Klar: Zwei Jugendliche, gekleidet in den für sie typischen fröhlichen und auffälligen Farben. Vermutlich männlich. Aber man weiß es nicht genau. Der Hosenboden dieser total undefinierbaren, offensichtlich aber doch menschlichen Kreaturen baumelt bis zu den Kniekehlen herunter.

Wieder eine dieser tollen, neuen Mode-Erscheinungen: Keinen Arsch, geschweige denn Eier in den Hosen, aber dick nach unten hin baumeln lassen! Wegen dieser Nachwuchs-Kleinkriminellen trete ich zum zweiten Mal innerhalb von 5 Sekunden das Bremspedal bis zum Bodenblech hin durch. Der Vito schraddelt den beiden netten jungen Menschen glücklicherweise auf der eisglatten Straße gerade noch so knapp am Arsch vorbei. Weil ich mich jetzt doch schon ein wenig darüber aufrege, bekomme ich dafür leider keine Punkte gutgeschrieben.

Jetzt aber schnell raus aus Lünen-Süd. Bin knapp am Ortseingangsschild Dortmund vorbei, um sofort glatt, oder eigentlich doch tatsächlich auf nicht mehr glatten Straßen, Level 4 zu vergeigen. Denn während bei uns in Lünen sämtliche Straßen im wahrsten Sinne des Wortes noch durch akute Schneeglätte glänzen, sind ab Autobahnbrücke Jägerstraße auf Dortmunder Gebiet die Straßen komplett geräumt und gestreut. Jetzt fluche ich dann doch wie ein Rohrspatz. Mein Kommentar dazu bringt mich punktemäßig direkt wieder in den Minusbereich. Das Spiel setzt sich in der Art weiter fort. Inzwischen habe ich schon zwei von drei Leben verloren, und mein Punktestand geht immer mehr in den Keller. Als ich nach dem Einkauf bei Andre Phillips in Dortmund aus dem Laden komme, stehen links und rechts neben meinem Auto andere Fahrzeuge derart eng geparkt, dass Sabine und ich tatsächlich durch die Hecktüren einsteigen müssen.

Die nette Dame mit Kopftuch, die uns kurz vor Spielende auf dem Schellenkai die Vorfahrt nimmt, um dann bis zu Hause mit knapp 30 km/H vor mir her zu schleichen gibt mir dann den Rest. Okay. Ich kann gut nachvollziehen, dass Autofahren mit dem Handy in der einen und einer Zigarette in der anderen Hand halt tatsächlich nicht so einfach ist.

Aber musste die Trulla den Zirkus unbedingt vor meinen Augen veranstalten? Mein Resümee: Alles in allem ein wirklich innovatives, aufregendes Spiel. Aber nichts für Leute mit schwachen Nerven !!!

Kapitel 12: Detektei Vennemann

Der Rest des Tages verlief dann trotz weiteren Schneefalls im Revier in normalen Bahnen. Sabine und ich bewegten zwischenzeitlich mal kurz die Hunde, die wegen des üblen Wetters auch nicht wirklich Bock auf „draußen“ hatten. Das war es dann aber auch. Im Anschluss ging es erst einmal wieder ab aufs Sofa, dabei ein Hund links außen, ein Hund rechts außen und wie immer nur wenig Platz für mich. Bine dengelte wie üblich stundenlang in Sachen Candy Crush Saga auf ihrem Handy herum und checkte zwischenzeitlich auf dem Ding die neuesten Nachrichten aus Ostkuspekistan und dem Rest der Welt.

Der Winter dümpelte in Zeitlupe vor sich hin. Inzwischen war die Webseite meines neuen Detektiv-Büros online. Auch auf Zwitter, Fratzenbuch und anderen S-und-M-Seiten (Echt jetzt. Nicht Sado Maso, sondern Social-Media. Wie seid ihr denn drauf?) war ich mit meiner Detektei gut vertreten.

Zu meinem tiefsten Bedauern gestaltete sich die allgemeine Auftragslage leider ziemlich mies. Meine gesamten Aufträge während des Winters beliefen sich exakt auf einen. Und das auch nur, weil mein Nachbar Günni mich wohl aus lauter Mitleid netterweise dafür angeheuert hatte, den Diebstahl seines Schneeschiebers aufzuklären.

Aufgrund meines meisterhaften, in konkret logischen Bahnen arbeitenden Detektiv-Verstandes gestaltete sich die Lösung des Falles ziemlich einfach. Pille-Palle. Hier kam nur ein Täter, bzw. in diesem Fall, eine Täterin in Frage: Unsere Nachbarin Deriya, die schräg gegenüber auf der anderen Seite unseres Hofes im Vorderhaus wohnt. Die war nämlich Weltmeisterin darin, sich bei ihren Nachbarn

Werkzeuge auszuleihen. Problematisch gestaltete sich allerdings in diesem Zusammenhang, dass sie es hinterher grundsätzlich mental verdrängte, diese nach Gebrauch wieder an den Eigentümer auszuhändigen.

In den wenigen Ausnahmefällen, in denen das Werkzeug doch wider Erwarten zurückgegeben wurde, stellte sich dann leider meist heraus, dass es sich durch unsachgemäßen Gebrauch in Kernschrott verwandelt hatte.

Ich nahm also die Sache in die Hand. Unten in Deriyas Keller fiel mir Günthers Schneeschieber dann auch neben der Waschmaschine direkt ins Auge. Fall gelöst. Aber da wir nun schon einmal dabei waren, konnte man ja auch direkt weiter recherchieren. Nach einigem verbalen Hin und Her erklärte sich Derya auch schließlich widerwillig dazu bereit, mit mir einen ausgiebigen Stubendurchgang in ihrem Rumpelkeller und den Holzverschlägen im Garten durchzuführen. Dabei tauchten meine Stichsäge sowie die Rasenmäher von Günni, Heinz, Erik und Paul wieder auf. Zusammen mit mehreren Kilo Schrauben, Nägeln und diversem anderen Kleinkram. Hinten in der Ecke des Kellers stand eine große, industrielle Hobelbank. Besitzer ebenfalls unbekannt.

Die musste ich zu meinem tiefsten Bedauern auf jeden Fall auch zunächst einmal sicherstellen, um sie anschließend in meiner Werkstatt einem ausgiebigen Funktionstest zu unterziehen. Ich sage nur: Gewährleistungspflicht! Denn ich hatte keinen Bock darauf, dem derzeit noch unbekanntem Eigentümer gegenüber später horrende Schmerzensgeldforderungen löhnen zu müssen, nur weil sich jemand wegen fehlender Praxis an dieser Hobelbank die Finger weggeflext hatte.

Günther und die anderen Nachbarn ließen sich nicht lumpen. Zur Feier des Tages gab es bei ihm im Garten für uns alle zwei Kisten Kronen Export Koloniebier, Wurst vom Grill und eiskalten Weizenkorn. Die Nachbarn und ich hatten mal wieder zusammen heftig Spaß an den Hacken und hinterher auch alle gut einen auf.

Knete habe ich für die Lösung des Falls leider nicht gesehen. In Sachen zusätzlicher Einnahmen durch adäquate Detektivarbeit war der Winter leider völlig was für die Tonne! Nachdem der Schnee sich in dem für uns gewohnten, miesen, matschigen Aggregatzustand nur noch gerade mal eine Woche lang hielt, schaltete der Wettergott das Unterhaltungsprogramm von Anfang Februar bis Mitte April auf düstere Notbeleuchtung, Regenschauer, Starkwind und Gewitterstürme um.

In dieser Zeit widmete ich mich an den wenigen trockenen Tagen der Aufgabe, meine Laube in das neue Hauptquartier der Detektei umzubauen. Dort befanden sich jetzt ein Tresen mit Kühlschrank und Gaskocher. Genau gegenüber eine alte Eckgarnitur vom gelbblauen Möbelhaus, auf der man prima mit der Band zusammensitzen und Musik machen konnte. Vorne in der Laube das Sahnestück: Meine Werkstatt. Mit allen wichtigen Elektrowerkzeugen aufs Feinste ausgerüstet. Diverse Monitore, Kameras, sowie eine High End-Computerausrüstung rundeten die Ausrüstung ab.

Ende April regte sich endlich wieder neues Leben im Dorf. Es dauerte aber auch leider nicht mehr lange, bis in Lünen-Süd das totale Chaos Einzug hielt.

Kapitel 13: Beim blau-gelben Möbelhaus

Echt seltsam. Wenn du einen Transporter und zudem noch einen Anhänger besitzt, hast du gerade bei uns in der Zechensiedlung plötzlich und unerwartet immer ganz, ganz viele Freunde. So auch diesmal.

Freitag, 3.Mai, 13 Uhr. Ich döse auf der Arbeit die letzten zwei Stunden bis zum Feierabend tief entspannt im Halbschlaf vor mich hin. Plötzlich donnert der Imperiale Marsch aus Star Wars mit ca. 94 Dezibel durchs Zimmer. Handy-Alarm! Die Tür zum Büro nebenan öffnet sich zaghaft. Vanessa und Heike schauen völlig verpennt um die Ecke: "Hast du den Arsch auf? Wieso weckst du uns um diese unchristliche Zeit? Ist doch gleich Feierabend." Um Ruhe rein zu bringen, drücke ich die marschierenden Sturmtruppen und Darth Vader ohne weiter aufs Handy-Display zu sehen einfach weg. Doch die geben einfach keine Ruhe. Nach dem dritten Anruf fliegt aus dem Büro nebenan völlig unangemeldet ein Locher in unseren Raum. Und trifft genau Anke´s Feierabend-Kaffee.

Anke ist verständlicherweise ziemlich angesäuert "Jetzt geh doch endlich mal dran. Und überleg dir jetzt schon mal, wie du das Montag beim Frühstück wieder gut machen kannst!" Scheiße. Darth Vader und seinen imperialen Kumpels gaben einfach keine Ruhe. Also ging ich dann schlussendlich doch ans Telefon dran. Am Rohr war Heino. Einer meiner Nachbarn aus der Abteilung: Der Führer war ein armes Schwein, er hatte keinen Führerschein. Denn den hatte ihm die Bullerei schon vor ein paar Jahren gelocht. „Hör mal Ralle, ich habe da ein Problem. Ich muss da mal eben morgen früh nur mal ein paar Kleinteile bei IKEA abholen. Dauert auch nicht lange."

Da platzt mir doch gleich der Arsch!

Das brachte meine gesamte Lebensplanung für das Wochenende durcheinander. Trotzdem konnte ich ihn nicht so einfach hängen lassen. Also beschlossen Heino und ich, uns Samstagnachmittag gegen 16 Uhr wegen des Transports einiger „geringfügiger Bauteile" in der Ladezone von Ikea zu treffen: „Sag einfach Bescheid, ob ich die Rückbank ausbauen oder drin lassen kann."

Mir ist natürlich wie üblich sofort klar, dass da sicherlich eine dieser unerwarteten, heftigen Transportaktionen auf mich zukommen würde. Also werde ich wieder einmal die zentnerschwere, dreiteilige Rückbank aus dem Vito ausbauen.

Und das am Samstag um 14 Uhr bei ca. 40 Grad im Schatten. Als hätte man da nichts Besseres zu tun. Ich klemme mir bei dieser Aktion zum gefühlt dreißigsten Mal einen meiner Finger ein. Dieses Mal den Mittelfinger der linken Hand. Also ein Bauteil meines Körpers , was besonders kerzengerade eingegipst in der Mitte meiner Hand in Gesellschaft von menschlichen Zecken jeglicher Art eventuell doch ein wenig Unmut hervorrufen könnte.

Ich fluche deshalb wie gewohnt wie ein Rohrspatz, während ich das erste Teil der Rückbank alleine in die Garage wuchte. Mercedes Benz, deutsche Wertarbeit. Darauf aber mal gerne einmal so was von geschissen! An der Kuppe des Mittelfingers meiner linken Hand wuchs derzeit auch frecher Weise und ohne um Erlaubnis zu fragen eine wirklich aufsehenerregende Blutblase. Erinnerte irgendwie an einen amerikanischen B-Film aus den 60er Jahren. Die Blase puckerte im Takt meines Herzschlages vor sich hin. Das sah irgendwie aus, als würden darin winzige, außerirdische Würmer eine Party feiern und sich auf frivole Art gegenseitig begatten.

Mir ist schon klar: Die Blase will mir damit signalisieren, dass sie auf meiner Fahrt Richtung IKEA genau beim ersten Halt vor einer roten Ampel platzen wird.

Dabei würde sich ihr kompletter Inhalt aus gefühlt einem Wasserglas voller Blut, Lymph-Flüssigkeit und fickenden, außerirdischen Würmern über das Armaturenbrett und die Vordersitze meines Vitos verteilen und dabei eine ziemlich eklige Sauerei verursachen.

Leute, ich bin doch nicht blöd! Ich schnappe mir also mein Taschenmesser aus bestem 440er Chirurgenstahl. Und seid euch sicher: Das Teil war wirklich scharf.

Kein Scherz: Mit diesem Messer habe ich letztens versehentlich beim Reinigen meiner Fingernägel im Wohnzimmer das Licht unserer Stehlampe in zwei Teile geschnitten. Ein Mann ohne Messer ist wie Max ohne Moritz, oder Zwiebelschmalz auf Brot ohne Röstzwiebeln und einer ordentliche Portion Natrium-Chlorid!
Ich setze also ultravorsichtig den Dolch an, um den Schnitt mit äußerster Präzision und chirurgisch einwandfrei und dadurch mit geringsten Verletzungsrisiko auszuführen.
Nur blöd, dass ich genau in diesem Moment niesen musste. Der Schnitt ging deshalb voll daneben. Besser gesagt, er

traf sehr wohl die Mitte meiner Fingerkuppe und drang auch glatt tief bis auf den Knochen in meinen Finger ein.

Das war jetzt allerdings wirklich nicht so von mir beabsichtigt gewesen und tat zusätzlich auch noch scheißen weh. Übel war auch, dass ich mir vorher für die Aktion nicht noch schlauerweise eine Rolle Zewa-Tücher oder ein Pflaster bereitgelegt hatte. Nicht ganz so doof war allerdings, dass ich im Rahmen des vorauseilenden Gehorsams die Operation in unserem Badezimmer durchgeführt hatte. Tatsache war allerdings immer noch, dass aus meiner Fingerkuppe plötzlich in Sekundenschnelle gefühlt Hektoliter von Blut und nach Luft schnappenden, selbst im Todeskampf immer noch wild durcheinander fickenden, außerirdischen Würmern heraus bluteten.
Diese fiese Suppe verteilte sich unkontrolliert im Bad über Fliesen, Boden und die Glaswände der Duschkabine. Glücklicherweise gelang es mir, die Blutung dann doch innerhalb kurzer Zeit mit einer Mischung aus Klopapier und Sekundenkleber einigermaßen in den Griff zu bekommen.

Das Loch in meiner Fingerkuppe suppte immer noch ein wenig, aber der Onkel war jetzt wieder einigermaßen einsatzbereit. Und so langsam auch etwas in Zeitnot. Wenn ich jemandem etwas versprochen hatte, war ich auch grundsätzlich pünktlich vor Ort.

„Fahr mal zur Laderampe bei IKEA. Wir sind dann schon da." Ich kreuze also, wie es meine Art ist, pünktlich auf die Minute an der Laderampe auf, aber dort herrscht leider

gähnende Leere. Mein Kumpel und seine angekündigten Helfer glänzten, wie ich im Vorfeld bereits vermutet hatte, erst einmal durch kollektive Abwesenheit.
Nicht ganz so schlimm. Denn ich hatte mir vorsorglich am Drive-In bei Mac Doof direkt an der Einfahrt zum Gewerbegebiet Kamen noch ein Big Mac Menü zum Mitnehmen gegönnt.

Und während ich mir den wirklich sehr leckeren, doppelten Plastik-Burger reinhaue, zwischendurch ab und zu eiskalte Cola in mich hinein sauge, und mir die Finger mit Pommes und Majo einsaue, beobachte ich das Geschehen auf dem Parkplatz rund um mich herum. Vielleicht gar nicht so übel, dass sich mein Kumpel und seine imaginären Helfer etwas verspätet haben. Sozialstudien a la Carte. Ist schon heftig, wie schnell eigentlich sonst völlig normale, tiefenentspannte Müsli-Fresser beim Einladen von drei Kartons mit Billy-Regalen in einen Opel Corsa zu blutdürstigen Monstern mutieren können.

Das Drama spielte sich direkt in der Parklücke neben mir ab. Die Heckklappe eines Kleinwagens steht offen. Sie wackelt derzeit lustig im Wind vor sich hin. Kein Thema. Ist heute leider nun mal ziemlich windig in Deutschland. Schätze, ungefähr Windstärke 5. Unterhalb des Windspiels namens Kofferraumklappe ragen drei größere Kartons derzeit noch schräg gegeneinander verkantet einen Meter nach hinten aus dem Fahrzeug hinaus. Zwei Ökos, ein Mann und eine Frau, wuseln aufgeregt und hektisch mit den

Armen fuchtelnd um den Kleinwagen herum und versuchen verzweifelt, das völlig desolate Tetris-Spiel in ihrem Auto in den Griff zu bekommen. Und dabei gibt es wohl gerade heftige Probleme, die man offensichtlich momentan nicht ganz so schnell gruppendynamisch und sozial verträglich für alle Beteiligten ausdiskutieren kann. Während Billy (kein Scherz jetzt) und Anna-Fried versuchen, bewusst emphatisch und problemorientiert eine Lösung für ihr derzeitiges globales Dilemma zu finden, wuseln die Kinder Björn, Arne und Lisbeth (zusammen gerade einmal 15 Jahre alt) wild in der Gegend herum. Denn - ... Sie haben bereits in der zweiten Klasse der Waldorfschule beim Namen-Tanzen gelernt, dass sich beim hochheiligen Schweden-Möbelhaus sämtliche Fahrzeugführer sehr vorbildlich und rücksichtsvoll verhalten und darauf achten, selbst Kleinstlebewesen wie Frösche, Ameisen und Kakerlaken akkurat beim Herumrangieren auf dem Parkplatz nicht zu verletzen.

Aus diesem Grund flitzen sie jetzt gerade ohne Rücksicht auf Verluste um die wild durcheinander einparkenden Autos auf dem Parkplatz herum und spielten Fangen. „Hab dich!"

Peng! Es dauert auch nicht lange, und Björn, das älteste der Öko-Kids, hat sich eine dicke Beule an der Stirn eingefangen. Ursächlich daran war wohl in erster Linie, dass der 54jährige Grundschul-Lehrer und Hobby-Esoteriker Heinz Elisabeth Kloputtnick den Knirps beim Rückwärts ausparken aus der Parklücke einfach total übersehen hatte.

Kein Wunder. Auch sein Kleinwagen ist total überladen. Die hinteren Räder seines Nissan Micra kratzen mit der Lauffläche leicht, aber trotzdem völlig überfordert an den Radkästen. Die Karre hängt derartig schräg in den Seilen, dass er im Außenspiegel im günstigsten Fall nur noch die vom Flughafen Dortmund aus startenden Mallorca-Flieger wahrnehmen könnte. Was in diesem speziellen Fall aber beim Rückwärtsfahren leider nicht ganz ausreichte.

Björn war doch tatsächlich seitlich gegen das Auto gerannt, während Heinz Elisabeth seinen Kleinwagen aus der Parklücke heraus rangiert hat. Und dabei immer ganz bewusst in seinen Außenspiegeln auf mögliche Gefahrenherde geachtet hat. Schade eigentlich. Das Drama nahm nun seinen Lauf.

Der Knirps hatte plötzlich eine dicke Beule am Kopf brüllte sich deshalb gerade die Seele aus dem Leib. Heinz Elisabeth wird plötzlich klar, dass mit seinem Mantra irgendwie etwas nicht stimmt und springt wie von der Tarantel gestochen aus seinem Kleinwagen heraus. Irgendwie weiß er intuitiv, dass sich in seiner unmittelbaren Nähe ein hilfloses Lebewesen in Not befinden muss. Der Nissan Micra schwankt dabei bedrohlich hin und her. Leider fallen deshalb hinten aus der geöffneten Heckklappe vier kleinere Regalbretter heraus und landen bedauerlicherweise direkt auf den Kopf der 5jährigen Lisbeth, die sich genau in diesem Augenblick hinter dem Heck seines Wagens verstecken wollte.

Diese geht zwar auch schon in den Waldorf-Kindergarten und ist deshalb Kummer gewohnt. Was sie aber jetzt nicht unbedingt daran hindert, sich nun wegen einer spontan einsetzenden, extremen Kopfgrippe ebenfalls die Stimmbänder aus dem Hals zu krakelen.

Kind Nummer drei ballert dann auch wenig später mit der Schulter direkt gegen die hintere Ecke meines Vito. Der hat zwar ein wenig gewackelt. Ich schließe aber aus, dass dieser kleine Knirps beim Zusammenprall mit seiner durch eine ca. 300 Euro teure Survival-Jacke dick gepolsterten Schulter an der Ecke meiner Karre eine Beule verursacht haben könnte.

Immer locker bleiben. Ich schlürfe den letzten Rest der labberigen Cola in mich hinein. Die besteht fast nur noch aus geschmolzenen Eiswürfeln und schmeckt auch nicht mehr wirklich lecker, ist aber immer noch eiskalt. Ich gönne mir die letzten, fettigen Pommes aus der Hand. Ist klar. Wie immer rutscht mir die Serviette aus der Pfote und landet mit der Majo-Seite genau auf dem Radioteil der Mittelkonsole. Scheiße! Aber da ich in dieser Hinsicht Kummer gewohnt war, hatte ich entsprechend vorgesorgt. Küchenrolle und Feuchttücher gehörten inzwischen zum festen Inventar meines Blues-Mobils. Ich schnappe mir die Feuchttücher und die Küchenrolle und befreie das Radioteil von Fett- und Majoresten. Und beschließe, dass es am Wochenende doch vielleicht mal wieder Zeit für eine intensive Innenreinigung wird. Dank meiner Putz-Aktion ist das Cockpit schnell wieder einigermaßen clean. Und ich kann mich noch einmal ungestört auf die Ereignisse auf dem Parkplatz neben mir konzentrieren. Der Chor der kleinwüchsigen Nachwuchs-Ökos hat sich inzwischen in der Obhut ihrer Mutter an der Beifahrertür des Corsa postiert und wimmert nach Luft schnappend leise vor sich hin.

Heinz Elisabeth Kloputtnick befindet sich derweil bereits in der Obhut eines Notarztes, zwei Rettungssanitätern, sowie einer zufällig auf dem Parkplatz befindlichen Gruppe von acht tibetanischen Mönchen. Man weiß im Augenblick noch nicht, ob er wirklich durchkommen und die Sache überleben wird. Aber angeblich ist auch bereits ein Rettungshubschrauber auf dem Weg. Es besteht also immer noch Grund zur Hoffnung.

Der Schwertransport im Corsa scheint inzwischen konkrete Formen angenommen zu haben. Die Regale sind verladen. Die drei unteren Etagen des analogen Tetris-Spiels liegen inzwischen plan und ohne Lücken aufeinander.

Zur Verbesserung der Ladungssicherung wurde an der Kante des obersten Kartons mit Panzerband ein winziges, rotes Halstuch angeklebt. Auf diesem erkenne ich in weißen Buchstaben den Spruch: Freiheit für die Gummibärchen, weg mit den Plastiktüten!

Aus inneren, tief verwurzelten politischen Gründen verzichtet unser alternatives Ehepaar allerdings bewusst komplett auf die Benutzung von Spanngurten oder anderen durch die imperialistische Staatsmacht aufgezwungene, unfreiwillig die freie Lebensgestaltung der freien Bürger in der freien Welt einschränkende Sicherungs-Maßnahmen.

Gut. Der selbst gestrickte, rosa Pullover mit der blauen Friedenstaube auf der schmalen Brust von Mutter Anna-Fried bekam dann doch urplötzlich einen dicken Riss im Rücken, weil ihr bei der Vollbremsung an der nächsten Ampel bei Rot plötzlich und unerwartet drei Kartons voller Billy Regale ins Kreuz geknallt sind. Die drei Blagen im Fußraum vor der Rücksitzbank kamen glücklicherweise auch dieses Mal alle noch einmal mit dem Schrecken davon. Der kleine Arne blutete zwar plötzlich dann doch ein wenig aus einer Stirnplatzwunde, die er sich beim Zusammenprall mit der Rückenlehne des Fahrersitzes zugezogen hatte. Doch diese extreme Lebenserfahrung konnte man später sicherlich in der Mal-Gruppe der Waldorf-Kita beim gemeinsamen Singen und Namen-Tanzen gruppendynamisch wegdiskutieren. Komisch. Dieser Transport gelangte problemlos und ohne weitere Vorkommnisse nach Hause. Echt seltsam. Wenn bei meinen Auto mal die Kennzeichenbeleuchtung defekt ist, werde ich sofort von der Bullerei angehalten.

Ich zünde mir eine Kippe an und warte... und warte! Und Heino war immer noch nicht da.

Mein Kumpel Heino und seine aus zwei kleinwüchsigen Pygmäen-Kriegern bestehende Transport-Armee trafen schließlich mit fast einer ganzen Stunde Verspätung in der Ladezone ein.

„Sorry, hat ein bisken länger gedauert." War mir aber schon vorher klar. Dank fehlender Rückbank waren die Brocken dann auch fix im Auto verstaut.
Spritgeld gabs mal wieder nicht. Aber, - Die Aktion auf dem Parkplatz beim blaugelben Möbelhaus hat mir wieder einmal gezeigt:
Wenn das alles hier bei uns wirklich so weiter geht, sind wir alle verloren.

Kapitel 14: Unter Tage

Kalle Schybulski und Atze Schwatt hielten wie üblich Wache im Stollen auf der siebten Sohle der ehemaligen Zeche Viktoria I-IV in 230 Metern Tiefe. Seit die großen Menschen nicht mehr da waren, gestaltete sich das Wache schieben wirklich ziemlich eintönig. Jeden Tag die gleiche Routine, und wirklich gar nix mehr los in Schacht Sieben.

Kalle kratzte sich gelangweilt am Arschleder:„ Datt macht getz echt so langsam kein Bock mehr, hiea sinnlos inne Gegend rum zu vegetieren!"

„Da hasse Recht, Alder. Is allet schön schwatt hiea, aber voll langweilig am zugange sein! Früher war datt bessa, als die hier noch malocht haben." Atze sprang von der alten Vortriebs-Maschine herunter, und blieb glatt mit seinem blau-weiß gestreiftem Zechenhemd an einer dicken Schraube hängen:" So ein Scheißendreck! Schon widda ´n Loch inne Buxe!" „Nix Buxe. Datt war ma widda datt Hemd. Da wird sich deine Olle ja nachher voll am freuen zugange sein." Beide schauten verträumt hinab in die Tiefen von Stollen 7. Die Grubenlampen an ihren Helmen leuchteten auf einmal etwas heller in der Dunkelheit. „Nee, watt wa datt früher töffte hier, als wer hia die Großen noch anne Hammelbeine kriegen und verarschen konnten."

Doch inzwischen war es schon fast ein Jahr lang her, als die Großen zum letzten Mal nach unten gekommen waren. Und dabei handelte es sich nicht um die blauweiß gekleideten und später nach der Arbeit völlig verdreckten normalen Malocher, die hier vor Ort tagein, tagaus zunächst im Schweiße ihres Angesichts per Hand und später mit immer größer werdenden Maschinen Steinkohle abgebaut hatten. Nein. Hier handelte es sich plötzlich um ein paar hochnäsige Anzugträger, die ganz offen darüber diskutierten, wie man die Zeche am besten und elegantesten stilllegen könnte.

Ganz oben am Ende des Förderschachts leuchtete wie immer ein kleines Licht, dass irgendwie auf seltsame Weise Hoffnung versprach. Aber inzwischen rostete der Förderkorb, mit dem die „Großen" zuletzt heruntergekommen waren, auf der letzten Sohle in fast 1300 Metern Tiefe friedlich in aller Ruhe vor sich hin.

Kalle und Atze gehörten zur Grubenwacht. „Glück auf, der Steiger kommt. Ihr Grubengnome wacht", war ihr Motto. Und das hatten sie seit Generationen aufrechterhalten. Aber jetzt war hier unter Tage auf einmal nur noch tote Hose angesagt: „Nee, watt is datt langweilig!" Der Spruch schallte immer öfter und lauter werdend auf jeder Sohle und aus jedem Stollen durch die tiefschwarze Nacht im Pütt. Plötzlich gab es niemanden mehr, dem man einfach mal so aus Spaß die Helmlampe auspusten oder einen Knoten in die Schnürsenkel machen konnte, geschweige denn seine leckere Kniffte mit Zwiebelschmalz stehlen konnte. Auch die Grubenschmiede waren plötzlich arbeitslos. Denn es war niemand mehr da, der sich ärgerte, wenn plötzlich Bolzen aus Maschinen heraus platzten oder Förderloren ohne ersichtlichen Grund aus den Schienen flogen.

„Atze, datt Dingens hia geht getz echt voll den Bach runnta. So kann datt nicht weita gehen!" Atze nickte nur kurz ab:" Komm, wir gehen getz beim Oberchef-Steiger inne Palasthalle drinne.

Is doch fast wie aufn Holzplatz hia. Da brauchze doch auch nur 10000 Volt inne Arme, obwohl im Kopp keine Glühbirne leuchtet. Ich hab echt voll keinen Bock mehr auf die Scheiße hia".

Fazit: Die beiden Kumpels waren sich definitiv einig darüber, derzeit einen völlig überflüssigen Job auszuüben. Und damit waren sie beileibe nicht die Einzigen. Unter Tage gärte es heftig. Unzufriedenheit machte sich breit.

Auf ihrem Weg zum Steigerpalast ganz unten auf der zwanzigsten Sohle kamen sie an Pilz-Zuchten, Gemüsefarmen und der berühmten Ardeyquelle vorbei. Überall trafen sie auf andere Gnome, die ebenfalls mit der Gesamtsituation ziemlich unzufrieden waren und ihren Unmut darüber auch lautstark kundtaten. Nach mehreren Zwischenstopps an den unter Tage immer noch aktiven Resten der Brauereien von DAB, Stifts, Kronen, Thier, Ritter und Union, die hier mit Pils und Export insgeheim immer noch das wichtigste Grundnahrungsmittel der Grubengnome produzierten, erreichten sie schließlich ziemlich angeschickert den Vorhof zur Palasthalle. Nur, um dort auf eine aufgebrachte Menge anderer Grubengnome zu treffen. Manche trugen Transparente mit sich herum: „Ich bin dagegen, Freibier für alle", usw.

Alles gut gemeinte, und die angespannte Gesamtsituation sicherlich verbessernde Argumente .Den meisten Plakaten war allerdings definitiv nur eine Kernaussage zu entnehmen: „Porree. Voll langweilig hiea. So kann datt hia nich weita gehen."

Kalle und Atze wühlten sich durch die schier unübersichtliche Menge hindurch bis direkt vor das Tor der großen Konferenzhalle. Dort war allerdings dann erst einmal für sie Schicht am Schacht.

Ein etwa 40 cm großer Riese in Fahrsteigermontur, gekleidet mit Helm und Ornat der heiligen St. Barbara und bewaffnet mit einem goldenen Gezähe aus Schlägel und Eisen blaffte sie mit tiefer, grollender Stimme an:„ Watt willze? Datt Chefhauptsteiger is gerade inne wichtige Konferenz zugange!"
Hmm. Der Typ kam Atze doch irgendwie bekannt vor: „Hömma. Du bis doch datt Klaus, der Enkel von den Jupp seine Frau seine Tante. Getz hör ma auf, hier so auffe Kacke zu haun. Sonst sach ich datt deine Mutta!"

War ja schon immer gut, wenn man Beziehungen hat. Und in diesem Augenblick ließ Atze die seinigen spielen.

Und tatsächlich öffnete Heino, um jeglichem Stress mit dem Klaus seiner Frau seine Tante aus dem Weg zu gehen, den Beiden nach kurzer Rücksprache mit den anderen Wächtern widerwillig die Tür.

Atze und Kalle wackelten also voll des guten Bieres in die Versammlungshalle hinein. Diese war derzeit voll besetzt, was man aus normalen Sitzungen eigentlich nicht so gewohnt war. Normalerweise stempelten sich die Abgeordneten des Parlaments einfach nur ein, um sich dann für diverse Vergnügungen in den Tiefen der Unterwelt zu verabschieden. Also auch nicht anders als über Tage.

Die große Halle war jedenfalls gerade hell erleuchtet. Helmlampenscheinwerfer an Wänden und Decke verbreiteten ein übernatürliches, grelles Licht. Unsere Helden zückten deshalb wie auf Kommando gleichzeitig a la Men in Black ihre Sonnenbrillen aus den Umhängebeuteln. Gut. Damit konnte man die grelle Helligkeit in der großen Halle noch einigermaßen gut ertragen. Zudem kamen die schwarzen Ray-Ban-Sonnenbrillen unter den schwarzen Grubenhelmen ja auch zumindest bei den Zwergen-Ladies immer wieder extrem cool rüber. Der große Saal war bis auf den letzten Platz gefüllt. In der Mitte des Forums räkelte sich der große Oberhauptsteiger auf einem Thron aus Kohle, der von Silber- und Golderzadern durchzogen war. Im Laufe der Jahre hatte ihm das immer mal wieder Hämohorriden und diverse Darmprobleme beschert.

Aber was tat man nicht alles für das Wohl der Allgemeinheit. Trotz seiner gesundheitlichen Probleme lautete das globale Motto im Zwergenstaat für ihn immer noch: „Wir schaffen das!"

Und spätestens jetzt ist es Zeit dafür, ein wenig ausführlicher auf die Verhältnisse unter Tage einzugehen. Zunächst einmal gab es die Grubengnome, und die schon seit Anbeginn aller Zeiten. Es handelt sich dabei um eine Rasse klein gewachsener, im Normalfall ziemlich übel gelaunter Typen, die hier im Kohlenpott unter Tage schon immer ihr Unwesen getrieben haben.

Ihr an gestammter Lebenszweck bestand zu 90 Prozent daraus, die Bergleute zu ärgern und bis aufs Blut zu piesacken. Die restlichen 10 Prozent verwendeten sie dafür, sich mit Pils und Export Bier sowie bewusstseinserweiternden Pilzen das Hirn weg zu dröhnen. Aus diesem Grund betrug ihre durchschnittliche Lebenserwartung auch nur ungefähr 800 Menschenjahre.

Die Grubengnome hatten sich in Sachen Bekleidung im Laufe der Jahrhunderte dem Vorbild der Bergleute angepasst. Traditionelles Bekleidungsstück war also ein graues Arschleder, welches bei den moderner eingestellten Gnomen-Frauen auch gerne einmal pink oder rosa eingefärbt sein konnte. Die Haare wurden meist in Richtung Kurzhaarschnitt streng zur Seite gescheitelt getragen.

Dies ermöglichte es den Gnomen, unter Tage mit dem Kopf voran wie ein Bohrkopf selbst in kleinste Ritzen und Spalten zu kriechen. Hauptverbreitungsgebiet der Gnome war die Gegend unter den Städten Dortmund bis hinüber nach Hamm. Wobei es auch Sichtungen im Erzgebirge, im Harz und der rheinischen Tiefebene, und dort insbesondere im Bereich des ehemaligen Kernkraftwerkes in Gorleben gegeben haben soll. Die dortigen Sichtungen der „Großen" handeln allerdings allesamt von kleinen, knallroten Wesen mit zwei Köpfen, grünen Schwänzen und antennenartigen Wurmfortsätzen im Bereich des Solar-Plexus, auf denen sich zusätzliche Augen befinden.

Ich denke allerdings, hierbei wird es sich eher um eine Kolonie außerirdischer, knurzatmiger Wakkaduppnen vom Planeten Andromeda 2.3 handeln. Aber man weiß es halt nicht genau. Und ich erst recht nicht. Habe letzte Woche mal probeweise bei Area 51 angerufen, aber da konnte man mir dazu auch keine wirklich klärende Auskunft geben.

Der Anrufbeantworter teilte mir nur lapidar mit, dass meine Frage derzeit nicht beantwortet werden kann, weil sich augenblicklich angeblich fast die komplette Belegschaft im Urlaub befindet. Komischerweise laufen allerdings genau seit zwei Tagen nach meinem Anruf plötzlich Typen in schwarzen Designer-Anzügen mit Sonnenbrillen vor den Klüsen und dicken Kugelschreibern in der Hand bei uns in Lünen-Süd herum.

Erik und Susan von gegenüber können sich auf einmal nicht mehr daran erinnern, dass sie in den letzten Jahren im Urlaub in England waren. Zusätzlich bellt ihr Hund Nano plötzlich ab und zu in lupenreinem Kisuaheli.

Über den Feldern rund um den Südpark liegt nun immer öfter einen blauer, leuchtender Nebel, aus dem rote Funken heraussprühen. Vielleicht sollte ich mir also doch so langsam Sorgen machen, ob hier bei uns in Lünen-Süd immer noch alles im Lot ist. Aber ich schweife schon wieder vom Thema ab.

In den sechziger Jahren gab es bei uns im Kohlenpott auf den Zechen und in der Stahlindustrie mehr Arbeit, als an heimischer Manpower zur Verfügung stand.

Stichwort Gastarbeiter. Nicht lange, und wir hatten hier die ersten italienischen Eisdielen, Pizzerias, türkische Dönerbuden, sowie ostkuspekische und jugoslawische Restaurants. Allerdings jobbten 99 Prozent der Gastarbeiter bei Thyssen-Krupp in der Stahlindustrie, oder als Bergleute unter Tage. Plötzlich fand man auf den Klingelschildern so exotische Namen wie Öztürk, Müslübüstü, sowie diverse Kombinationen mit viel zu vielen Ypsilons, Zyks, usw. Jetzt wohnten plötzlich überall Katschmareks, Owczareks, Hüpendüpers, Mülüreuters, usw.

Der Beginn einer Multikulti-Gesellschaft.

Aber, was bis heute leider noch niemand bemerkt hatte: Auch im Ausland gab es in den Bergwerken schon immer fiese, klein gewachsene Scherzkekse, die nichts anderes zu tun hatten, außer die Malocher unter Tage zur Weißglut zu bringen. Klar, dass einige von ihnen in Erwartung neuer Opfer sofort die Gelegenheit nutzten, zusammen mit ihren Menschen bei uns im Kohlenpott einzuwandern.

Jetzt waren hier bei uns unter Tage auch winzige Djinns aus Anatolien unterwegs, die sich notfalls unsichtbar machen konnten. Nicht zu vergessen die Bagwats. Fiese, kleine schwarze Männer aus Ost-Kuspekistan, die jederzeit zu einem Streit oder Kampf bereit waren. Sowie Thorskhämmer aus Norwegen und diverse andere, meist übel gelaunte Gnome und Zwerge aus allen Teilen der Welt.

Im Gegensatz zu über Tage saßen hier unter Tage allerdings schon nach kurzer Zeit gewählte Vertreter aller Nationalitäten im großen Bergrat zusammen und waren voll stimmberechtigt. Denn Demokratie wurde hier unten im Stollen großgeschrieben. Auch wenn man meistens im Parlament wild durcheinanderredete, wie es auch jetzt gerade der Fall war. Bei dem derzeitigen Durcheinander konnte man nämlich gerade kaum sein eigenes Wort verstehen. Was in der jetzigen Situation nicht besonders hilfreich und schon gar nicht sachdienlich war.

Da half jetzt nur noch eines: Die Grubensirene. Der uralte Zeremonienmeister erhob sich langsam von seinem feuerroten Sitzstein an der rechten Seite des Throns des Oberhauptsteigers und schlurfte gemächlich in Richtung des Sirenen-Schalters. Er hatte alle Zeit der Welt. Das Stimmengewirr und der damit verbundene Lärmpegel ließen ihn kalt. Lag vielleicht eventuell ein wenig daran, dass er seit 700 Jahren für die Bedienung der Sirene zuständig und deshalb inzwischen stock taub war. Nur wenig später legten sich seine schrumpeligen Hände auf den riesigen, roten Sirenen-Buzzer. Um ihn dann tief ins Gestein hinein zu drücken. Zunächst passierte aber erst einmal gar nichts. Ok. War lange her, als man das System zum letzten Mal in Betrieb nehmen musste. War wohl jetzt im Lauf der Jahre doch ein wenig eingerostet.

Während der alte Zeremonienmeister sich noch ein wenig hilflos am Helm kratzte, erschallte dann doch mit etwas Verspätung die erste der heiligen

Bandaufzeichnungen: „Das war leider das falsche Tor. Hier ist der Zonk. Und das wäre Ihr Preis gewesen! Eine Reise mit einem Braunkohlenbagger und ihrer gesamten Familie nach Helgoland!"
Schon jetzt konnte man in der Großen Halle eine Stecknadel fallen hören. Doch plötzlich baute sich ganz langsam und immer heftiger werdend ein kaum hörbarer, tiefer Basston im Raum auf.
Boden und Wände der großen Halle fingen plötzlich an zu beben. Kleinere Steinbrocken lösten sich aus den Wänden und bröselten auf die Helme der außen an den Wänden sitzenden Minister und Zuhörer herab.
Außer dem dabei entstehenden „Ping, Pong, Poing" und gelegentlich leise vorgetragenen Schmerzensschreien war es immer noch mucksmäuschenstill im Raum. Das ganze Szenario hatte auf alle Anwesenden in diesem Augenblick eine so beeindruckende Wirkung erzielt, dass sich inzwischen niemand mehr traute, laut das Maul aufzureißen.
Aus rein dramaturgischen Gründen ertönte jetzt allerdings nun plötzlich ein ohrenbetäubendes Bäämm, auf das ein zweites und schließlich noch ein drittes, von der Lautstärke her kaum noch auszuhaltendes Bääämmm folgten.

Wobei das letzte „Bäääammm" dabei so knapp bei 106 Dezibel lag. Was im Übrigen ungefähr einem Konzert von Lemmi mit Mötörhead oder der letzten Abgasmessung an der Trude meines Kumpels Captain Ahab entsprach.

Anmerkung des Autors:
Die Alarmdinger in einschlägigen Aktions-Filmen, Krimis und anderen Medien-Publikationen machen auch immer mindestens drei Mal irgendwelchen Lärm, bevor etwas wirklich Fieses geschieht. Wobei der Held dann genau in diesem Augenblick realisiert, dass er jetzt tatsächlich so langsam den Arsch hochkriegen muss, um wieder einmal im letzen Moment die Welt zu retten.
Und ich muss ja doch irgendwie auf die Erwartungen der geneigten Leserschaft eingehen, um zumindest eine geringe Chance zu haben, dass dieses Buch hier vielleicht wirklich ein Bestseller wird. Also: Drei Bäääamms. Und fertig ist die Laube!

Und während sich die politischen Vertreter der unter Tage vorhandenen Völker noch krampfhaft die Ohren zu hielten, ertönte aus den Lautsprechern bereits die zweite, ebenfalls hoch heilige Botschaft:
„Entschuldigen Sie die kurze Unterbrechung. Bei einem unbestimmten Taubheitsgefühl ihrer Finger oder einem plötzlichen Hörsturz fragen Sie bitte ihren

Arzt oder Apotheker. Wir danken Ihnen für Ihre Aufmerksamkeit."

Am Rande der Versammlungshalle hatte man in kleineren Nebenhöhlen die wenigen der im Laufe der Zeit durch die „Großen" verloren gegangenen Henkelmänner installiert, damit man während der meist sehr langwierigen Sitzungen auch mal ungestört pissen oder auch mal für „Große" einen geilen Schiss in den Kosmos abseilen konnte.

Zur Zeit der „Bääämmms" war Rafid Basuoglu allerdings gerade als Einziger aller Anwesenden mal kurz für Gnome. Auch hier auf dem Klo hatten die Wände gewackelt. Dabei war sogar ein Spiegel zu Bruch gegangen. Trotzdem fiepte es im Gegensatz zu allen anderen nur ein etwas in seinen Ohren. Als er dann in die große Halle zurückkehrte, bemerkte er sehr schnell, dass selbst der Ministerrat noch immer wie gelähmt dasaß. Und eine völlig ungewohnte Stille im Saal herrschte.

Rafid war damals einer der Ersten gewesen, die die lange Reise aus der Türkei in den Kohlenpott gewagt hatten. Damals war er mit seinen 348 Jahren noch ein junger Bursche und immer noch ziemlich grün hinter den Ohren.
Es war für ihn wirklich ein Wagnis gewesen, versteckt im Koffer von Ibrahim Müslübüstü die gefährliche und

lange Fahrt mit dem Zug nach Deutscheland anzutreten. Doch irgendwann hatte ihn einfach die Abenteuerlust gepackt. Und ab dann gab es auch für ihn kein Halten mehr.
Rafid war ein Mikro-Dschinn. Gerade einmal dreißig Zentimeter groß. Und ja, er konnte sich wie alle Vertreter seiner Rasse auf Knopfdruck unsichtbar machen. Fliegen war für ihn auch kein Problem. Das erleichterte das „Streiche spielen" wirklich ungemein. Er wusste genau, dass die hiesigen Grubengnome zumindest anfänglich deshalb manchmal wirklich etwas neidisch auf ihn waren. Aber irgendwann fing man damit an, die „Großen" gemeinsam zu verarschen. Seine Fähigkeiten erleichterten die Sache ungemein und brachten allen dabei eine Menge Spaß. Rafid und seine deutschen Kumpels hatten fast 50 Jahre lang eine wirklich geile Zeit.
Zum Feierabend saß man noch gemütlich bei einer Shischa oder einer Flasche Kolonie-Bier zusammen. Um sich dann im Kreise der Kumpels die letzten Streiche und Übeltaten zu erzählen und sich regelmäßig darüber kaputt zu lachen, wie doof die „Großen" doch eigentlich waren.
Rafid war wegen der ziemlich öden Gesamtsituation unter Tage ziemlich angefressen. Ohne die „Großen" gab es hier nicht mehr viel zu tun. Und einfach nur den ganzen Tag untätig rum zu hängen war nun wirklich nicht sein Ding.

Als er dann in die große Halle zurückkehrte, saßen sämtliche Mitglieder der Vollversammlung immer noch bewegungslos und völlig erstarrt auf ihren Zeremoniensteinen. Und immer noch war keiner von ihnen in der Lage dazu, etwas zu sagen.
Auf diese Chance hatte er gewartet. Wenn nicht jetzt, wann denn dann?
Rafid eilte zum Rednerpult und schaltete das Mikrophon an. Eine Rückkopplung und ein aufgeregtes Rülpsen später ging es mit ihm durch: „Eh, alle Alder hier! Bin isch voll der Scheiße drauf. Kommst du hier nisch mehr rein, wenn du eine „Große" bist. Isch hab da voll nisch mehr der Bock drauf! Wenn hier bei uns nix mehr geht, gehen wir doch bei der Arschegelöcher oben rauf und mache da unsere Kram! Eh, Weissu? Der ist doch auch der Ameisen, Käfer und so weitere Zeugs, der da oben rum mache tut! Hey, Alder, lass uns den da oben mal kräfttisch eine voll mit der Power in der Arsche rein trete!"
Krasse Rede. Genau auf den Punkt gebracht. Da inzwischen alle Anwesenden wieder einigermaßen klar hören konnten, brandete jetzt erneut tosender Applaus auf.
Rafid verbeugte sich noch einmal höflich und begab sich danach zurück zu seinem Platz in den hinteren Reihen des Sitzungssaals.
Inzwischen hatte sich Pjotr Ibrahimovic, der Führer

der Delegation der schwarzen Ostkusnuppen, das Mikrophon geschnappt:" Chabe chenau chugechört! Chlasst uns nach oben chehen! Chunt denen da oben dann checht die Chölle cheiss machen!" Wieder tosender Beifall!
Und plötzlich war die gesamte Versammlungshalle völlig außer Rand und Band. Selbst den Oberhauptsteiger hielt es jetzt nicht mehr auf dem Chefstein.
Und als er schließlich am Rednerpult ans Mikrophon trat und stolz verkündete: "Meine Damen und Herren. Ich denke, wir haben uns jetzt zu Ende gelangweilt. Ab sofort geht es für uns ab nach oben. Also fertig machen zum Leute verarschen. Aber vergesst bloß nicht die Sonnencreme!" war der Drops für die Invasion der Terror-Gnome endgültig gelutscht.
Was genau am dreißigsten Mai im Jahre des Herrn 2022 für uns „Große" hier im Kohlenpott einige wirklich fiese Dinge nach sich zog.
Aber noch dümpelte unsere Welt wie gewohnt langweilig vor sich hin. Was sich innerhalb der nächsten Stunden leider schnell ändern sollte.

Kapitel 15: Zwischenzeitlich über Tage

Es ist er 30. Mai. Sonntagmorgen, zehn Uhr. Heute ist in meiner Laube bei Bier, Kaffee und Kuchen wie üblich mit der Band Frühschoppen angesagt, um unplugged Musik machen. Ich kenne meine Combo. Vor zwölf würde hier bei mir sicher keiner von denen auflaufen. Denn hinter uns lag ja wie immer das Wochenende. Und als aufstrebender Rockstar war es ja irgendwie Pflicht, sich am Wochenende in der Kneipe seiner Wahl üblicherweise voll die Kante zu geben!

Ich hatte also noch jede Menge Zeit, bis die Bande bei mir eintrudeln würde. Ich düse also mal eben mit dem Vito los. Frische Brötchen holen. Kurz nach Zehn. Ich stehe gerade vorm Bäcker, als mein Handy klingelt.

Am anderen Ende der Leitung meine alte Bio-Lehrerin, Frau Emma Katschmarek. Sie wohnt in der Düppelstraße und züchtet dort in ihrem Garten in Freigehegen schwarze Kaninchen und hellgelbe, ostkuspekische Goldhamster. Meine alte Paukerin ist völlig aufgelöst und total neben der Spur. Sie erzählt mit unter Tränen, dass bei ihr über Nacht unbekannte Täter alle Karnickel und Hamster mit Sprühfarbe blau und weiß eingefärbt haben. Dazu sei gesagt, dass Frau Katschmarek Vorsitzende des BvB-Fanclubs

Lünen-Süd ist. In Anbetracht dieser anderen, abartigen Farben sei sie zunächst erst einmal in Ohnmacht gefallen.

Als es ihr wieder etwas besser ging, habe sie sofort die Polizei in Lünen angerufen. Die Beamten hätten zwar in Anbetracht der auch für sie abartigen Farben vollstes Verständnis für ihre Lage gezeigt. Sie aber am Telefon quasi für blöd erklärt und ihr mitgeteilt, sie solle in diesem Fall doch besser sofort wegen einer freiwilligen Einweisung Kontakt mit der Ballerburg in Dortmund Aplerbeck aufnehmen.
Da sie jetzt mit ihrem Latein völlig am Ende sei (was für eine ehemalige Bio-Paukerin von der Realschule ja auch völlig normal war), wende sie sich in dieser Angelegenheit deshalb nun direkt an meine Detektei. Der Fall müsse doch irgendwie aufgeklärt werden. Täterhinweise könne sie leider nicht geben. Allerdings habe sie vor den Käfigen schwarzen Kohlenstaub und einige ziemlich heftig stinkende, kleine Kothaufen vorgefunden. Diese wären am Tag zuvor noch nicht dort gewesen wären. Außerdem hätte sie im hinteren Bereich des Gartens ein ihrer Meinung nach offensichtlich bodenloses Loch mit ca. 80 Zentimetern Durchmesser entdeckt, neben dem ein komplett voll geschissener und heftig stinkender Zinkeimer stehen würde.
Ich verspreche ihr, mich zeitnah um die Sache zu

kümmern. Bin gerade vom Brötchen holen wieder zu Hause und habe mir den ersten Kaffee gebaut. Wieder mein Handy.
Am anderen Ende des Rohrs diesmal mein Kumpel Uwe Böhm vom Vorstand der Südpark-Freunde: „Ralle, du glaubst es nicht! Die sind letzte Nacht in unser Vereinsheim eingebrochen. Viel geklaut haben die nicht. Aber Heike Schwimmer wollte hier bei uns heute Nachmittag ihren Geburtstag feiern. Dafür standen hier schon Schwarzwälder Kirschtorte, Pflaumenkuchen und diverse andere Leckereien auf den Tischen bereit. Von den Kuchen sind jetzt allerdings nur noch Krümel vorhanden. Dafür liegen hier jetzt überall auf den Tischen fiese kleine, schwarze Köttel herum. Bei uns im Vereinsheim mieft es wie in einer Güllegrube. Ich wollte mir gerade auf den Schock ein Bier aus dem frisch angezapften Fass genehmigen, aber das kannst du voll vergessen. Schmeckt irgendwie nach Katzenpisse oder so. Du hast doch da jetzt so eine private Detektei am Start. Wann hättest du denn mal Zeit, bei uns vorbei zu kommen, um dir die Sache anzusehen?"
Das Ding mit meiner alten Bio-Paukerin ging allerdings vor. Ich vertröstete Uwe also erst einmal auf Mittwoch nächster Woche. Ich habe das Gespräch kaum beendet, da macht mein Handy schon wieder Randale. Jetzt klagt mir mein Kumpel Michael Wegner sein Leid. Der spielt als Drummer in einer

Hobby-Band. Nachdem sein Schwiegervater die Bäckerei Birkenfeld in Lünen-Süd von wegen „in Rente gehen“ aufgelöst hatte, hat Micha sich auf dem ehemaligen Mehlboden mit seiner Combo einen Proberaum mit Tresen und allem möglichen Schnickschnack eingerichtet. Als er heute morgen nach der gestrigen Party dort oben aufräumen wollte, musste er feststellen, dass unbekannte Täter sein komplettes Drumset, die PA, sämtliche Verstärker sowie alle Gitarren und den Bass während der Nacht an die Decke genagelt hatten. Zusätzlich waren sämtliche Biervorräte irgendwo im Nirwana verschwunden. Auf dem Tresen lagen Reste von Ruß und einige schwarze, karnickelartige und ziemlich heftige miefende Köttel. Ansonsten könne er nichts zur Tatbegehung sagen. Außer, dass er hinten im Garten ein anscheinend bodenloses Loch entdeckt habe. Ich vereinbare mit Hinweis darauf, dass es für meine Detektei derzeit drunter und drüber geht, einen Termin für nächsten Donnerstag.
Kurz darauf der nächste Anruf. Es reißt nicht ab. Dieses Mal ist es Elke Wolf. Versicherungen, Reisebüro, UPS-Station und Kiosk. Eine Filiale an der Bebelstraße beim Aldi, die zweite unten bei uns auf der Jägerstraße. Elke ist völlig am Ende. Vor beiden Filialen türmen sich in kleinen Zinkeimern bergeweise kleine, stinkende schwarze Karnickel-Köttel. Die Schlösser an beiden Läden sind aufgebrochen.

Sämtliche Kekse und andere Süßigkeiten wurden von den Tätern offensichtlich noch vor Ort vertilgt. Überall Krümel und Papiermüll. Alle Zigaretten sind weg. Verpackungsmaterial ist über den gesamten Ladenbereich verteilt. Das komplette Sortiment an Korn, Whiskey und anderem hochprozentigem Schabau ist spurlos verschwunden. Auch hier wieder Ruß und Kohlenstaub. Allerdings gibt es hier zum ersten Mal auch Abdrücke von kleinen Stiefeln a´la Doc Martens in Schuhgröße 22 und kleiner. Elke sagt, die Bullerei der Wache Lünen geht derzeit davon aus, dass es sich bei den Tätern eventuell um eine muränische Kinderbande handeln könne, deren Mitglieder zwischen 8 und 10 Jahren alt und damit eh nicht strafmündig wären. Das würde zumindest die kleinen Fußabdrücke und den Verzehr sämtlicher Süßigkeiten direkt vor Ort im Laden erklären. Allerdings müssten die Beamten nach weiterer Untersuchung des Tatorts ausschließen, dass sich die Blagen mit zusammen gerechnet insgesamt 589 Flaschen hochprozentigen Schabaus noch direkt im Anschluss an den Einbruch den Gong gegeben haben könnten. Dies würde auch dadurch bestätigt, dass man nicht eine leere Schnapsflasche am Tatort gefunden habe. Bis auf ein bodenloses Loch mitten auf dem Aldi-Parkplatz und dem Gehweg der Jägerstraße direkt vor dem Laden gebe es auch hier wieder leider keine weiteren verwertbaren Spuren.

Derzeit tappe die Polizei noch völlig im Dunkeln. Es handele sich wohl um eine Einbruchsserie. Das irgendwann aufzuklären und die Täter ermitteln zu können, wäre eher unwahrscheinlich. Elke würde wohl wahrscheinlich leider auf ihrem Schaden sitzen bleiben.
Inzwischen war es viertel vor Elf. Und ich musste Elke auf nächsten Freitag vertrösten. Erst monatelang nix. Und jetzt füllten sich unsere Auftragsbücher plötzlich so schnell, dass wir mit den Ermittlungen wohl kaum noch nachkommen konnten. Damit war der Drops aber noch lange nicht gelutscht!

Um elf Uhr ruft mich mein Kumpel Ulli an, der die Apotheke auf der Alsenstraße betreibt. Auch er hatte heute Morgen schon Besuch von der Polizei. In der Mitte seines Ladens klaffte ein 80 Zentimeter großes Loch, welches ebenfalls in unbestimmte Tiefen führte. Aus dem Lager der Apotheke waren gezielt sämtliche Drogen und bewusstseinserweiternde Mittelchen entwendet worden. Im Laden wieder einmal kleine Fußspuren sowie Eimer mit heftig stinkenden Kötteln und schwarze Russpartikel. Die Polizei wie gewohnt auch bei diesem Einbruch wieder völlig überfordert. Ich kläre Ulli darüber auf, dass ich in der nächste Woche jetzt schon wegen einer Menge neuer Fälle völlig ausgebucht bin und deshalb den Kopf echt voll habe. Um ihn auf nächsten Samstag zu vertrösten.

Leider ist immer noch kein Ende der Fahnenstange in Sicht. Im Eurogrill hatte irgendwer das Federvieh im Hähnchengrill gegen Ernie und Bert Plüsch-Figuren ausgetauscht. Außerdem waren an den Grillstangen polnische Böller angebracht worden. Nachdem Maria morgens wie üblich den Grill angeworfen hatte, dauerte es dann auch nur wenige Minuten, bis sich das Ding explosionsartig in seine Einzelteile zerlegt hatte. War wohl eine echt enge Kiste, aber glücklicherweise ist mein Lieblingsgrill nicht abgebrannt. Man konnte das Feuer gerade eben noch löschen, bevor es weiteren Schaden angerichtet hatte. Das leckere Jägerschnitzel mit Pommes vom Euro-Grill hätte mir echt gefehlt. Da hatten wir ja noch mal Glück im Unglück gehabt!

Den Supergau gab es dann für uns allerdings Montagmorgen um sechs Uhr bei REWE Nelson. Den hatte man nämlich im Laufe des Sonntags komplett bis auf die letzte Nudel ausgeräumt. Im Laden klafften siebzehn ca. 80 Zentimeter durchmessende Löcher, die von dort aus wieder einmal in unbekannte Tiefen führten. Und überall standen statt des normalen Discounter-Angebotes Zinkeimer, Blumentöpfe und andere Behältnisse voller kleiner, stinkender Karnickel-Köttel herum. Wieder einmal überall Ruß, Kohlenstaub, sowie Abdrücke kleiner Kinderfüße in Arbeitsstiefeln. Für mich war klar:

Es handelte sich auch in diesem Fall um die gleiche Tätergruppe. Aber wieso verteilten die am Tatort zentnerweise kleine, stinkende Karnickel-Köttel und hinterließen dort Fußabdrücke in Micky Maus Größe? Und was bedeuteten diese seltsamen Löcher im Boden?

Kapitel 16: Immer noch „über Tage"

...und immer noch Sonntag. Viertel nach Zwölf. Ein lautes Röhren auf der Lutherstraße. Was nur bedeuten konnte, dass unser Drummer Juri gerade seinen Mosquitsch Tornado vorne an der Straße eingeparkt hatte. Juri, der Auto-Narr. Heute hatte er sich nicht lumpen lassen, und war tatsächlich mit seinem Mosquitsch Tornado aufgeschlagen. Dabei handelte es sich um einen vierzig Jahre alten, ausgemusterten Bus der sowjetischen Armee, der damals für einen möglichen Atomkrieg entwickelt worden war. Das Ding war fast 30 Meter lang und passte gerade so eben auf den Parkstreifen gegenüber unserer Einfahrt. Aber das auch nur, weil dort heute zufälligerweise kein anderer PKW abgeparkt war. Dort stand er nun in seiner ganzen Pracht und harrte der Dinge, die heute noch auf uns zu kommen würden. Juri war also schon mal da. Fehlten nur noch Rollo, Peter und Kevin, unser Roadie. In Sachen Kevin: Ich habe im Laufe meines Lebens in fast zwanzig Bands gespielt. Aber in fast jeder Band gab es immer einen ganz speziellen Kevin. Einige von denen hatten schlauerweise Tarnnamen angenommen, wie zum Bespiel Reiner Aua oder auch Herr Klaus Lückmann. Üblicherweise alle völlig verstrahlt. Aber so jemanden gab es ja fast in jeder Combo. Genau die Sorte, die dafür sorgte, dass man mit der Band trotz intensiver Proben nicht wirklich aus dem Arsch kam. So wollte Rainer Aua nach einer heftigen Diskussion am ersten Weihnachtstag im Jahre des Herrn 2014 beim Bandtreffen in der Laube plötzlich sofort in die Ballerburg gebracht werden. Er wäre derzeit komplett mit der Gesamtsituation unzufrieden und wolle sich sonst selbst abmurksen. Und überhaupt. Mit meinem verlogenen Bullen-Verhalten ginge ich ihm voll auf den Sack. Ein paar Beschimpfungen und etwas später gestaltete sich die Weihnachtsfeier sogar noch etwas prickelnder. Denn dann startete der andere Kevin plötzlich den Versuch, sich unter Einfluss von Koks mit einem Fiskars-Beil die Finger seiner Griffhand ab zu hacken. Und das nur, weil er völlig stoned einen ganz bestimmten Bossa-Nova-Akkord nicht mehr

richtig auf die Kette bekam. Es gab Zeiten, da habe ich die Bekloppten angezogen wie Scheiße die Fliegen. Das mit den Ausrastern selbstverliebter, egomanischer „Kevins“ ließe sich hier sicher unendlich weiter fortführen. Aber, das wollen wir nicht.
Fazit ist: Mit den ganzen gestörten, selbstverliebten Musikern, die ich damals kennen lernen durfte, hätte man problemlos die geschlossene Abteilung der Klapse in Dortmund-Aplerbeck über Jahre füllen können.

Unser derzeitiger Kevin war glücklicherweise anders drauf. Der wusste genau, was er wollte, und war der beste Roadie, den man sich vorstellen konnte. Der litt auch in keiner Weise an den allseits mit diesem Vornamen in Verbindung gebrachten Syndromen wie ADHS, einem stark eingeschränktem Wortschatz oder einem übersteigerten Ego. Nee, tatsächlich: Unser Kevin stand mit seinen knapp 30 Jahren voll im Leben. Den Rest dazu kriegen wir dann später im Buch.

Ich saß also gerade gemütlich mit meinem Kaffee in der Laube, als Juri durch die Tür kam:“ Chey, Ralle! Moin!“ Wie immer in sein typisches Outfit gekleidet. Sprich: Doc Martens-Stiefel, schwarzes T-Shirt, knielange Camouflage-Hose und Lederweste. Langes,

dunkelbraunes Wallehaar. Darauf wie immer seine rote Kappe mit den kleinen, schwarzen Micki-Maus-Ohren. Juri war mit knapp 160 cm nicht unbedingt der Größte. Aber das machte er mit seiner großen Schnauze regelmäßig wett. Unser Juri war in Polen aufgewachsen. Mit Waschen, Deo und anderem Zeugs hatte er es leider nicht so am Hut. Sein etwas strengerer Körpergeruch war regelmäßig schon da, bevor man ihn selbst zu Gesicht bekam.
Sein heutiger Auftritt toppte allerdings alles: „Chey, Ralle. Chich bin cheute morgen wach cheworden. Chund plötzlich chanden diese chleinen Viecher vor meinem Bett. Und ein paar von denen chonnten reden! Chich hab die mal alle mit rein chebracht. So eine Cheiße, chich chlaub das nich!"
Juri hatte es sich derweil auf der alten Ikea-Garnitur in meiner Laube gemütlich gemacht. Allerdings nicht, ohne sich vorher sein erstes Sonntagmorgen-Bier aus dem Kühlschrank zu holen. Derweil machte sich im Eingangsbereich der Laube auf den Fliesen plötzlich ein grau-brauner Belag breit, der sich in Minutenschnelle weiter ausbreitete und immer dunkler und auch höher wurde. Mehr konnte ich derzeit aber nicht erkennen.
Plötzlich hörte ich ziemlich leise, aber doch einigermaßen deutlich eine Stimme aus Richtung Werkbank:" Hallo, Herr Vennemann! Ich bin Arnold Hinterseer. Ich weiß ja nicht, ob Sie es schon

wussten? Aber sie und der Rest der Menschheit im Ruhrgebiet haben da definitiv ein wirklich gravierendes Problem!"

Sorry. Ohne Lesebrille war da außer einer grauen Masse, die sich stetig in wellenförmiger Bewegung befand, auf den Fliesen vor der Tür nichts zu sehen. Und das Audio-Signal bewegte sich auch nur knapp über einem kaum wahrnehmbaren rosa Rauschen. Das musste dringend geändert werden. Ich holte also zunächst einmal die dicke Lese-Lupe, die ich sonst nur für frickelige Lötarbeiten benutze, aus der Schublade. Glücklicherweise waren nach dem Gig mit der Band auf der letzten Fete in der Laube noch diverse Verstärker, Mikros und Kabel in der Laube eingelagert. Deshalb dauerte es nur ca. 20 Minuten, bis ich das komplette Set auf der Werkbank zwischen Standbohrmaschine und Bandsäge installiert und zum Laufen gebracht hatte. Jetzt musste ich nur noch das Licht entsprechend genau auf diese Ecke ein pegeln.

Als das alles so weit erledigt war, konnten wir dann hinter der Lupe sehen, wer da für uns gerade so völlig unverblümt die Apokalypse verkündete. Ganz vorne am Mikro stand ein Floh in Armee-Uniform mit einer kleinen Maschinenpistole in den Händen und einer Augenklappe über dem linken Auge. Aus seiner Körperhaltung war sofort klar zu erkennen: Er ist der Boss und hat das Sagen. Er handelt sich um

Commander Hinterseer. Rechts neben ihm eine dicke Zecke, die sich später als Frau Müller von der geheimen Zecken-Brigade der Stadt Fallingbostel vorstellt. Daneben zwei Bettwanzen namens Sylvester Calzone und Heinz Schwarzenegger, die meiner Meinung nach augenblicklich völlig unnötigerweise martialisch mit Wurfmessern in der Luft herum jonglieren. Links neben denen eine wirklich große, dicke Kreuzspinne, die sich uns jetzt gerade höflich als Frau Elvira Zahlmahn vorstellt, und wegen der Aktion der beiden Bettwanzen direkt neben ihr augenscheinlich doch ein wenig genervt ist. Es dauert auch nicht lange, bis sie die Wurfmesser der Bettwanzen-Akrobaten mit einigen Spinnenfäden abfängt:" Ssss tu mir leid. Ssside die Ssjungs sssind wohl sssiemlich nervösss." Sylvester Calzone und Heinz Schwarzenegger fuchteln inzwischen sichtlich hilflos mit ihren Tentakeln in der Luft herum. Sie pumpen ihre Chitin-Panzer auf, soweit es ihnen möglich ist, um auch ohne Messer immer noch einen auf dicken Max zu machen. Heinz Schwarzenegger dreht sich bewusst theatralisch zu Frau Zahlmahl um, und streckt frech mit den Worten:" I´ll be back!" stinkefinger-mässig seinen mittleren, rechten Tentakel in ihre Richtung aus.

Inzwischen habe ich für mich realisiert, dass hier in der Laube inzwischen so ungefähr zwanzigtausend Insekten der verschiedensten Arten herumlungerten und offensichtlich auf Befehle warten. Wenn man genau hinsah, konnte man selbst ohne Brille Spinnen, diverse Käfer, Wanzen und Zecken in dem Gewusel erkennen. Zusätzlich gaben sich unterhalb der Decke meiner Laube eine Menge Fluginsekten die Ehre. Bienen, Hummeln, Wespen, Schmetterlinge und andere Flieger warteten dort auf wohl auch auf weitere Befehle.

„Herr Vennemann, wir müssen dingend aufrüsten."
Commander Hinterseer hatte dafür auch schon eine Teil-Lösung parat: „Also. Als erstes werden wir zunächst einmal den Mosquitsch Tornado wieder voll kampffähig aufrüsten. Ich denke, ihren Vito bauen wir dann später als Beiboot hinten im Bus ein. Das ermöglicht uns im Notfall weitere Möglichkeiten. Zack, Zack, Leute. Haut rein, jetzt ist Tango!".
Die Türen meines Werkzeugschranks öffneten sich wie von Zauberhand. An der anderen Seite der Werkstatt wurden plötzlich die Vorhänge des zweiten Werkzeuglagers zur Seite geschoben. Schraubstock, Bandsäge und andere Werkzeuge rutschten anschließend auf einem graubraunen Belag zu Boden und subtrahierten sich im Anschluss durch die Laubentür.
Mir wurde so langsam klar: Die kleinen Mistviecher plünderten soeben meine Werkstatt und waren gerade damit beschäftigt, mich werkzeugtaktisch

völlig aus zu rauben. Nachdem sich auch mein komplettes Elektrowerkzeug aus der Laube substrahiert hatte, folgte der zweite Durchgang: Jetzt flog auf einmal meine penibel sortierte Schrauben-Sammlung in ihren Ikea-Kästen durch die Luft. Im dritten Durchgang folgten Lacke, Verdünnung, Wachs sowie der Rest der Werkstatt-Ausrüstung. Und schon war der graubraune Belag in der Laube weg. Auch hinter der Leselupe war nun niemand mehr erkennbar.

Das änderte sich allerdings bereits nach einer knappen Stunde, in der wir mehr oder weniger fassungslos in der Laube gesessen hatten.
Hinter der Lupe erklärte mir plötzlich ein kleiner Floh mit leiser, und sichtlich eingeschüchterter Stimme: „Herr Vennemann. Wir haben jetzt soweit alles zusammen. Es fehlen allerdings noch die Ladestation und der zweite Akku für ihr Lieblingswerkzeug, den 18-Volt-Akku-Schrauber von Bosch.“ Ja klar. Damit hatte ich gestern noch zwei Löcher in die Wand des Dachbodens gedübelt. „Ich will ja nicht drängeln, aber die Sachen werden hier augenblicklich wirklich sehr zeitnah benötigt.“ Der kleine Floh wirkte sichtlich nervös. „Der Meister hat mich zu Ihnen geschickt, weil er selbst keine Zeit hat. Ich bin doch nur der Lehrling, und möchte echt keine Motze bekommen, weil das jetzt alles so lange dauert.“

Also quälte ich mich netterweise die 36 Stufen zum Dachboden hinauf um den angeforderten Kram zu holen. Um auf dem Weg nach oben über das Für und Wider einer paramilitärischen Rettungsaktion für das Ruhrgebiet durch Kleininsekten und eine dafür wahrscheinlich total unqualifizierte Rentnerband nach zu grübeln.

Obwohl mir klar war, dass unser kleiner Tausendsassa wegen der Verzögerung der Baumaßnahmen sicher Stress mit seinem Meister bekommen würde, ließ ich mich erst einmal kurzfristig völlig genervt auf die Couch im Dachboden fallen und mir von Emma, meiner treuen Senseo-Kaffeemaschine, eine Tasse schwarzes Wasser zubereiten zu lassen. Diese Zeit brauchte ich jetzt einfach für mich. Hier ging jetzt plötzlich innerhalb kürzester Zeit alles drunter und drüber. In diesem Moment brauchte ich einfach die Zeit, um die bisherigen Ereignisse des Tages Revue passieren zu lassen. Emma gluckerte mir also in ihrer gewohnten, langsamen Art einen leckeren Kaffee fertig. Ich streckte Arme und Beine aus und lümmelte mich entspannt aufs Sofa.
Meine treue Emma hatte mich in den letzten zehn Jahren meines Lebens stetig und ohne Murren durch diverse Büros bei der Polizei Dortmund begleitet. Ich wartete quasi nur darauf, dass sie irgendwann anfing,

mit mir zu reden. Sie wurde von mir im Büro-Alltag morgens immer freundlich begrüßt, egal wie mies ich auch drauf war. "Hallo Emma. Guten Morgen, du Süße! Was meinst du? Bekomme ich von dir heute Morgen einen frischen Kaffee?" Tag für Tag fast zehn Jahre lang der gleiche Ablauf. Ich wackelte morgens müde zum Becken im Einbauschrank meines Büros, um Emmas Wassertank zu füllen. Anschließend wurden die beiden Kaffee-Pads vom Mittags-Kaffee des Vortages im Mülleimer entsorgt und gegen neue ausgetauscht.

Emma war jedenfalls immer noch fit und kredenzte mir nun gerade auf dem Dachboden eine wirklich leckere Tasse Kaffee. Schon der erste Schluck ging runter wie Sahne und brachte mich trotz der angespannten Allgemeinsituation in Sachen guter Laune schnell wieder stark nach vorne. Leider schossen trotz Blutdruck senkender Medikamente meine Werte leider plötzlich drastisch durch die Decke. Was daran lag, dass sich mein Computer gerade von alleine in Gang setzte. Im PC-Monitor tauchte plötzlich nach der Nachricht: "Keine Verbindung, bitte starten Sie das System neu" und einem wilden Geflacker ein wunderschönes Frauengesicht auf. Dabei konnte es sich um kein reales Mädel handeln. So etwas konnte es im realen Leben einfach nicht geben. Hier stimmte alles. Blondes, lockiges Walle-Haar rahmte ein perfekt

geformtes Gesicht ein. Diese Projektion auf dem Monitor hier oben in meiner Männerhöhle war aber so was von sexy.
Das änderte sich allerdings genau in dem Augenblick, als mir die Dame auf dem Monitor mitteilte: „Hallouh. Isch bin de Emma. deine Goffee-Moschiene. Mer san ja scho ne gonze Zoit zusammen om Stoard, ober getz göhts ja wohl ums Gonze! Isch gomm donn moa mit. Wenn de götze glösch runner gehst, vorgess misch nisch."
Ach du Scheiße! Meine Emma stammte wohl offensichtlich aus Sachsen. Eine Fremdproduktion der Firma Tassimo für kleines Geld in der DDR, um damit Gewinn im kapitalistischen Ausland zu machen. Das ging ja nun mal gar nicht. Das Mädel da auf den Monitoren war bildhübsch. Ein blonder Feger mit Dauerwelle. Und, soweit ich das erkennen konnte mit absoluten Modelmaßen. Aber sobald sie ihre Schnute aufmachte, hatte ich trotz meiner derzeit noch halbvollen Tasse sofort den Kaffee auf. Auf sächsisch konnte ich aber nun mal gar nicht. Das Mädel konnte noch so geil aussehen. Wenn die mit mir nackig im Bett gelegen hätte und dann nach dem ersten Rumgefummel für mich völlig unromantisch:" Nu gomm mo mei Gutah, mochs mior öndlisch", gestöhnt hätte, wäre das für mich definitiv als Rohrkrepierer abgegangen.
Aber glücklicherweise gab es ja Steinberg Cubase.

Nach ein wenig hin und her programmieren gelang es mir tatsächlich, den sächsischen Dialekt aus meiner langjährigen Freundin und Kaffeemaschine heraus zu filtern. Sie redete nun mit einer leicht rauchigen Stimme, die ein wenig Porno klang und gerade deshalb ziemlich sexy war. Egal. Immer noch besser als sächsisch! Im Anschluss ging es mit Emma und dem Ladegerät sowie dem Ersatzakku unter dem Arm die Treppe runter.

Im Hausflur kam mir Filou entgegen. Sichtlich scheiße drauf. Lag wohl an der Lautsprecherbox an seinem Halsband und einem Floh, der mit einem Mikro zwischen seinen Ohren herum balancierte: "Der Bus wäre dann so weit fertig. Aber es fehlt uns immer noch an einem zentralen Steuerelement! So können wir leider noch nicht starten!" Ich stehe im Flur, direkt neben der Küche. Plötzlich leuchtet dort unter der Dunstabzugshaube ein virtueller Bildschirm auf. Aus diesem lächelt uns Emmas Gesicht entgegen:" Meine Herren, ich wäre dann so weit bereit. Installieren sie mich jetzt bitte zeitnah auf meinem vorbestimmten Platz in der Mitte der Steuerkonsole des Mosquitsch Tornados."

Diese Stimme. Eine Mischung aus: "Nimm mich jetzt oder kaufe, was immer ich dir auch im Pay-TV anbiete." Selbst Herr Hinterseer wurde in Anbetracht dieser gottähnlichen Erscheinung kurzfristig ziemlich andächtig. Mir fiel allerdings sofort auf, dass sich

wegen der Änderung der Sprach-Routinen beim Interface meiner Emma einige Grafikfehler eingeschlichen hatten. Die kleine, leicht behaarte Warze an ihrer Nase kam nicht ganz so gut rüber. Und selbst bei einer virtuellen Dame waren leicht abstehende Ohren nicht wirklich so der Burner.
Auf dem Weg nach unten passte mich Frau Mahlzahl im Flur unseres Hauses ab: „Herr Vennemann. Meine Spinnen haben in der Zwischenzeit Computer-Chips in die Halsbänder ihrer Hunde implantiert. Es wird noch ein paar Stunden dauern, bis wir die Dinger endgültig justiert haben. Aber danach sollten sie problemlos mit den Hunden kommunizieren können. Ich denke, es wäre auch ziemlich hilfreich, wenn wir die Hunde mit auf unsere Mission nehmen würden. Sie sollten aber bitte vorher mal unter vier Augen mit Finn reden, denn der scheint derzeit ziemlich mies drauf zu sein."
Während ich wieder in Richtung Laube und zu meinen Kumpels unterwegs war, wurde meine Emma Ins Cockpit des Tornados eingebaut, wo sie auch sofort die Kontrolle übernahm.
Paul zog sich inzwischen seelenruhig sein viertes Bier rein. Ich blieb schon allein wegen der angespannten Gesamtsituation und meiner gereizten Pumpe bei klarem Sprudel. Auf dem Parkstreifen gegenüber rumorte es. Randale ohne Ende. Da waren jetzt Schweißgeräte, Trennschleifer, Bohrmaschinen und

anderes schweres Gerät am Werk. Paul saugte derweil gelangweilt an seinem Kaltgetränk herum und meinte nur lapidar: „ Chool. Die chaffen das schon! Peter, Roland und Kevin glänzten allerdings immer noch durch Abwesenheit.

13 Uhr. Es klingelt am Gartentor. Mein Nachbar Erik von gegenüber steht auf dem Hof. Erik, das Computer-Genie. Aber, wer hatte den denn verhauen? Er steht völlig zerzaust und verpennt vor mir. Scheiße. „Hallo Erik . Was kann ich für dich tun? Willze nen Kaffee?" Er meint nur: „Watt is datt da in dem Bus bei mir anne Hecke für´n Lärm? War spät heute Nacht."
Ich backe kleine Brötchen und druckse herum: "Nichts Wildes, Erik. Aber könnte sein, dass wir kurzfristig die Welt retten müssen. Und wenn du schon mal da bist, komm einfach rein. Ich erkläre dir das dann gleich alles ganz in Ruhe bei einer Tasse Kaffee." Erik fährt tatsächlich wider Erwarten einen Gang runter, beruhigt sich und kommt mit mir in die Laube. Ich kredenze ihm einen Kaffee mit Milch und acht Stückchen Würfelzucker. Ich teile ihm äußerst vorsichtig mit, dass Flöhe, Zecken und Sackläuse plötzlich reden können und derzeit dabei sind, direkt vor seiner Hecke einen alten, russischen Bus in den ultimativen Kampfpanzer umzubauen.

Selbstverständlich erklärt mich Erik daraufhin erst einmal für völlig bekloppt. Das ändert sich allerdings rapide, als plötzlich Commander Hinterseer wieder hinter der Lupe auftaucht und stolz über das Mikro verkündet: "Es ist angerichtet! Der Bus wäre dann so weit fertig! Er steht jetzt hier bei euch auf dem Garagenhof. Und ich glaube, inzwischen ist die Scheiße jetzt so langsam überall im Kohlenpot völlig am dampfen! Meine Späher berichten, dass sich an den alten Zechen überall Löcher auftun, in deren Umfeld die seltsamsten Sachen geschehen."

Juri schnappt sich derweil die fünfte Flasche Bier, Erik seine Kaffeetasse, und ich mir meine Kippen und das Zippo. Wir eiern aus dem Gartentor in Richtung Garagenhof. Dort stand jetzt der Mosquitsch Tornado. Doch den erkannte man zumindest auf den ersten Blick nicht wieder. Das Teil hatte nun eine Heckgarage. Durch die Fenster sah ich, dass darin mein Vito geparkt war. An dem waren allerdings nun mehrere Maschinengewehre, diverse Antennen und anderer Technik-Kram verbaut worden.
Aber das war gar nichts gegen die Verwandlung, die der Mosquitsch Tornado selbst durchgemacht hatte. Die Front zierte nun ein riesiger Bohrkopf. Ein bläuliches Licht waberte um den Bus herum. Dabei handelte es sich sicherlich um ein Kraftfeld, das einen Schutzschirm um die Karre herum projizierte. In der

Mitte des Daches glänzte uns eine runde Glaskuppel an. Dort gab es nach vorne und hinten gerichtete Laser-Geschütze.
Auf der ersten Treppenstufe der Beifahrertür standen Flöhe, Zecken und Läuse in Uniformen salutierend bereit, um uns stolz den Umbau im Inneren des Busses zu präsentieren. Das erschien nun definitiv größer als gewohnt. Als wir durch die große Schiebetür an der rechten Seite den Bus betreten, fällt mir sofort auf, dass der Müll, den Juri sonst kiloweise in seiner Karre hortet, komplett verschwunden ist. Es riecht intensiv nach Neuwagen. Auch der gewohnte muffige Geruch nach Juri und alten Zigarettenkippen war nicht mehr vorhanden. Das Armaturenbrett glänzte förmlich in Hightech und Chrom. Hier strahlten uns jetzt eine schier unübersehbare Anzahl von mikroskopisch kleinen Schaltern und Knöpfen an, auf denen Zecken, Flöhe, Spinnen und Sackläuse in bunten Phantasie-Uniformen auf ihre Einsatz-Befehle warteten.
Hinten im Bus gab es eine gemütliche Sitzecke mit sehr bequemen Ledersofas. Im Bereich davor ein paar Doppelstock-Betten, in denen man sicher klasse abratzen konnte.

Der absolute Clou war allerdings die Geschützkuppel in der Mitte des Daches. Der Bordschütze konnte seinen Sitz je nach Bedarf hydraulisch hoch und runterfahren. Es gab einen Bierdosenhalter, einen eingebauten Minikühlschrank, USB-Ladegeräte mit passender Halterung fürs Handy und einen Aschenbecher mit roter Innenbeleuchtung. Juri fand das sofort total geil:" Chich setz mich chetzt hier chin. Das chist ab sofort mein Platz! Chäptän, Isch wäre dann soweit!"

Okay. Schade allerdings, dass er nach der sechsten Kanne Bier (die er freudestrahlend dem integriertem Kühlschrank seines neuen Throns entnommen hatte) versehentlich bei Zielübungen mit dem Laser die Garage meines Nachbarn Günni inklusive eines darinstehenden zehn Jahre alten Opel Astra atomisiert hat. Ich machte mir kurzfristig den Kopf, ob die Versicherung auch für Schäden durch unbeabsichtigtes Abfeuern einer Laserkanone aufkommen würde. Wohl eher nicht. Egal. Im Augenblick hatten wir sicherlich wirklich andere Probleme.

Vorne an der Straße parkte gerade ein schwarzer Daimler Kombi ein. Aus dem schälten sich Rollo, Peter und Kevin heraus. Und staunten angesichts des aufgemotzten Busses auf unserem Garagenhof nicht schlecht. Nach einer kurzen Einweisung waren sie dann auch auf Schiene:" Ja Scheiße! Und was kommt jetzt?" „Jungs. Erst mal ab in die Laube, Lagebesprechung." Wir trollten uns also ab vom Hof und verdünnisierten uns in Richtung Laube.

Während wir auf dem Weg sind, sehe ich im Vorbeigehen durch die Fensterscheibe des Freisitzes, dass sich im Garten die Krüppel-Haselnuss zusammen mit meinem heiß geliebten Brunnen in Richtung Erdmittelpunkt substrahiert.
Sie hinterlässt dabei ein ca. einen Meter großes Loch im Boden, aus dem plötzlich wie von Geisterhand zwei Eimer voller übelriechender, kleiner Köttel ans Tageslicht geschleudert werden. Also, jetzt reicht aber wirklich so langsam! Meine Hunde stehen mit eingezogenem Schwanz vor dem schwarzen Abgrund und trauen sich nicht einmal zu bellen. Stattdessen heulen sie leise wie Wölfe vor sich hin. Mir ist klar, dass sie mit der Gesamtsituation nicht wirklich umgehen können. Das Jaulen wird plötzlich von irgendwem dort unten durch einen dritten Eimer voller stinkender Scheiße, der genau auf unserem Wohnzimmerfenster in tausenden von stinkenden Kleinteilen zerplatzt, quittiert. Obwohl ich ja zwischenzeitlich auf Sprudel gewechselt hatte, habe ich jetzt wirklich endgültig den Kaffee auf. Da wollte mich wohl irgendwer ärgern. Und der wohnte offensichtlich irgendwo tief unter uns in der Erde. Okay. Wenn ihr das so haben wollt? Jetzt ist Krieg! Zieht euch besser warm an! Onkel Ralle ist stinksauer!

Wir substrahieren uns zur Lagebesprechung mit der Band und den Anführern der Insekten-Abteilung zurück in die Laube. Irgendwie hatte keiner von uns gerade so wirklich Bock darauf, die Instrumente zu quälen. Kevin räumt deshalb mit Rollo und Peter die Klampfen und den ganzen Instrumenten-Kram zur Sicherheit in den Mosquitisch Tornado ein. Man wusste ja nie, wozu man das demnächst eventuell noch brauchen könnte. Die Kaffeemaschine in der Laube gab alles, um uns Altrocker gehirnmäßig auf Vordermann zu bringen. „Das kommt definitiv von unter Tage." Rollo brachte die Sache auf den Punkt. „Aber da ist doch nix mehr. Die Zechen sind doch schon lange dicht." Stimmt, und damit hatte er ja wohl offensichtlich Recht. „Nöö, Leute. Da ist sehr wohl noch etwas." Arnold Hinterseer hatte, wie man schon aufgrund seines Nachnamens vermuten konnte, diverse Hintergrund-Informationen für uns parat. Und klärte uns dann im weiteren Verlauf darüber auf, was ihm Späh-Würmer und Maulwürfe über die derzeitigen Verhältnisse unter Tage berichtet hatten: "Meine Herren. Da unten gibt es seit Jahrhunderten eine Zwergen-Bevölkerung, die sich schon immer einen Spaß daraus gemacht hat, die Malocher unter Tage zu ärgern. Der Spaß ist für die da unten aber jetzt leider Vergangenheit. Und deshalb kommen die jetzt wohl hier hoch, um über Tage ihren Blödsinn weiterhin direkt bei uns zu

veranstalten."
Zack! Unterkiefer runter. Die Jungs und ich mussten das erst einmal verdauen. Voll der Schock in der Morgenstunde. Trotzdem wechselten wir kollektiv auf alkoholische Drinks, um die Problematik zumindest kurzfristig etwas besser verdauen zu können.
„Meine Herren. Dank der Fräse am Bug können wir es mit dem umgebauten Bus bis fast zum Erdmittelpunkt schaffen. Aber ich glaube, so weit müssen wir da gar nicht runter. Wir brauchen allerdings noch jemanden, der sich mit Computer-Technik auskennt. Ich habe da zwar gerade 2000 Ameisen drauf angesetzt, aber irgendwie bekommen wir die Software des Busses nicht in den Griff!"
Klar. Das war das Stichwort für meinen Kumpel Erik. Der ließ sich auch nicht lange lumpen, schnappte sich zwei Flaschen Astra rot und substrahierte sich im Anschluss direkt in Richtung Computer-Konsole des Tornados. Da das Ding noch immer auf unserem Garagenhof stand, konnte man nur wenig später seine Flüche aus der offenstehenden Eingangstür des Tornados hören: "War ja klar! Wieso habt ihr Kack-Ameisen hier die mistige Software der Firma Kleinweich installiert? Jetzt kann ich den ganzen Kram runterfahren und auf Apple updaten!" Eriks Flüche waren noch bis 15 Uhr zu hören. Um 15:20 Uhr war der Bus dann komplett auf Apple-Software umgerüstet. Jetzt funktionierte alles perfekt. Und Erik

lag in einem der Doppelstock-Betten und ratzte sich erst einmal mit einer leeren Kanne Astra rot in seiner rechten Hand einen ab. Wir überlegten derweil, was wir eventuell noch an Ausrüstung im Bus bereithalten sollten. Während Erik den Schlaf des Gerechten hielt, schleppten wir Cola-Kisten, acht Six-Packs Whiskey und andere wichtige Grundnahrungsmittel wie Fertig-Pizzas, Chips, Kartoffeln, Eier, Speck und andere Sachen in den Bus. Man wusste ja nie, wie lange wir uns da unten aufhalten würden. Einige Äxte, mein Luftgewehr und mehrere frisch gewetzte Küchenmesser vervollständigten unsere Ausrüstung. Meinetwegen konnte es jetzt losgehen. Wir waren nun sicher waffentechnisch jederzeit dazu bereit, es mit den Typen da unten aufzunehmen.
Juri pennte in der Geschütz-Kuppel seinen Sonntagmorgen-Rausch aus. Kevin, der im normalen Leben als Rettungs-Sanitäter arbeitete, checkte noch einmal unser Erste-Hilfe-Material durch: "Uns fehlen noch ein paar Mullbinden. Wenn einer von uns angeschossen wird, könnte es deshalb eng für ihn werden. Aber Stichwunden habe ich drauf!" Rollo lümmelte sich in die Sitzecke des Busses und schnappte sich seine Gitarre. Hatte dabei aber leider noch nicht gecheckt, dass darin inzwischen eine Maschinenpistole verbaut worden war (sowie ein Flammenwerfer, Bierdosenhalter, USB-Ladeport und Flaschenöffner). Die Ameisen-Ingenieure waren in

der Hinsicht dann doch halt ein wenig detailverliebt. Egal, wer von uns wusste schon, wofür man die ganzen Gimmicks später noch gebrauchen könnte.

Juri war jedenfalls ziemlich angefressen, als ihm bei den ersten Tönen aus Rollos Klampfe eine Maschinengewehrsalve weckte und ein paar Löcher ins Dach seiner heiß geliebten Geschützkuppel hinein stanzte. Wir flickten die Löcher im Anschluss mit Silikon und Gaffatape. Silikon und Gaffa hält immer. Juri überprüfte mit zitternden Händen, ob noch alles an ihm dran war. Und tatsächlich hatte er nicht einmal einen Streifschuss abbekommen:" Cheit ihr eigentlitsch alle völlitsch betscheuert? Chuck dir mal mein Chäppi an!" Mit einer wütenden Geste deutete er mit beiden Zeigefingern seiner Hände auf die Mickimaus-Ohren seiner Lieblingskappe. In derer beider Mitte nun zwei Löcher im Kaliber 9mm klafften. Juri tobte noch einige Zeit in seiner Kanzel herum wie ein HB-Männchen. Allerdings ohne dabei in die Luft zu gehen. War auch besser so. Das Panzerglas der Kuppel hätte ihm sonst wohl noch zusätzlich einige Beulen und Platzwunden am Schädel verpasst. Ihm fehlte mit seinen knapp sechzig Kilo Körpergewicht ganz einfach die nötige kinetische Energie, um die Kuppel des Geschützturmes schnell und damit verletzungsfrei zu durchschlagen. Es dauerte nicht lange, und Juri hatte sich unter

Zuhilfenahme einer halben Flasche Wodka sowie einer russischen Papirossy-Zigarette (400 mg Kondensat und 630 mg Nikotin) wieder einigermaßen in den Griff bekommen. Von oben aus der Kuppel hörte man nur noch leise ein:" Ihr seid etscht völlitsch Tscheiße," und anschließend nur noch ein lautes Schnarchgeräusch. Im Bus stank es wegen seiner russischen Turbo-Zigarette noch einige Zeit lang heftig nach Bahndamm Moskau, Südseite. Rollo und ich saßen derweil bereits auf den beiden Fahrersitzen. Im Bus gab es zwei Lenkräder. Eines für hoch und runter, und eines für links und rechts. Für die erforderliche Feinmechanik tanzten Ameisen, Flöhe und andere Insekten auf zehntausenden von Knöpfen auf dem Armaturenbrett herum. Einige von ihnen torkelten allerdings derzeit doch ziemlich benommen auf ihren Schaltern herum und litten sichtlich unter dem Papirossy-Syndrom. Sprich: Ihre kleinen Tracheen kamen mit der Giftbelastung durch Nikotin und Kondensat nicht allzu gut klar. Wenn man nur zwei Millimeter groß ist, braucht man halt nicht viel Input, um völlig stoned zu sein.

Glücklicherweise war in der Mittelkonsole hinter einer großen Lupe eine 20 cm hohe Glaskuppel angebracht. Unglaublich. Der Raum darin war fast hundertprozentig der Brücke des ersten Raumschiffs Enterprise nachgebildet. Herr Hinterseer saß, genau wie damals Captain Kirk, fett im Sessel des Kommandanten. Alle auf der Brücke anwesenden Insekten trugen fast originalgetreue Uniformen. Frau Müller, die Bettwanze, hatte den Platz von Leutnant Uhura eingenommen. Mit einem kompletten Headset auf dem Kopf. Und war, wie man es aus dem Fernsehen gewohnt war, mit einer äußerst knapp sitzenden, roten Uniform bekleidet. Sylvester Calzone und Heinz Schwarzenegger saßen vorne an den Steuerpulten, und jonglierten schon wieder mit kleinen Wurfmessern herum. Keine Ahnung, aus welcher Quelle sie diese zwischenzeitlich wieder herbeigezaubert hatten. Auch in der Steuerkanzel gab es wohl derzeit roten Alarm. Unsere kleinen Helfer wurden, getaucht in rotes Scheinwerferlicht, wild durcheinandergewirbelt. Was wohl aber eher daran lag, dass sich die Lupe davor wie eine durch geknallte Kamera plötzlich wild hin und her bewegte. Das kannte man ja auch schon zur Genüge aus dem TV. Im Hintergrund der Kommandozentrale öffnete sich der Turbolift. Heraus traten ein Marienkäfer in einem Arztkittel, sowie eine klein gewachsene Spitzmaus mit eingefrorenen Gesichtszügen, Pottschnitt (einem mit dem Kochtopf geschnittenen Pony), schräg stehenden Augenbrauen und sehr spitzen Ohren: "Doktor McCoy, ich glaube, es reicht jetzt! Wir sind ja noch nicht einmal gestartet! Faszinierend!" Der Marienkäfer im Arztkittel nickte nur kurz und begab sich dann an eine der seitlichen Steuerkonsolen, um dort ein paar Schalter zu drücken. Kurze Zeit später war auch in der Kommandozentrale wieder alles im grünen Bereich. Die Lupe auf dem Armaturenbrett suggerierte uns nicht mehr, dass unsere Käferfreunde in ihrer Leitzentrale durcheinandergewirbelt wurden. Auch die Luft im Bus wurde von Sekunde zu Sekunde besser. Die Insekten auf der Steuerkonsole schnappten nicht mehr nach Luft und standen kurz darauf wieder einsatzklar auf ihren Schaltern. Die beiden Neuen stellten sich als Doktor „Pille Pillkowski" McCoy und Leutnant Mock, der Navigationsingenieur, vor. „Interessant. So sehen also Menschen aus. Erscheint nicht logisch, so groß zu sein. Aber interessant. Faszinierend!" Die Spitzmaus zuckte immer noch nicht mal ansatzweise mit der Wimper. „Wegen der derzeitigen Problematiken im Mittelpunkt ihres Kontinents habe ich meine eigene Forschungsmission, die mich zur Erde brachte, erst einmal unterbrochen. Ich habe fertig. Faszinierend!" Die Maus setzte sich an eine Konsole an der rechten Seite der Kommandozentrale, wo bald darauf eine Menge Bildschirme und massig bunte Knöpfe aufleuchteten. Doc McCoy entfernte sich in Richtung Tubolift:„Ich fahre dann mal wieder runter auf Ebene Sechs in die Kranken-Abteilung. Da unten gibt es Einiges zu tun. Da sind noch einige Tentakel und

andere Chitin-Problematiken zu reparieren. Glücklicherweise ist seit 20 Minuten der neue Replikator eingebaut und einsatzbereit. Einige unserer Jungs haben beim Umbau des Busses doch ziemlich gelitten. Ich bin dann mal weg."
Frau Müller drückte auf den roten Start-Buzzer. Plötzlich tauchten in den Frontscheiben des Tornados dreidimensionale Computer-Grafiken auf. Erik hatte ganze Arbeit geleistet. Los geht's! Peter drückte seinen Schalthebel nach vorne. Im Heck des Tornados erschienen plötzlich Stützen, die den Bus in eine Schräglage brachten und die Front nach vorne hin absenkten. Das Gestänge bohrte sich kreischend in die T-Steine unseres Garagenhofes hinein. Um sie anschließend in kleine Teile zu pulverisieren. Das gab dann wohl echt Ärger mit den Nachbarn! Versicherungsfall Nummer zwei. Egal. Was nimmt man nicht alles in Kauf, um die Welt zu retten? Trotzdem. So richtig Freude kam bei mir in Anbetracht des deshalb irgendwann anstehenden Regelungstermins bei der Provinzial Versicherung Wolff gerade nicht auf! Was folgte, war fast absolute Dunkelheit. Trotz der Frontscheinwerfer war kaum etwas zu sehen. Der Mosquitsch Tornado fraß sich beharrlich Meter für Meter weiter ins Gestein hinein. Und mit ihm eine Gruppe von durch geknallten Musikern und mutierten Insekten, die mal eben so die Welt retten wollten.

Kapitel 17: Partytime!

Unter Tage. Kalle und Atze liegen in ihre eigenen Seiche im Rost des Förderkorbs: "Scheiße, watt war datt gut gestern! Gefressen wie die Küchenschaben, und so viel gesoffen haben wir auch lange nicht mehr!" Die beiden rafften sich langsam auf. Oha. Da war wohl doch noch einiges an Rest-Alkohol im Blut. Also musste jetzt erst einmal ein leckeres Frühstück an den Start. Und genau das gab es nur einen Schacht tiefer in der ehemaligen Versorgungshalle. Als unsere beiden Helden dort immer noch ein wenig angeschickert eintreffen, geraten sie direkt in ein riesen Tohowabohu. Kohlköpfe, Bananen und Kekse wirbeln wild durch die Luft.
Grubengnome torkeln mit halb vollen Schnapsflaschen in den Händen in der Gegend herum. Atze bekommt einen Kürbis an den Kopf und ist schlagartig wieder komplett nüchtern:" Watt soll datt denn? Drehen die jetzt hier alle völlig durch?"

Gut. Die ganze Belegschaft hier unten ist nach dem ersten Tag „da oben" in Feierlaune. Hier geht immer noch voll die Party ab. Eigentlich wollen die Jungs nur noch nach Hause und einen abpennen. Trotzdem. Für lau konnte man das ja mal mitnehmen. Unsere beiden Helden gaben sich also auf der Unter-Tage-

Party noch einmal mit Dröhne-Pilzen, ein paar Eimern Bier und leckerem Wodka aus der Oberwelt den Gong. Nur wenig später rollten sie sich zwei Sohlen höher in einer gemütlichen Ecke in 300 Meter Tiefe auf weichen Felsen zusammen und pennten erst einmal ihren Rausch aus. Beide wunderten sich allerdings beim Einschlafen über das kratzende und nervige Geräusch, was da so beharrlich aus Richtung Oberwelt her auf sie zukam.

Während unsere beiden Helden friedlich abratzten, feierte der Rest der Unter-Tage-Bevölkerung den gelungenen Anfang ihrer Invasion der Über-Tage-Welt. Es geht derzeit drunter und drüber. Man war inzwischen dabei, die Stühle aus der großen Halle zu räumen. Hier würden jetzt gegen Abend Heinz Kohlenstaub und die rockenden Schwarzsteine ein Konzert geben. Die beste Band, die es unter Tage jemals gegeben hatte. Die Menge tobte jetzt schon und war völlig außer sich. Unglaublich, was Aspirin, Whiskey, Gin und andere bewusstseinserweiternde Mittelchen mit Grubengnomen, Mini-Dschinns und ihren Kumpels aus den Ostblockländern anrichten konnten.

Inzwischen zwanzig Uhr. Licht aus, Spot an! Und da waren sie nun: Heinz Kohlenstaub und die rollenden Schwarzsteine! Die Menge tobte schon beim zweiten

Song. Die Jungs oben auf der Bühne gaben alles. Alkohol, Drogen, sowie das komplette Sortiment des REWE Melson in Form von Jägerschnitzeln, Pommes, Curry-Wurst, Tsatsiki, und Fladenbroten aus der Oberwelt machten im Publikum die Runde. Und alles für lau! Als Zugabe spielte die Band wie immer: "Sweet Home, Dortmund-Scharnhorst". Da jetzt wirklich jedermann im Publikum völlig zu gedröhnt war, wurde die große Halle nun von Feuerzeugen, Helmlampen und anderen offenen Flammen taghell erläuchtet. Scheiß drauf, dass hier wegen der ganzen Kohle im Raum eventuell auch schnell mal alles in Brand gesetzt werden könnte. Was aber glücklicherweise an diesem Abend nicht geschehen ist.

Heinz Kohlenstaub und die rockenden Schwarzsteine machten es sich derweil nach dem Gig im Backstage-Bereich bequem. „Eh, hömma! Watt is datt denn für´n Brummen und Wabern, watt da von oben kommt? Cooler Sound, könnte von uns sein! So was von goil!" Die Party unter Tage zog sich noch bis zum Morgengrauen hin. Der letzte Zwerg ging erst am nächsten Morgen gegen neun Uhr in die Poofe. Unter Tage wurde jetzt erst einmal kollektiv ab geratzt. Die gesamte Belegschaft pennte im Tiefschlaf vor sich hin. Es gab niemanden mehr, der Bock darauf hatte, über Tage irgendwelchen Bockmist anzustellen. Eine kurze Pause für die Oberwelt. Aber das Parlament hatte ja eine Menge neue Gesetzesvorlagen durchgeboxt. Man nannte es lapidar den Brex-It. Bedeutete: Wir brechen (Brex) nach oben durch und machen es (it).

Kapitel 18: Technische Probleme

Wir hatten uns mit dem Tornado laut Tiefenmessgerät tatsächlich schon bereits fast 20 Meter in den Erdboden hinein gegraben. Und plötzlich ging gar nichts mehr. Unser Bus ruckte kurz zweimal vor und zurück und kam danach zum Stillstand. Der Rotor am Bug glühte kurz auf und stellte plötzlich einfach seinen Betrieb ein. Zwei der Monitore in der Frontscheibe waren auch plötzlich nicht mehr vorhanden. Das sah stark nach einem Software-Problem aus. Und der Spezialist dafür ratzte derzeit friedlich in der oberen Etage eines Doppelstock-Bettes ab. Uns blieb gar nichts anderes übrig, als Erik zu wecken. Was sich allerdings nicht so einfach gestaltete, wie wir uns das zunächst vorgestellt hatten. Die halb leere Flasche Johnny Walker unter

seiner Bettecke erleichterte uns dann auch ziemlich schnell die Wahrheitsfindung, was seinen angeschlagenen Zustand hervorgerufen haben könnte: „Wasssn los hier? Ssibts Brobleme?" Es wurde Zeit für einen Eimer voller Eiswürfel. Eigentlich schade drum. Aber was tut man nicht alles, um zum Ziel zu kommen. Erik fand es nicht wirklich prickelnd, als wir seinen Schädel für 10 Minuten in einem Eimer voller Eis versenkten, war dann allerdings auch ziemlich schnell wieder nüchtern. Wir machten ihm klar, dass wir wohl wegen eines Computer-Fehlers in 20 Metern Tiefe feststeckten und es aus diesem Grund weder vorwärts noch rückwärts ging. Erik raffte sich auf. Nach einem kurzem Gespräch mit unserer zentralen Steuereinheit Emma teilte er uns allerdings mit:" Tschass liegt nicht annner Schwofftware. Der Moodor ist auch völlig in Ordnung. Abba hinten am Heck scheint ne dicke Kette dran zu sein. Ne wirklich dicke Kedde. Deshalb geht es jetzt auch nicht meahr vorwättz."
Rollo ließ sich nicht lumpen und krabbelte von seinem Fahrersitz aus durch den in ziemlicher Schräglage befindlichen Bus bis ganz nach hinten und am Vito vorbei bis zur Heckscheibe. Tatsächlich. Es ging nicht weiter, weil sich dort direkt an der Anhängerkupplung plötzlich eine ziemlich fette Ankerkette befand. Diese Sicherungsvorrichtung hatten allerdings weder die

Insekten-Ableitung, noch einer von uns, geschweige denn die beiden Hunde eingeplant.

Während Rollo noch aus dem Heckfenster heraus mit einer Taschenlampe die Lage sondierte, kamen von oben ganz langsam zwei zunächst nicht näher definierbare Objekte auf uns und das Heck des Mosquitsch Tornados zu. Das erste davon bestand offensichtlich aus zwei Speichenrädern, einem Lenker, Motor, Schutzblechen und anderen metallischem Kram. Was es kurze Zeit später als einen 1400hunderter Yamaha Intruder Chopper entlarvte.

Das andere Teil, was sich jetzt offensichtlich mit dem Kopf voran immer schneller werdend aus eigener Kraft wie eine Spinne die Ankerkette hinunter robbte, war allerdings zunächst nicht so einfach zu identifizieren. Laut einer ersten Analyse unseres Zentralcomputers Emma handelte es sich hierbei wohl um ein organisches Lebewesen. Dieses Ding bestand zum Großteil aus Leder und gegerbter Haut und war ca. 60 Jahre alt. Gekleidet in eine schwarze Lederhose, Chaps, einem Axxis T-Shirt und komplett schwarzer Unterwäsche. Das Wesen, was sich nun stetig dem Heck unseres Busses näherte, war am Kopf stark behaart, trug einen schwarzgrauen Zopf und einen langen, im unteren Bereich geflochtenen

Wikingerbart. Während es sich die Ankerkette hinunter hangelte, erzählte es sich offenbar selbst fortgesetzt irgendwelche Witze. Die laut unseres Computers Emma wirklich sehr gut und ziemlich ausgefallen waren.
Das nächste, woran Rollo sich später erinnern konnte war, dass sich die Heckklappe des Tornados plötzlich wie von Geisterhand öffnete und er durch das Hinterrad eines Motorrades oder aber auch eventuell durch einen gezielten Faustschlag eines organischen Lebewesens gegen den Kopf bewusstlos geschlagen wurde. Gab glücklicherweise aber nur eine kleine Beule. Gummi oder einzelne Faustschläge auf die Schläfe kann man ja immer noch ganz gut ab. Leider hat er dann nicht mehr mitbekommen, dass diese ganz in Leder gekleidete, stark behaarte Gestalt die schwere Ankerkette mit bloßen Händen mit einem Ruck von der Anhängerkupplung gelöst hat und dann von uns anderen unbemerkt von hinten in den Bus eingedrungen ist.

Erik ratzte dank seines übertriebenen Konsums von Johnny Walker inzwischen wieder in seinem Kojenbett den Schlaf des Gerechten. Wir anderen waren im vorderen Bereich des Tornados intensiv damit beschäftigt, den Bus wieder in Gang zu bringen. Und plötzlich legte sich mir von hinten eine große, schwere Bärentatze auf die rechte Schulter: „

Hör mal, was veranstaltet ihr hier eigentlich für eine Scheiße! Kannst du mir bitte mal demnächst vorher mal Bescheid geben, wenn ihr so eine Aktion veranstaltet?"

Das unbekannte Alien. Nee. Hinter mir stand Captain Ahab in all seiner Pracht.

Mensch. Wir waren zusammen groß geworden, und kannten uns schon als Kinder. Ich wurde Bulle, er strebte eher eine Karriere als Rocker an. Aber alles Scheißendreck, und für uns beide völlig egal. Trotzdem haben wir uns in Sachen Mensch sein unser ganzes Leben lang immer gut verstanden. Hört sich komisch, ist aber so.

Als ich als Frischling bei der Bullerei in Lünen zum ersten Mal bei einer allgemeinen Verkehrs-Kontrolle mitwirken durfte, saß genau im ersten Auto, dass ich kontrollieren musste, Captain Ahab. Und der sah schon in jüngeren Jahren ziemlich heftig aus. Klar. Damit der Frischling auf der Straße nicht sofort Scheiße baut, oder die Leute ohne persönlichen Stress weiterfahren lässt, wurden wir damals ziemlich genau durch unsere Bärenführer kontrolliert. Die schauten uns kritisch über die Schulter und beobachteten sehr genau, was wir mit den Leuten bei Verkehrskontrollen so veranstalteten. War klar. Der Captain hatte natürlich selbstverständlich keine

Papiere dabei. Und ich hatte keinen Bock darauf, ihm deshalb Geld aus der Tasche zu ziehen, oder im schlimmsten Fall zur Überprüfung mit ihm zur Wache zu fahren. Ich sage also:" Rainer, gib mir irgendwas, egal was es ist. Gib mir irgendwas in die Hand, was ich mir ganz wichtig ansehen kann." Der Captain greift daraufhin ins Handschuhfach und händigt mir eine Tankquittung sowie eine weitere Quittung über einmal Pommes Majo von Erikas Frittenschmiede aus. Ich tue ganz wichtig und nicke das ab, als hätte er mir gerade Führerschein und Fahrzeugschein vorgezeigt. Ich gehe mit ihm zum Heck des Autos. „Zeigen Sie mir bitte einmal Verbandkasten und Warndreieck." Der Captain öffnet die Heckklappe des Autos. Ich sehe, dass sich im Verbandskasten lediglich zwei Flaschen Jim Beam und zwei Whiskey-Gläser befinden. In der Verpackung des Warndreiecks finde ich einen Baseball-Schläger und ein Bowie-Messer. Sieht ja wirklich so aus, als wären alle wirklich wichtigen Ausrüstungsgegenstände mit an Bord. Mein Bärenführer ist gut zufrieden damit, dass ich den Rocker mit seiner Karre derart intensiv kontrolliert und auch völlig furchtlos abgecheckt habe. Ahab und ich lachen uns an diesem Tag heimlich eins ins Fäustchen. Ganz ehrlich. Ich war niemals einer dieser Bullen, die wildfremden Menschen für Micki-Maus-Zeugs Knete abgenommen haben. Das hat mir zwar im Laufe meines Lebens bei der Bullerei eine Menge Stress mit irgendwelchen schlauen Vorgesetzten eingebracht. Aber egal. Ich habe wohl gerade aus diesem Grund auch heute noch keinerlei Probleme damit, mich im Spiegel anzusehen und zu rasieren.

„Ralle. Butter bei die Fische! Was ist hier los? Und warum gibt mir keiner Bescheid darüber, was hier gerade abgeht? Und warum zieht ihr das Ding hier ohne mich ab?" Der Captain wollte Antworten hören und war wohl auch leicht angepisst. „Rainer. Hört sich zwar im ersten Moment echt komisch an. Aber erst einmal habe ich deine Telefonnummer nicht mehr gefunden. Nein, Blödsinn! Habe wie immer nicht sofort daran gedacht, dass du uns bei dieser Aktion hier tatsächlich prima helfen könntest. Und ich dachte anfangs wirklich, wir Jungs von der Band kommen hier alleine klar. Wenn ich jetzt darüber nachdenke, ist es wirklich klasse, dass du jetzt dabei bist. Sieht so aus, als versuchen wir genau in diesem Moment, die Welt zu retten."
Ahab schaute mir tief in die Augen. „Okay. Wenn ich jetzt schon mal hier unten bei euch in diesem verkackten Bus hocke, bin ich selbstverständlich dabei. Eigentlich wollte ich mir mit dir heute nur mal in Ruhe im Garten einen Kaffee trinken und ein wenig quatschen. Sieht hier jetzt aber echt eher nach Stress aus. Da hinten im Heck liegt übrigens gerade

so ein zwei Meter großer Typ in der Ecke herum. Ich habe den sicherheitshalber mal umgehauen. Konnte ja nicht ahnen, dass das ein Guter ist. Okay. Du würdest mir ja nicht umsonst irgendwelchen Scheiß erzählen oder mich grundlos irgendwie verarschen. Passt mir auch gut in den Kram. Hatte gestern eh Stress mit einer Perle und muss mich irgendwie abreagieren. Bin dabei!"
Kevin subtrahierte sich in Richtung Heck und kehrte kurz darauf mit Rollo unter dem Arm, der zwar leicht angeschlagen war und ein blaues Auge hatte, nach vorne in den Bus zurück:" Ralle, ich glaube, dem Rollo geht's nicht so gut. Ich denke, der hat ne Gehirnerschütterung! Ich gebe ihm mal sicherheitshalber ein paar Aspirin. Denke, das wird in diesem Fall reichen."

Die Kette am Heck war ab. Von nun an ging es ohne weitere Probleme stetig weiter Richtung bergab.
Der Bohrkranz vorne am Bus trieb uns immer weiter voran in Richtung des Erdinneren. Nach 300 Metern stießen wir auf eine größere Höhle. Wir parkten den Tornado am Rand einer tiefen Schlucht, um von hier erst einmal vorsichtig die Gegend zu sondieren.
Ahab machte die Vorhut. Und kehrte nur wenig später mit zwei kleinen Gnomen, die er am Schlawittchen gepackt und nun freischwebend in seinen so weit wie möglich von sich weg gestreckten

Armen vor sich hertrug, wieder zum Bus zurück.
„Ralle, geht ja gar nicht! Die stinken wie Tsatsiki rückwärts. Ich war ja vor ein paar Jahren mal oben in Schweden bei den Brothers von den „Stinking Porks". Und wie du ja weißt, waschen die sich da oben nur einmal alle drei Jahre. Aber diese beiden Gnome hier toppen das definitiv!"
Das waren für uns nun völlig neue Erkenntnisse. Damit hatten wir nun wirklich nicht gerechnet. Die Kerle waren gerade einmal 20 Zentimeter groß. Ihre Kleidung bestand aus Zechenhemden, Arschledern und Grubenhelmen. An den Füßen trugen beide Doc Martens Stiefel in Schuhgröße 22. Die Zwerge furzten und rülpsten in einer Tour vor sich hin, und hatten eine Fahne von hier bis nach Warschau. Tatsache war, dass sie trotz der ruppigen Behandlung seitens des Captains nicht einmal ansatzweise aus ihrem Rausch wach zu kriegen waren.

Außer den beiden vom Captain festgenommenen Stinkern schien die Höhle völlig verlassen zu sein. Also ein prima Platz, um hier den ersten Stützpunkt einzurichten und das erste Zwischenlager auf dem Weg nach unten aufzuschlagen.
War wohl vielleicht auch besser so. Wer wusste schon, was da tief unter der Erde noch alles auf uns warten würde? Schon alleine die Tatsache, dass der Captain nach einer Exkursion von nur knapp

10 Minuten mit zwei intensiv nach Alkohol müffelnden, und deshalb immer noch im Tiefschlaf befindlichen Gnomen wieder am Bus aufgetaucht war, brachte uns alle ziemlich ins Grübeln. Außerdem signalisierte mir meine Armbanduhr, dass es schon zwanzig Uhr abends war. Also Zeit für uns ältere Herren, eine Pause einzulegen.

Kapitel 19: Pause unter Tage

Während wir so langsam realisierten, dass in den alten Stollen der stillgelegten Zechen kleingewachsene Gnome leben, die offensichtlich für 80 cm große Löcher, diverse Schandtaten und Eimer voller stinkender Köttel bei uns über Tage verantwortlich waren, wuselten unsere Kumpels aus der Insekten-Abteilung in Sachen Ausbesserung entstandener Schäden wie wild um den Mosquitsch Tornado herum. Kleinere Löcher in der Karosserie wurden durch Bienen mit Honig und Wachs versiegelt, und der Bohrkopf durch ein Geflecht aus Spinnweben verstärkt. Die Zecken sonderten direkt in den Tank ein Körpersekret ab, was nun erheblich mehr Energie als der normal verwendete Diesel produzieren würde. Der Tank war voll. Frau Müller von der geheimen Zecken-Brigade teilte mir hinter der Lupe auf der Mittelkonsole nur lapidar mit: "Kot tut Not!" Mir war das völlig Latte. Hauptsache, der Bus war jetzt wieder ausreichend mit Energie versorgt.

Der Captain war der Meinung, dass wir zunächst abwarten sollten, bis die beiden besoffenen Gnome aus dem Koma erwacht wären. Danach könnte man sie ja erst einmal nett und höflich fragen, was hier gerade abgeht. Wenn das nicht helfen würde, kämen wir seiner Meinung nach um ein wenig Foltern nicht herum. Dem stimmten wir nach kurzer Beratung kollektiv zu. Wir schickten noch einige der Insektenteams und die beiden Hunde zur Erkundung der Höhle hinaus. Die kehrten wenig später auch ohne weitere Erkenntnisse aus der schier unergründlichen Dunkelheit der großen Höhle zurück. Zwischendurch hatte mich Doktor Pillkowski darüber in Kenntnis gesetzt, dass die Halsbänder unserer Hunde nun durch die Spinnen-Techniker mit einem Upgrade ausgerüstet worden wären: "Ihnen ist doch sehr wohl klar, dass auch Hunde intelligent sind. Die reden zwar alle Dialekt. Aber dank der neuen Halsbänder können wir uns nun ab sofort ohne Probleme mit ihnen verständigen." Ich sollte mir keinen Kopf darüber machen. Das mit dem Reden würde jetzt endlich funktionieren. Die Angelegenheit ging für mich immer mehr ab in Richtung: Einfach zu viel Input!

Dank des Chips an seinem Halsband konnte mir Finn dann ein wenig später persönlich mitteilen:" Chef Ralle, die Höhle ist sauber. Aber wenn du mal Zeit hast, würde ich gerne einmal persönlich über einige Dinge mit dir reden." Gut, wenn es da Probleme gab, wurde es wirklich Zeit, sich in Ruhe damit auseinander zu setzen. Während Rollo, Juri und die anderen den Grill nach draußen schleppten, um das Essen anzurichten, verzog ich mich mit Finn in eine abgelegene Ecke der Höhle, um mit ihm seine ganz persönlichen Probleme zu besprechen. Ich hatte ja keine Ahnung davon, was ihm derzeit auf der Seele brannte. Lag nicht zuletzt daran, dass Finn bis gerade eben vor dem Update seines Halsbandes nicht mit mir reden, sondern nur bellen konnte.
Im Gespräch teilte er mir dann mit, dass er immer noch total in Ronja verknallt wäre. Allerdings wäre das jetzt eher so eine freundschaftliche Beziehung. Er hätte nun nach der Kastration nicht mehr so den Bock auf ficken, sondern würde jetzt lieber mit ihr auf der Couch und auf dem Teppich hin und her springen, ihre Schnauze ablecken und einfach nur mit ihr schmusen. Das mit dem Eier abschneiden beim Tierarzt wäre für ihn auch nicht so der Burner

gewesen. Aber weil wir ja wirklich gute Kumpels sind, nähme er mir das im Nachhinein nicht krumm.

Ich erkläre ihm, dass Kuscheln doch auch prima wäre. Lieb in die Pfote nehmen. Ein wenig drücken und streicheln. Mehr nicht. Das reicht doch, um zusammen ein Liebespaar zu sein. Finn hebt seine rechte Pfote und gibt mir „Fünf". Alter Schwede, wir hatten da gerade ein prima Männergespräch.

Vom Grill her duftet es verlockend nach mariniertem Hähnchenfleisch, Koteletts, Bratkartoffeln und anderem, leckeren Kram. Finn und ich bekommen plötzlich ein flaues Gefühl im Bauch und haben einfach nur noch Hunger.
Wir gesellten uns zu den anderen ans Lagerfeuer. Und hauen uns mit Grillfleisch die Pocke voll. Hinterher flätzte ich mich hinten im Bus in die Sitzecke. Füße hoch, Kuscheldecke raus. Bin nur noch müde. Wenig später kommt Finn wortlos zu mir, legt sich aufs Sofa und seinen Kopf in meinen Schoß. Okay, mein Freund. Du musst nichts sagen. Wir verstehen uns auch so. Ronja rollt sich nur wenig später ebenfalls an meinen Füßen zusammen. „Gute Nacht Ronja, gute Nacht Finn, gute Nacht, John Boy." Bequem ist etwas anderes. Trotzdem ratzen unsere Fellnasen und ich kurz darauf kollektiv weg. Und pennen durch bis zum nächsten Tag.

Zehn Uhr morgens. Meine Fresse! Um diese Uhrzeit bin ich eigentlich regelmäßig schon fast zwei Stunden wach. Ist gestern Nacht aber leider etwas später geworden. Im Bus herrscht Ruhe. Alle noch am pennen.
Aus der Duschkabine dringen allerdings seltsame Geräusche an mein Ohr. Interessiert mich dann doch, was da drinnen los ist. Ich reiße die Schiebetür auf. Das Nächste was ich sehe ist, dass Ahab mittig in der kleinen Kabine steht und sie fast vollständig ausfüllt:" Hört mal zu, ihr kleinen Scheißer! Ich will jetzt sofort wissen, was hier abgeht. Los! Butter bei die Fische. Sonst könnte es gleich wirklich etwas wehtun!"
Oha, was geht denn hier ab? In der hintersten Ecke der Duschkabine hockten zwei triefnasse Gnome, die derzeit offensichtlich unter einem ziemlich miesen Karma litten. Das miese Karma hieß mit Vornamen Rainer und wurde ansonsten im allgemeinen Sprachgebrauch nur Captain Ahab genannt. In der Wand der Duschkabine stecken ein paar Wurfpfeile, zwei abgebrochene Schlagringe, sowie ein Bowiemesser. Einer der Gnome hatte Zahnbürsten in seinen Ohren. Mit den Bürsten nach innen. Das Gesicht des anderen war über und über mit Rasiercreme eingepinselt. Beide hatten gestern Abend noch wallende Rauschebärte. Der mit den Zahnbürsten in den Ohren heute morgen aber nicht mehr. Sein Kinn ist glattrasiert wie ein Kinderpopo.

Der Zwerg flucht und heult sich leise und ziemlich wütend einen in seinen nicht mehr vorhandenen Bart ab.
Captain Ahab scheint heute Morgen auch noch nicht wirklich bester Laune zu sein:" Hallo Ralle. Ich bin schon seit sechs Uhr wach. Konnte irgendwie nicht richtig pennen. Also habe ich mir erst mal die Kerle hier aus der Ladebucht rausgeholt. Die heißen übrigens Heinz und Kalle. Außer ihren Dienstnummern und der Zugehörigkeit zum dritten Bataillon der zweiten Kohorte des Wächterkonsortiums der heiligen St. Barbara wollen die aber einfach nicht die Schnauze auf machen. Ich komme mir gerade vor, wie in einem billigen Agenten-Schinken aus den 50er Jahren. Da bluten die Feinde ja auch regelmäßig aus, ohne ihren Auftrag zu verraten. Das Einzige, was man da erfahren konnte, waren Name, Einheit und Dienstnummer. Und mehr habe ich aus denen bisher leider noch nicht herausquetschen können. Aber wir haben ja auch gerade erst einmal angefangen. Nicht wahr, Jungs?" Der Captain zückt dabei seinen Nassrasierer und hält ihn demonstrativ und Unheil verkündend in die Höhe!
In der hintersten Ecke der Dusche sehe ich zwei kleine, zitternde und ziemlich jämmerlich erscheinende Gestalten, die mir genau in diesem Augenblick schon wirklich Leid taten. Der eine hatte

bereits keinen Bart mehr, und der andere stand knapp davor, vom Captain rasiert zu werden. Ahab gab sich wirklich redlich Mühe, Informationen aus ihnen heraus zu quetschen. Die beiden Gnome sahen so schlimm aus, dass ich langsam immer mehr Mitleid mit ihnen bekam: "Hört mal zu, Jungs. Muss das hier jetzt wirklich sein? Ich denke, so wie ihr gestern Abend noch aus dem Hals gestunken habt, müsstet ihr doch heute morgen bestimmt einen ziemlich heftigen Kater haben?" Damit hatte ich wohl voll den Nerv getroffen. Denn Beide nickten plötzlich still vor sich hin. „Wir haben hier Rollmöpse, Tabasco, rohe Eier, 800er Ibuprofen und neunzigprozentigen Tequila im Apotheker-Schrank. Das könnte euren Haarspitzen-Kartharr in kürzester Zeit bis auf Null herunterfahren. Es gäbe dann für euch vielleicht auch später frische Brötchen mit Salami oder einen Toast Hawaii. Was ist? Habe ich damit eventuell euer Interesse geweckt?" Der Captain schaut mich völlig entnervt an: "Hör mal zu, Ralle! Ich veranstalte hier mit den beiden schon seit sechs Uhr Achterbahn, und ich habe hier gerade voll den Stress! Und jetzt kommst du mir hier mit so einer weich gespülten Scheiße?" Mit diesen Worten verließ der Captain dann auch die Bühne und trollte sich leicht angezickt davon. Nicht, ohne eine angebrochene Flasche Jim Beam und eine Literflasche Cola mitzunehmen, um anschließend innerhalb kürzester Zeit wieder in seinem Kojenbett abzuratzen.

Finn und Ronja waren ja wegen des ganzen Gebrassels ebenfalls schon wach. Noch gestern hatten die Translatoren an ihren Halsbändern prima funktioniert und einwandfreies Hochdeutsch produziert.
Heute Morgen erschien es allerdings so, als müssten die Dinger nochmals dringend nach justiert werden:" Ei verbibscht. Wann pockst mer denn ewwa Fudda in moi Pott drinne nei? Isch han ewas Hungah?" Ronjas Augen erinnerten stark an einen Maus-Maki. Süss. Trotzdem musste ich etwas grinsen, weil sie plötzlich derart dämlich im hessischen Dialekt mit mir redete. Auch Finns Halsband war wohl nicht mehr ganz in Ordnung: „Jo moi, Wos willst denna? Wir hom dermoassa a deftig Hunga draufi auf! Woss ist? Könnt I heut morn auch an Weißwürtschtel mit an Sauerkraut draufi hoam?" Doktor Pillkowski hatte mich ja vorgewarnt. Wenn das so bleiben würde, käme ich bei den Gesprächen mit meinen Hunden sicher in der nächsten Zeit aus dem Grinsen nicht mehr heraus. Das konnte so wirklich nicht auf Dauer bleiben und musste durch die Spinnen-Techniker dringend zeitnah gerichtet werden.
Die beiden patschnassen Gnome in der Ecke der Duschkabine erstarrten fast zu Salzsäulen, als sie

meine beiden Hunde zu Gesicht bekamen. „Jo moi, so reagts eucha net so aufi. Mia son nur hungrig. Ich bin jo oach groad moi woach. Pack ma getz zammi und geh mer wos fuddan inner Kücha!“ Manchmal konnte Finn wirklich nett sein.
Ich warf den Jungs aus der Gnomen-Abteilung noch zwei kleinere Geschirrtücher zu, damit sie sich abtrocknen konnten. Als das Bad wieder frei war, tauchte Captain Ahab plötzlich wieder auf und nutzte sofort die Chance, um sich unter der Dusche frisch zu machen.

Seine Laune schien sich nun erheblich verbessert zu haben. Jedenfalls hörte man ihn jetzt nicht mehr leise vor sich hin fluchen. Stattdessen war vielmehr aus der Duschkabine ein leises Summse-Gebrumm vernehmbar, welches stark an die Rotoren der Hubschrauber in Apokalypse Now erinnerte. Cap war besser drauf. Da hatten wir ja noch mal Glück gehabt!
Ich saß inzwischen am Küchentisch. Die Hunde schlabberten sich nebenan im Durchgang zur Fahrerkabine ihr Frühstück rein. Während dessen blubberte die Kaffeemaschine vor sich hin. Die beiden Gnome hatte ich vor mir auf dem Tisch platziert. Als der herrliche Kaffeeduft durch die Küche wehte, bekamen beide plötzlich ganz große Augen und lange Nasen. Durch das im Toaster langsam vor sich hin

bruzzelnde Weißbrot machte sich schnell ein weiterer, leckerer Geruch in der Küche breit. Und als ich den Kühlschrank öffnete und lecker stinkenden Blauschimmel-Käse, Peperoni-Salami und andere Spezereien daraus hervorzauberte, verdrehten unsere knallharten Minen-Rambos nur noch verzückt die Augen. Gegen das laute Knurren, was nun deutlich aus ihrer Körpermitte zu hören war, wäre jeder 100 Watt Marshall Röhrenverstärker (alle Regler nach rechts, also auf LAUT!!!) ein kleiner Furz gewesen. Die kleinen Wichte hatten definitiv Schmacht bis unter die Arme. Wäre ja von mir ziemlich doof gewesen, dass in diesem Augenblick nicht in Sachen Verhörtaktik auszunutzen.

Die Beiden saßen zwar immer noch mit verschränkten Armen auf dem Küchentisch und gaben sich redlich Mühe, total angepisst und abweisend aus der Wäsche zu schauen. Inzwischen triefte ihnen aber der Sabber sichtlich aus den Mundwinkeln. Ein wenig mehr von dieser Art Folter, und ich hätte die beiden geknackt. Konnte nicht mehr lange dauern. Ich biss also nochmals mit viel Genuss etwas von meinem Toast mit Schinken und Ei ab, um den Rest anschließend demonstrativ an die Hunde zu verfüttern. Die Gnome quittierte das mit weit aufgerissenen Augen und sabberten inzwischen vor sich hin wie zwei Bordeaux-Doggen, denen man im

Hochsommer eine Portion Peperoni kredenzt hatte. Ich genehmigte mir derweil den zweiten Toast, wobei ich ihnen immer noch ab und zu freundlich zu nickte. Inzwischen rutschten sie immer nervöser auf ihren kleinen Pobacken hin und her. Die waren inzwischen sicher ausreichend weichgekocht. Ich wollte gerade mit der Vernehmung starten, da schallte es lautstark aus der Dusche: "*Schön, ist es auf der Welt zu sein, sagt die Biene zu dem Stachelschwein. Du und ich wir stimmen ein, schön ist es auf der Welt zu sein. Und diese Biene, die ich meine, die heißt Maja, freche kleine Biene namens Maja. Maja fliegt durch unsere Welt, macht das, was ihr so gefällt. I´m on a Highway to Hell. Hey, hey, hey*!"
Das ging ja nun mal gar nicht. Der Captain war definitiv ganz vorne mit dabei, was schräg und daneben singen anging. Über Verstärker und Mikro wäre das auf einer Bühne vor Publikum bestimmt regelmäßig als übelste Körperverletzung eingestuft worden und sicher nicht straffrei ausgegangen.
Kurz darauf erschien er jedenfalls frisch geduscht und sichtlich erfrischt in der Küche.
Und verpasste mir damit zu dieser frühen Uhrzeit den Schock des Tages! Der Captain hatte ein weißes Handtuch in Form eines Turbans um seinen Kopf gewickelt. Ein ebenfalls weißer Udo Jürgens Gedächtnis-Bademantel und echt schwul aussehende, rosa Birkenstock-Latschen rundeten das Gesamtbild

ab. Zusätzlich waren die Enden seines Barts links und rechts in rosa Zopfgummis eingeflochten. Captain Ahab trat also zum Frühstück genau so auf, wie man es von einem Hardcore-Rocker wie ihm gewohnt war. Oder aber auch nicht? Mir platzte in diesem Moment fast der Arsch. Finn und Ronja lachten sich auf hessisch und bayrisch einen ab, während ich vor lauter Lachen erst einmal kurzfristig unter den Tisch fiel. Auf dem ja gerade die zwei Gnome saßen. Derzeit ebenfalls ziemlich sprachlos. Mit weit aufgerissenen Augen, völlig erstarrtem Blick und offenstehendem Mund. Um sich kurz darauf ebenfalls den Arsch blau zu lachen. Damit war der Bann endgültig gebrochen.

„Ich heiße übrigens Kalle Schibulski. Und so´n Toast mit Stinke-Käse käme getz echt toffte für mich rüba! Wir sind Grubengnome. Musse nich am sauer dran sein, abba datt war hiea unten in Pütt drinne einfach nur langweilig. Eine Kopfschmerztablette täte getz übrigenz auch ganz toffte tun. Mein Kumpel hiea hier könnte sicha auch gut ne Tablette vertragen." Worauf sich dieser nur kurz räusperte: „Ja, Tach auch. Wenn wa schommal dabei sin. Mein Name ist Atze Schwatt. So ne Tabette gegen Kopp-Piene wäre getz echt supa. Ich würde dann gerne auch so ne Stulle mit de scharfe Salami drauf wech picken." Inzwischen war auch der Rest unserer Crew wach geworden. Nach

ein paar Tassen schwarzen Wassers und diversen Brötchen, Toastbroten und anderen Leckereien saßen wir schließlich alle zusammen beim Frühstück, um in Ruhe die Lage der Nation zu diskutieren. Auf dem Tisch hockten immer noch zwei Grubengnome, denen im Laufe des Gespräches so langsam klar wurde, was sie da noch gestern kollektiv bei uns da oben für ein Gekasper verzapft hatten. Ihre Kopfschmerzen wurden allerdings immer heftiger. Kevin meinte nur:" Mit einer ganzen Aspirin würden wir die beiden wahrscheinlich umbringen. Ich rechne das mal eben um. Kevin holte sein Handy raus. Die Berechnung dauerte allerdings länger, als wir und besonders die beiden an einer inzwischen immer heftiger werdenden Kopfgrippe leidenden Grubengnome vertragen hätten: „Hey Leute, das ist wichtig. Das ist der Messenger. Jackie hat mir was geschrieben. Da muss ich erstmal dringend drauf antworten. Das geht vor. Ihr wisst doch?" Zwanzig Minuten später war auch das erledigt. Kevin hatte dann doch dank Onkel Google die nötige Dosierung ermittelt und jeweils ein Viertel einer Tablette in einem Schnaps-Pinnchen aufgelöst. Unseren beiden Gästen ging es schon kurz darauf sichtlich besser.
Captain Ahab kam, nachdem er sich Haare und Bart onduliert hatte, in seiner gewohnten Kluft zurück, um sich ebenfalls ein paar Brötchen reinzuschaufeln. Er versuchte zwar noch kurzfristig, wieder einen auf

harten Hund zu machen. Aber das nahmen ihm selbst meine Wauzis und die beiden Gnome auf dem Esszimmertisch nun wirklich nicht mehr ab. Seltsamerweise wuchs der Bart des frisch rasierten Gnomes noch während des gemeinsamen Frühstücks wieder so weit nach, dass wir sie später noch nur anhand ihrer verschieden farbigen Grubenhelme auseinanderhalten konnten.

Kapitel 20: Neue Kumpels an Bord

Stand der Dinge war also bisher, dass uns auf der Oberwelt einen Tag lang stark gelangweilte Grubengnome und andere Fabelwesen üble Streiche gespielt hatten. Dabei war allerdings bisher niemand wirklich zu Schaden gekommen. Gut. REWE Melson und andere Discounter zeichneten sich derzeit durch leere Regale und ein prima Echo in den leeren Verkaufsräumen aus. Das änderte sich allerdings schnell, nachdem dort im Stundentakt LKWs mit neuen Waren eintrafen. Auf der Jägerstraße ging derzeit verkehrstaktisch nichts mehr, weil fast stündlich ein Sattelzug rückwärts in die Einfahrt des REWE-Marktes hinein rangierte. Im gesamten

Lünener Stadtgebiet sah es auch nicht besser aus. Überall blockierten Sattelzüge, die neue Lebensmittel und anderen Kram anlieferten, die wichtigsten Verkehrswege. Es dauerte allerdings tatsächlich nur einen halben Tag, bis die Läden wieder bis oben hin aufgefüllt waren.

Dank unserer beiden Kumpels von unter Tage wussten wir nun inzwischen genau, wo wir hinmussten. Nämlich zur Versammlungshalle. Diese lag ziemlich genau 1000 Meter unter unserem jetzigen Standort. Und genau dort hin machten wir uns nach dem Frühstück auf den Weg.
Vorher sollten wir laut Kalle Schibulski noch einen kurzen Halt auf der siebten Sohle der Zeche Minister Achenbach IV machen. Also erst einmal 300 Meter gerade nach unten, dann 200 Meter schräg im 40 Grad Winkel nach rechts, danach 39 Meter nach links, dann wieder 40 Meter nach unten und anschließend nur nach Gefühl noch ein wenig weiter schräg nach unten fahren. Dort gäbe es noch ein funktionsfähiges Grubentelefon, über welches wir dann Kontakt zur Führungs-Spitze unter Tage aufnehmen könnten. Das Telefon befände sich in einer kleinen Höhle, die man eigentlich nicht verfehlen könne. Klasse Wegbeschreibung! Aber damit konnten Peter und ich in Sachen Steuerung des Tornados dann doch nicht wirklich etwas anfangen.

Unsere beiden neuen Kumpels waren sich allerdings sicher, dass sie den Weg da hinunter ohne weitere Probleme finden könnten. Bedeutete also, dass wir ihnen die Plätze an der Steuerung überlassen mussten. Was mit einem nicht unerheblichen Umbau im Cockpit des Tornados verbunden war. Uwe und mir bescherte das nun allerdings eine ziemlich entspannte Reise, die wir hauptsächlich in der Sitzecke im hinteren Bereich des Busses verbringen konnten. Während wir es uns dort also mit Crackern, scharfer Chili-Soße, Chips und Oliven gemütlich machten, wurde die Steuerung des Tornados von zehntausenden Ameisen unter der Anleitung von qualifizierten Insekten-Ingenieuren auf die Körpergröße von zwei zwanzig Zentimeter großen Gruben-Gnomen umgestrickt.
Die saßen derweil im Untergeschoss des Busses und bekamen von einer Küchenschabe namens Albert Zweistein über Computerhelme digital eine Schnellbesohlung in Sachen Führerschein Klasse Zwei (Plus-3D) verpasst. Die war gültig für 40-Tonner, Leopard-Panzer sowie alte, atomar betriebene russische Busse. Dank des Vermerks Zwei(Plus-3D) war die Fahrerlaubnis auch für Fahrzeuge gültig, die sich nach einem ungenehmigten Umbau und ohne TÜV-Abnahme bis fast zum Erdmittelpunkt durchbohren konnten. Während die beiden Gnome unter den Computer-Helmen vor sich hin schmorten,

zogen Peter und ich uns auf dem bordeigenen Großbildfernseher „Best of Roadrunner" rein.
Beep, Beep, Beep.
Draußen in der Höhle brannte wieder ein Lagerfeuer. Dieses Mal gab es auf dem Holzkohle Grill leckeres Köffte. Es roch mittlerweile meilenweit nach Knofi. Echt lecker. So lecker, dass Peter und ich uns nach dem Film auch Hackfleischröllchen genehmigt und uns dann zu den anderen ans Lagerfeuer gesellt haben. Der Abend nahm wieder einmal kein Ende. Wir sangen zur Akustik-Gitarre noch bis spät in den nächsten Morgen hinein die üblichen, allseits bekannten Pferdeleichen-Songs ab. Höhepunkt des Abends war, als tausende von Ameisen, Sackläusen und Bettwanzen zusammen mit uns im Chor Bohemian Rhapsody von Queen zum Besten gaben. Gänsehaut pur. Freddie wäre wirklich stolz auf uns gewesen. Ich bin dann gegen vier Uhr morgens in einen komatösen Schlaf gefallen.

Der nächste Morgen. Wir sitzen wie gewohnt wieder gegen zehn Uhr am Frühstückstisch zusammen. Die Hunde räkeln sich auf der Couch herum, die Beine tiefenentspannt in die Luft gestreckt. Und ratzen sich einen ab.
Wie immer haben sie als Erste von mir ihr Fresschen bekommen. Der Rest unserer Mannschaft hockte wortlos wie ein jämmerlicher Trümmerhaufen still um

den Tisch herum. Fehlte nur noch Rollo. Der war noch unter der Dusche. Ohne zu singen. Als das Rauschen des Wassers endete, hörten wir aus der Duschkabine kurz darauf zunächst nur ein unterdrücktes Stöhnen. Als nächstes kam Rollo wie von der Rakete geschossen nur in Unterhose und Badelatschen aus der Dusche heraus gestürmt: "Leute! Mega-Gau! Im Spiegelschrank sind nur noch eine Platte Aspirin und zwei 800er Ibuprofen. Damit kommen wir nicht weit. Kevin, was iss hier los?" Der zuckte nur kurz mit den Achseln:" Ganz ruhig, Brauner. Unter der Couchgarnitur habe ich noch einen kompletten Jahresvorrat Kopfschmerztabletten deponiert. Also krieg dich wieder ein." Rollo war sichtlich erleichtert, zog sich einen Barhocker heran und gesellte sich zu uns an den Tisch. Und fing sofort wieder an zu meckern: „Die Brötchen schmecken echt Scheiße!" Die hatten wir erst vor drei Tagen gekauft. Trotzdem waren sie selbst nach dem Aufbacken im Herd ein wenig fade. Aber das war doch schon vorher klar. Heute bestanden Brötchen nur noch aus einer Mischung von 80 Prozent Luft und ein wenig Teig. Oder sie waren einigermaßen vernünftig gebacken worden. Was bei uns allerdings nur noch die Bäckerei Kanne im Preußenbahnhof hin bekam. Im Lager des Tornados lagerten davon noch ca. 200 Stück. Gut, dass mein neues Gebiss noch rechtzeitig vorher fertig geworden war. Aber Brötchen, Toast und Gemüse mussten ja nicht unbedingt sein. Schlauerweise bestand der Proviant an Bord ja eh fast zu 99 Prozent aus tief gefrorenem Grillfleisch.

Plötzlich öffnete sich im Boden des Durchgangs zum Cockpit eine bisher verborgen gebliebene Klappe. Aus ihr heraus torkelten unsere neuen Freunde, die Grubengnome. Sichtlich übermüdet und mit heftigen Ringen unter den Augen. Atze begrüßte uns mit den Worten:„ Hallo Freunde. Der Bremsweg beträgt bei voller Beladung mehr, als ich gerade Vorfahrt habe. Bei Glatteis haftet Toastbrot mit Erdbeermarmelade nicht gut auf der Straße. DIE AMPEL IST ROT! Pass auf Heino! Nach links lenken! Aber nich hier auffe Autobahn, du Kackbratze!" Heino torkelte wortlos ein paar Schritte in unsere Richtung, um dann einen Meter vor dem Tisch in Ohnmacht zu fallen. Gefolgt von Atze, den auch nur der Schirm seines Grubenhelms davor bewahrte, sich beim Fall auf sein Gesicht nicht die Nase zu brechen. Patsch! Die Schnellbesohlung war wohl für beide ein wenig zu viel gewesen.
Der Captain machte ein sorgenvolles Gesicht: "Ich glaube, ich bringe die armen Hasen mal ins Bett. War wohl doch ein wenig zu viel für sie."

Tatsächlich! Es dauerte noch bis zum Abend, bis die beiden Gnome endlich wieder einigermaßen fit und

klar im Kopf waren. Nachdem sie fast 12 Stunden lang abgeratzt hatten, gaben sie sich erst einmal mit fast drei Kannen Kaffee auf Ex den ultimativen Koffein-Gong, um sich dabei mit Unmengen von Fastfood voll zu fressen und nebenbei noch literweise Orangensaft zu vernichten.
Danach verschwanden sie im hinteren Bereich der Höhle. Nach nochmals 30 Minuten kehrten sie wieder zurück, hinterließen mehrere wirklich übelriechende Fürze im Bus und hockten sich auf die Fahrersitze: „Jungs, ihr wollt nicht wirklich wissen, was da hinten in der Höhle gerade passiert ist. Tut uns wirklich leid. Wir sollten jetzt hier allerdings so schnell wie möglich abhauen. Das könnte nämlich gleich echt übel stinken!"
Atze meinte nur, sie hätten einer möglichen Überlastung unseres chemischen Klos vorgebeugt, indem sie netterweise ganz hinten in der Höhle in Stereo diverse Hucken abgeseilt hätten. Uns allen wurde leider ziemlich schnell klar, wovon sie redeten. Irgendwo da ganz hinten in der Höhle lag jetzt etwas, was wirklich niemand sehen, geschweige denn auch nur bedingt freiwillig in seine Atemwege eindringen lassen wollte. Deshalb waren unsere kleinwüchsigen Kumpels nun auch erpicht darauf, die Höhle so fix wie möglich zu verlassen. Der Motor des Tornados lief an. Und unser Bus bohrte sich wieder einmal tiefer und immer tiefer in den Erdball hinein. Es dauerte nur

wenige Stunden, bis wir die kleine Höhle erreicht hatten, in der wir schließlich auf der siebten Sohle der Zeche Minister Achenbach IV das Grubentelefon erreichen sollten.

Kapitel 21: Immer Ärger mit der Telekom

Und wieder einmal eine Höhle. Diese war allerdings erheblich kleiner, sauber und pikobello eingerichtet und machte wirklich einen sehr aufgeräumten Eindruck auf mich. Diese Höhle leuchtete in einem seltsamen Magenta-Farbton vor sich hin. Nachdem wir endlich das Telefon gefunden hatten, kamen unsere Gnomenfreunde aus dem Schwärmen kaum noch heraus: „Alter Schwede! Der neueste Stand der Technik! Schon mit Druckknöpfen für die wichtigsten Stollen und Höhlen ausgerüstet! Erst seit 1989 in Betrieb. So gut wie neu!" Nach Angabe unserer neuen Freunde mussten wir also nur die Kurbel an der rechten Seite dieses antiquarischen Dingens drehen, bis sich genug Strom aufgebaut hätte. Danach oben links auf dem Wählfeld auf den Schalter drücken, unter dem in dicken Druckbuchstaben: „Die große Halle" stand. Danach würde man uns sicher sofort direkt mit der Chef-Abteilung verbinden.

Okay. Klang für mich zunächst einmal ziemlich easy. Also versuchte ich mein Glück. Hörer abnehmen und erstmal minutenlang an der Kurbel gedreht. Als es plötzlich hinter der gusseisernen Verkleidung des Gerätes Klack machte, nickte mir Atze zu: "Getz musse nur noch auf´n roten Knopp da oben drücken!" Okay. Dann drücke ich doch mal einfach auf den roten Knopf: „Guten Tag, sie sind verbunden mit der Störungsstelle der deutschen Telekom. Dies ist eine Bandansage. Warten Sie bitte, der nächste freie Mitarbeiter wird sich zeitnah um Ihr Anliegen kümmern." Scheiße! Das kannte ich zur Genüge von über Tage. Wenn wir da Probleme mit unserer Telefon-Anlage hatten, konnte sich der Versuch, einen der Tele-Kommunisten an die Strippe zu bekommen, auch schon mal einen ganzen Tag vor sich hinziehen. Doch heute hatte ich Glück. Ich musste mir tatsächlich nur knapp zwei Minuten lang eine Melodie anhören, die mich entfernt an das Gedudel eines Amiga 2000 Computer zu Anfang der 90er Jahre erinnerte. Nicht wirklich schön, aber selten! Nach dem Gedudel machte es kurz klack. Dann noch mal klack. Und, wer hätte es erwartet? Insgesamt machte es noch mal viermal klack! Und danach kam tatsächlich ein Freizeichen. Kurz darauf hatte ich einen sichtlich genervten Servicetechniker am Rohr: „Watt is los? Hömma, watt willze? Bei mich hat seit ne ganze Zeit lang keiner meah angerufen.

Ich sach dich ma, datt für datt Telefon hiea schon seit 10 Jahren die Gebüahren überfällich sind! Wennze watt willz, musse erst ma Knete oda ne Scheckkarte hia unten innen Schlitz einstecken!"
Okay. Seltsamerweise leuchtete auf einmal unterhalb des Telefons eine flackernde Lampe auf, die einen zwar total veralteten, aber durchaus noch funktionstüchtig aussehenden Bankautomaten beleuchtete. Auch bei dem Ding gingen plötzlich die Lichter an. Ich schob meine EC-Karte in den Schlitz rein, um anschließend meine PIN-Nummer einzugeben.

Das Display zeigte mir nun diverse Buchungsmöglichkeiten an: „Wie viel wollen Sie von ihren Goldreserven abbuchen? Bei Einzahlung von Bier, Kohle und anderen Naturalien benutzen Sie bitte die dafür bestimmten Schlitze und Öffnungen! Als Telekom-Kunde nutzen Sie bitte unseren neuen Direkt-Service und drücken Knopf Nummer drei, um offenstehende Rechnungen sofort zu begleichen."
Und ich Doofmann drücke natürlich sofort auf Knopf Nummero Drei. Der staubige Geldautomat fängt auf einmal an zu rattern. Das Rappeln im Inneren des Gerätes wird lauter und lauter. Und plötzlich teilt mir das Display auf nette, aber ziemlich verwirrende Art mit: "Zur Begleichung der derzeit ausstehenden Rechnung sind 120 Tonnen Kohle oder 5 Kilo Gold

erforderlich. Ihr Konto weist leider nicht die dafür erforderliche Deckung auf. Aus diesem Grund können wir das Telefon augenblicklich jetzt nur für Notrufe frei schalten. Wir danken Ihnen für Ihr Verständnis.".

„Hmm, damit hatte ich fast gerechnet." Atze kratzte sich nachdenklich am Kinn. „Die vonne Verwaltung sind inne letzten Jahre bisken nachlässig geworden. Abba getz können wer ja wenigstens wieda mitte Grubenwehr telefonieren." Also wieder an der Kurbel gedreht, warten bis es Klack macht und auf Knopf Numero eins, sofort noch mal auf die eins und dann auf Knopf zwei drücken: „Tach auch, hia ist die Grubenwehr. Wia machen Sie darauf aufmerksam, dass wia Missbrauch von Notrufen rigoros zur Anzeige bringen. Dies ist eine Bandansage! Der nächste freie Mitarbeiter wir zeitnah mit Ihnen Kontakt am aufnehmen zugange sein tun."

Es ratterte immer noch ein wenig im Hörer. Ein Knacken und Rauschen. Und endlich haben wir tatsächlich am anderen Ende des Rohrs einen Grubengnom erreicht. „Guten Tach. Sie sprechen mit de Grubenwehr. Watt könn wa für Se tun?" Heino reißt mir plötzlich den Hörer aus der Hand: „Alfons, bis du datt?" Tatsächlich, am anderen Ende der Leitung sitzt sein Cousin Alfons. Zu doof, um Schabernack zu veranstalten oder einen Nagel gerade in die Wand zu hauen. Aber immer noch bedingt gut genug dafür, ein Feuer auszupinkeln. Was ihm deshalb auch sofort einen Posten im Innendienst der Grubenwehr beschert hatte. Es dauerte zwar ein wenig, bis Heino ihm in bewusst einfachen Formulierungen die gesamte Problematik klar machen konnte. Alfons schien es dann doch irgendwann kapiert zu haben und sicherte uns zu, sich sofort um die Angelegenheit zu kümmern. Er würde sich umgehend mit der Verwaltung in Verbindung setzen. Es wäre doch gelacht, wenn wir den Apparat nicht fix wieder zum Laufen bringen könnten. Tatsächlich. Nur fünf Minuten später klingelte das Telefon. Am anderen Ende meldete sich Alfons:" Hallo, ich bin´s wieda. Ich verbinde euch getz direkt mitte Zentrale." Zwanzig Minuten später. Mein rechtes Ohr ist inzwischen fast taub, und genau so geht es meinem rechten Arm. Selbst wenn ich den Hörer nicht am Ohr habe, höre ich immer noch ein ätzendes Düdeli-Dütt, was ab und zu durch ein:" Watt willze? Getz grade sind alle Leitungen besetzt. Wennz eina von uns Bock hat, annet Telefon zu gehen, bisse dran. Da musse halt ma abwaten."

Plötzlich doch ein Freizeichen: "Tach auch. Mein Name ist Heinz Meisenkaiser. Watt willze, watt kann ich für Sie tun?" Ich teile ihm trotz meines inzwischen erlittenen Hörschadens und der Schmerzen im rechten Arm immer noch betont höflich mit, dass wir mit einem 30 Meter langen, wirklich riesigem Bus in Richtung Versammlungshalle unterwegs wären, um dort ein wichtiges Gespräch mit der Chef-Abteilung zu führen. Und das wir in Hinsicht der angestrebten, guten bilateralen Beziehungen keinen Bock darauf hätten, da unten versehentlich mit dem Bus alles zu zermatschen.

„Ja nee, meine Herren. Das geht ja so nun einmal wirklich gar nicht! Ohne die dafür nötigen Formulare und Anträge in mindestens fünffacher Ausfertigung und Beschlussfassung darüber in den untergeordneten Gremien des Parlaments kann ich derzeit ihrer Bitte sicher nicht nachkommen. Nach Einreichung der dafür nötigen Unterlagen werden wir gerne über Ihr Ansinnen beraten und dann in den zuständigen Ausschüssen darüber entscheiden. Wir melden uns dann zeitnah bei Ihnen".
Okay. Da hatten wir ja wohl gerade tatsächlich so ein typisches Verwaltungs-Arschloch an der Strippe! Plötzlich beugt sich der Captain über mich, schnappt sich den Hörer und blökt mit knapp 104 Dezibel (also der durchschnittlichen Lautstärke eines Iron Maiden Konzerts) ins Rohr: "Hömma, du Treteimer! Ich zähle jetzt bis eins, und dann ist hier Achterbahn. Sieh zu, wie du mit der Scheiße klarkommst! Mach feddich, sonst komme ich zu dir runter und zeig dir mal

persönlich, wo hier der Hammer hängt!" Das blieb tatsächlich nicht ohne Wirkung. Herr Meisenkaiser sorgte mit einigen neuen Kötteln in der Buxe und einem frisch eingenässten Arschleder dann auch tatsächlich dafür, dass wir in Windeseile mit dem Chef des Bau- und Betriebshofes verbunden wurden: "Meine Herren. Was kann ich für sie tun?" Der Captain hatte den Hörer immer noch am Ohr:" Pass mal auf, du Blockflötengesicht! Wir sind mit einem Riesenviech von Bus auf dem Weg in Richtung der großen Versammlungshalle. Und wir brauchen da ne Menge Platz für unsere Landung. Jetzt mal sofort den Arsch hoch und ein wenig Knie-Gas, sonst setzt es was. Nur rein informativ. Stell dir deinen miesesten Albtraum vor und pack noch ein paar Schüppen drauf. Also, hau rein. Ich hoffe, wir haben uns da verstanden? " Dank der freundlichen Art des Captains ging es dann doch schnell voran. Uns wurde zugesichert, zeitnah mit intensiven Bauarbeiten zu beginnen und den Vorhof zur großen Versammlungshalle auf das richtige Maß und somit zu einem passenden Parkplatz für den Mosquitsch Tornado zu vergrößern.

Wir packten zusammen. Die Grubengnome setzten sich wieder hinter die Steuerung des Tornados. Und kurze Zeit später ging es wieder einmal weiter hinab in Richtung Underground.

Kapitel 22: Ist ja wie im Bundestag

Tatsächlich. Atze und Heino hatten uns innerhalb weniger Stunden mit dem Bus bis unmittelbar vor die große Halle gebracht. Wir landeten direkt in einer großen Höhle, in der immer noch massig Gnome mit dem Abbau von Erz und Gestein beschäftigt waren, um Platz für unseren Bus zu schaffen. Unsere Fahrer parkten den Tornado auf einer besonders dafür gekennzeichneten Fläche mit der Aufschrift: Nur für oberirdische Busse. Falschparker und BMW-Fahrer werden sofort und rigoros abgeschleppt!
Okay. Die Grubengnome gaben sich tatsächlich wirklich redlich Mühe, um von Ahab keinen auf die Fresse zu bekommen.
In ca. 100 Meter Entfernung konnten wir den Eingang zur großen Halle sehen. Davor stand links und rechts eine Parade von ca. 200 Gnomen-Soldaten, die stolz mit Spitzhacken, Schaufeln und anderem Werkzeug vor uns salutierten. Es dauerte ein wenig, bis wir uns alle vor dem Bus auf den Parkstreifen begeben hatten. Erik schnappte sich noch schnell den Schlüssel des Tornados. Und schloss den Bus damit ab. Man konnte ja nie wissen. Immer auf Nummer sicher gehen. Ich hielt das in diesem Moment für etwas übertrieben. Denn in dieser Tiefe würden sich sicherlich keine muränischen oder vulkanischen Diebe

an unserem Fahrzeug zu schaffen machen.
Wir eierten kollektiv ziemlich gespannt der Dinge, die unser harrten, auf die Tore zur großen Versammlungshalle zu. Um dort mit einem riesen Hallas begrüßt zu werden. Applaus ohne Ende. Standing Ovations.

In der Versammlungshalle ging es dann leider ab wie im deutschen Bundestag.
Der große Vorsitzende begrüßte uns mit den Worten: "Schön! Und das sage ich jetzt nicht nur im Namen unserer Partei. Und das besonders, weil wir gerade jetzt darüber reden. Und ich betone das wirklich mit aller Zuversicht. In diesem Zusammenhang muss ich sagen, und dass berührt uns jetzt sicherlich alle, ist die Zusammenarbeit, insbesondere unter Berücksichtigung der Tatsache, was ich jetzt hier und besonders in aller Form und im Namen unseres Volkes für uns alle im Untergrund nochmals wirklich und in aller Form betonen möchte! Insbesondere die stetige Arbeit unserer Partei an wichtigen Reformen, und das muss ich wohl nicht weiter vertiefen, was dann hier bei uns erreicht wurde, ist doch echt eine geile Angelegenheit. Wir begrüßen unsere Besucher aus der Oberwelt, aber nicht, um hier weiter ins Detail zu gehen. Vielmehr müssen wir alle, und damit meine ich auch die Vertreter der Opposition. Und das müssen meiner Meinung nach jetzt alle hier

verstehen. Was aber nicht bedeutet, dass ich hier eine klare Meinung zur Sache vertrete. Diese Tatsache sollte man in aller Form zur Kenntnis nehmen und akzeptieren."
Der Captain drehte sich wortlos zu mir um. Er hatte schon immer eine klare Meinung zu dem Geschwaller, was wir Tag für Tag von unseren Politikern zu hören bekamen. Er nickte mir nur kurz zu. Ich gab ihm durch eine kurze Handbewegung in Richtung des Mikros grünes Licht. Woraufhin er sich fix einen Weg zur Rednertribüne bahnte. Und dann auch sofort loslegte:" Hört mal zu, ihr kleinen Wämser! Ihr habt da oben bei uns echt eine Menge Blödsinn veranstaltet. Dass reicht jetzt. Mein Arzt sagt, ich darf mich nicht aufregen. Aber irgendwie ist mein Blutdruck gerade echt am kochen!" Da er diese Ansage mit wieder einmal fast ungefähr 104 Dezibel über die Lautsprecher im Gnomen-Parlament verteilt hatte, herrschte jetzt erst einmal andächtige Ruhe im Saal.

„Aber, was sollen wir denn sonst machen? Das ist hier sonst so was von langweilig." Diese Anfrage kam aus einer Ecke des Rates, in der nur ein kleine Gruppe langhaariger, grün gekleideter Gnome saß. „Wir besetzen nun schon seit den 60er Jahren keine Stollen mehr und malen keine Graffitis mehr an die Wände. Und wenn man mehrere hundert Jahre alt

wird, macht es irgendwann keinen Bock mehr, nur Protestsongs von Bob Dylan zu singen."
Das konnte ich gut nachvollziehen. Der Junge hatte Recht.

Inzwischen stand ich am Mikro:„Leute, es muss doch irgend etwas geben, was euch außer Blödsinn zu veranstalten sonst noch weiter nach vorne bringen könnte?" Hinten am Gong regte sich etwas. Der alte Zeremonienmeister. Er holte mehrmals tief Luft. Um dann mit brüchiger Stimme zu verkünden:" Vor tausenden von Jahren wurde in der Gruft der Alten eine Inschrift eingemeißelt. Der Stein der Prophezeiungen sagt aus, dass wir einige Prüfungen ablegen müssen, um ins Paradies zu gelangen. Diese Prüfungen werden uns immer weiter und schließlich ins Paradies im Mittelpunkt der Erde bringen. Doch leider konnten wir die genaue Bedeutung dieser Inschriften bisher nicht entziffern. Vielleicht können uns die Besucher von der Obererde ja dabei helfen."
Klare Kiste. Wir hatten ja schließlich Eric an Bord. Und während sich das unterirdische Parlament in einer schier endlosen Debatte über einen Friedensvertrag mit der Oberwelt verzettelte, machten wir uns zusammen mit dem Zeremonienmeister auf in die Gruft der Alten.

Kapitel 23: Das große Orakel

Nicht, ohne uns dabei mehrmals heftig den Kopf anzustoßen. Irgendwann war der Tunnel so eng, dass wir auf allen Vieren weiter robben mussten. Die Laune meiner Mitarbeiter nahm dabei im Zehnminuten-Takt ab. Ich verdrängte die miesen Kommentare, was aber im Laufe der Zeit immer schwieriger wurde. Als schließlich fast alle von uns unter Platzangst litten und das auch inzwischen durch immer heftiger werdende Kommentare zur Kenntnis gaben, öffnete sich plötzlich der Tunnel vor uns. Inzwischen konnten wir alle fast stehen und gelangten im Anschluss daran schließlich in eine weite, große Halle. Diese war hell erleuchtet und mit unbekannten, seltsam anmutenden Maschinen gefüllt. Finn und Ronja schnüffelten vorsichtig daran herum. Es dauerte auch nicht lange, bis Finn eine der Maschinen mit der Schnauze berührte, um sich kurz darauf plötzlich in Luft aufzulösen. Und im gleichen Augenblick ganz hinten in der Halle wieder aufzutauchen. Und dann kurz darauf mit einem verschmitztem Grinsen abwechselnd in diversen anderen Ecken der Halle zu materialisieren. Auch Ronja hatte unvorsichtigerweise eine andere Maschine, die an die Kreuzung eines Toasters mit einem Hähnchengrill erinnerte, berührt. Im

Gegensatz zu Finn teleportierte sie sich nun aber nicht wild in der Höhle herum. Stattdessen machten sich plötzlich in meinem Hirn fremde Gedanken breit: "Hi Cheffe. Sieht so aus, als wäre ich jetzt telepathisch begabt." Gut. Damit wäre die Sache mit ihrem nervigem, sächsischen Akzent jetzt wohl endgültig ausgestanden. Jetzt konnte mich nun wirklich nichts mehr schocken. Ich erklärte den Jungs, dass sie besser im Umgang mit den seltsamen, fremden Maschinen extrem vorsichtig zu sein und besser Abstand von ihnen zu halten hätten. Inzwischen waren wir am Ende der Halle an einer Wand mit uralten Inschriften angelangt. Rechts davon befand sich komischerweise eine Steuerkonsole inklusive Bildschirm, die mich stark an einen alten Amiga Computer erinnerte. Erik war plötzlich voll in seinem Element: "Goiles Ding. Kenn ich von früher aus den 90ern." Und fing sofort an, mit seinen Fingern auf der Tastatur herum zu hacken. Auf dem Bildschirm tauchten dann auch fix nacheinander verschiedene Symbole in einer mir unbekannten Schrift auf. Die Zeichen erinnerten mich irgendwie an Wikinger-Runen. Erik gab alles. Nach der seltsamen Schrift erschienen abwechselnd allerdings nur noch Fragmente verschiedener, alter Amiga-Spiele. Um dann schließlich nur noch einen blauen, leeren Bildschirm anzuzeigen. „Oh, Scheiße, Jungs! Das war´s dann wohl. Ich habe das Ding wohl

gerade endgültig abgeschossen." Der Frust darüber war Erik definitiv anzusehen. Und damit war er nicht allein. Wir alle standen plötzlich ziemlich ratlos vor der Wand der Prophezeiungen. Die Schrift leuchtete vor uns immer noch in goldenen Buchstaben in der Wand aus massivem Granit. Aber der dazu gehörige Computer war gerade abgekackt und offensichtlich nicht mehr zu gebrauchen. Aus der Tastatur unter dem Bildschirm kringelten sich kleine, graue Rauchwölkchen heraus, die sich zaghaft in Richtung Hallendecke verzogen. Im gesamten Raum machte sich langsam ein fieser Geruch von verschmorten Halbleitern, Kabeln und Transistoren breit.
Hatten wir hier vielleicht irgendetwas Wichtiges übersehen? Manchmal lag es ja nur an einer Kleinigkeit.
Finn war jedenfalls plötzlich ziemlich neugierig geworden. Er teleportierte sich erst einmal direkt neben mich, um mit mir die Lage abzuchecken.

Und dadurch im gleichen Augenblick dafür zu sorgen, dass ich gegen ein Artefakt stolperte, was entfernt an einen Einbauschrank von POCO erinnerte. Doch statt mir dabei die Knochen zu brechen, bekam ich nur einen heftigen elektrischen Schlag, der mich anschließend direkt ungebremst durch die Rückwand des Schrankes katapultierte. Als ich wieder wach wurde, dröhnte mir sofort in brachialer Läutstärke die mieseste Disco-Musik aller Zeiten um die Ohren. Der Raum mit den seltsamen Maschinen war weg. Stattdessen stand da nun mitten in einer 70er Jahre Disco ein massiver Thron aus Schlangenleder. Dieser wurde durch Stroboskop-Lichter und diverse andere Lichteffekte extrem gut in Szene gesetzt. Selbstverständlich war in diesem Raum auch eine 70er Jahre Tanzfläche mit verschiedenenfarbig beleuchteten, in ein Meter mal ein Meter aufgeteilte große Plexiglas-Elementen vorhanden. Bodennebel, Laser und eine Discokugel über der Tanzfläche rundeten die ganze Sache ab. Hier fehlte eigentlich nur noch Hans Travolta in einem weißen Disco-Anzug mit Schlaghose, um die Szene komplett abzurunden. Bedienungspersonal war in dem Laden allerdings eher nicht vorhanden. Schade eigentlich, denn ich hätte in diesem Augenblick gerade wirklich einen gut zubereiteten Bourbon-Whiskey mit zwei Eiswürfeln im Glas vertragen können. Ich schaute mich um Hinter einem mit Riffelblech verkleideten Tresen mixte ein sechsarmiger Roboter gelangweilt Drinks. Aber nicht für mich. Die verschwanden immer kurz darauf aus seinen Greif-Armen irgendwo im Nirgendwo. Und tauchten dann sofort auf einem kleinen Beistelltisch genau rechts neben dem bereits zuvor erwähntem Thron wieder auf. Und genau dort räkelte sich ein Wesen, was mir augenblicklich sofort sympathisch war. Es schien in einem rosafarbenem

Ton von innen heraus zu leuchten. Hohe Stirn. Weißes, nach oben auf toupiertes, lockiges Haar. Von der ganzen Erscheinung her ging der für mich völlig ab in Richtung Drag-Queen. Eine Mischung aus Elton John auf Speed und Freddie Mercury. Lackierte Fingernägel, grell geschminktes Gesicht und schrille, kreischbunte Klamotten. Irgendwie ahnte ich, dass der Typ trotz seines jugendlichen Aussehens eventuell steinalt war. „Hallo, du Wanderer zwischen den Welten. Ich bin das große Orakel. Nehme er doch bitte Platz!" Genau hinter mir tauchte plötzlich wie von Geisterhand ein Barhocker auf. „Hier, trink erst mal einen Schluck, damit du zur Ruhe kommst." Meine rechte Hand umklammerte plötzlich ein eiskaltes Glas, dessen Inhalt stark nach bestem Whiskey aus den schottischen Highlands roch. Im Glas drehten zwei Eiswürfel gemütlich ihre Runden. Da musste man als Genießer doch einmal genau hinsehen. Ich fischte mir also die Lesebrille aus der Innentasche meiner Jacke. Um kurz darauf auf einem der Würfel die darin in wirklich künstlerischer Art eingefräste Inschrift lesen zu können: Antarktis. Dieser Eiswürfel ist garantiert 10000 Jahre alt! Egal, was jetzt auch alles noch geschehen würde. So scheiße konnte dieser Typ da vor mir auf dem Thronsessel dann ja doch nicht drauf sein. Aus diesem Grund genehmigte ich mir erst einmal einen tiefen Schluck. Um mich dann sofort in

psychedelischen Farbwirbeln schwebend unter der Hallendecke wieder zu finden. Überall nackte Frauen, Delfine und rosafarbene Tintenfische um mich herum. Plötzlich ein schwarzweißer, sich wild drehender Kringel. Wie in der alten Sci-fi Serie Time Machine. Ich werde wild herumgewirbelt und kurz darauf bewusstlos.
Irgendwann erwache ich auf dem Kojenbett eines VW Bus, T 1 mit geteilter Frontscheibe. Durch das offene Fenster dröhnt laute Musik. Der Bus steht auf einem Acker. Sein Innenraum ist über und über mit Hippie-Motiven bemalt. Draußen regnet es in Strömen. Trotzdem rennen überall nackte, langhaarige Menschen durch die Felder herum. Sie umarmen und küssen sich. Die Leute sind völlig durchnässt, pottdreckig und über und über voller Schlamm.
Und plötzlich wird mir klar: Ich bin in Woodstock gelandet. Durch die offenen Fenster des Busses höre ich, wie Carlos Santana seine Gitarre singen lässt. Es macht mehrmals kurz Ping, und plötzlich bin ich nicht mehr allein im Bus. Neben mir räkeln sich auf einmal mehrere, sehr weibliche und zudem nackte Körper auf den Plüschpolstern herum. Ping, Ping. Und das war es dann damit auch schon. (Nee. So funktioniert das jetzt nicht. Bis auf einige Kraftausdrücke sehe ich ja doch schon zu, dass dieses Buch die Freigabe für 16 plus bekommen soll).

Ich fand mich mit also stattdessen mit einem leeren Glas in der Hand im Thronsaal wieder. „So, ich hoffe, du bist jetzt langsam etwas lockerer drauf.“ Die Gestalt auf dem Thron grinst mich an: "Und jetzt zur Sache, mein Schätzeken! Wie du vielleicht inzwischen geahnt hast, bin ich das große Orakel. Und das Geschmiere auf der Wand in der Halle des Steins der Prophezeiungen war leider nur ein Gag von mir. Habe ich irgendwann mal völlig stoned und im besoffenen Kopf an die Wand gekritzelt. Das ist echt nur Blödsinn. Auch das Ding mit dem ollen Computer hat mir viel Freude bereitet. War auch nicht wirklich wichtig. Ich hoffe, dein Kumpel Erik ist nicht allzu sehr enttäuscht darüber. Ich habe mir dich ausgesucht, um euch das Orakel mitzuteilen. Also, verkack das jetzt bitte nicht! Du kriegst jetzt von mir den nötigen Input, um ans Ziel zu kommen. Ich habe hier noch einen Sony Walkman, auf dem ich meine geheimen Hinweise gespeichert habe. Schätzeken, den kannst du dann nachher gerne mitnehmen. Hach, bist du jetzt langsam so weit? Du, ich habe jetzt wirklich nicht den Trieb, mich mit dir endlos über Sachen zu unterhalten, die mir eigentlich komplett am Arsch vorbei gehen. Geht doch gar nicht. Und, um das Spiel jetzt endgültig abzukürzen, hier der komplette Orakel-Kram:

Ihr müsst euch zunächst einmal ins Land der braunen Scheinriesen begeben. Dieses liegt bereits weit unter den bisherigen Grabungen der Menschheit und den Tunneln der Grubengnome in ca. 3000 Metern Tiefe irgendwo da unten und dann hinten rechts. Um euch die Sache nicht allzu schwer zu gestalten, gebe ich euch die Daten für den ersten Halt auf dem Walkman mit. Ich trenne mich zwar wirklich ungern davon, aber in diesem speziellen Fall geht es ja wohl nicht anders! Nehmt auf eurer Reise auf jeden Fall einschlägig geschulte Zwerge mit. Obwohl die mies riechen und teilweise wirklich nervig sind, werden sie euch bei eurer Aufgabe gerade in dieser Welt sehr von Nutzen sein. Mehr möchte ich derzeit nicht dazu sagen. So ein Orakel wie ich macht sich ja immer gerne einen Spaß daraus, ab und zu etwas ungenauere Angaben von sich zu geben. Du kannst ja schon wirklich von Glück reden, dass ich dir das hier jetzt nicht in Reimform oder in altgriechisch präsentiere. Egal.
Suchet von dort aus den Eingang zur nächsten, nämlich der zweiten Welt auf eurer Reise. So euch das gelingen sollte, gelangt ihr ins Land der Kanarienvögel. Wundert euch nicht. Das wohnen auch nur Grubengnome. Ihre Welt wird euch mit ihrer üppigen Flora und Fauna überraschen. Seid freundlich, immer gut gelaunt und lüget nicht. Man würde euch sofort entlarven (und im schlimmsten

Falle enthaupten). Begebt euch in dieser Welt schnurstracks zur Burg Canaria Epos und suchtet dort den Hofzauberer Willi Winzig auf. Durch ihn und seine uralten Artefakte werdet ihr weitere, äußerst wichtige Informationen für Eure Reise erlangen. Wenn ihr mit ihm die Rätsel dieser Welt entschlüsselt habet, suchet zusammen mit ihm das Tor zur nächsten Welt auf. Begebet euch dazu durch ein weiteres, aber dieses Mal viel kleineres Labyrinth immer tiefer hinab Richtung des Erdmittelpunktes. Am Ende des Labyrinths werdet ihr in das Land der Technicks und Walla-Walla-Nerds kommen. Seiet nicht geblendet vom Schein ihrer Maschinen und ihres gewaltigen Reichtums. Hortet dort kein Gold und haltet euch auch nicht über Gebühr lange dort auf. Denn das nächste Tor wird durch eine Zeitschalt-Uhr gesteuert. In diesem Land werdet ihr nur genau 17 Tage Zeit dafür haben, um den Ausgang zu finden. Suchet südlich der Hauptstadt Alter-Scheißkerl in dem kleinen Dorf Winzelburg an der Mückenfurt nach Heinz Kaputtnik, dem dortigen Dorfschmied. Nehmet ihn mit auf eure Reise, denn nur er wisset von der Lage von Tropical Island. Nehmet nach dem Dorf Mückenfurt den zweiten Feldweg links, und gehet nach drei Kilometern geradeaus weiter. Um dann nochmals 1,25 Kilometer geradeaus zu gehen. Danach kommt ihr an einen Baum. Der ist aber nicht weiter wichtig. Danach zweimal rechts, und nach

100 Metern am dortigen Galgenbaum links abbiegen. Passt bitte auf, dort nicht auf das rote Wiesel zu treten. Wie man es aus einschlägigen Filmen gewohnt ist, erwartet euch hier kurz vor dem Ende eurer Quest wirklich eine heftige Scheiße! Das wird euch wie ein Zelturlaub im Frankfurter Bahnhofsviertel oder der neunzigste Geburtstag eurer Schwiegermutter (allerdings ohne ihre dritten Zähne) vorkommen. Ich warne hier nur vor Vampiren, Drachen, Untoten und schlecht gelaunten Pizzaboten! Am Ende dieser Welt müsset ihr dann all euer Wissen bündeln, um das letzte magische Tor zu öffnen. Das Tor zum Tropical Island. Und damit auch zum Ende eurer Quest und der Lösung all euerer Probleme zu kommen."

Poff!

Mir kam es mir vor, als hätte mir jemand mit einem zentnerschweren Hammer den Schädel eingeschlagen. Ich erwachte in einem nebelartigen Zeugs, was heftig nach Grünkohl und grober Mettwurst mit Zwiebeln roch. Als ich so langsam wieder klar in der Birne wurde, raffte ich, dass ich auf dem Boden dieser seltsamen Industriehalle lag und die Decke anstarrte. Ich lag nackig auf dem Boden. Nur eingehüllt in einer Jugendherbergs-Decke mit der Aufschrift: Jugendherberge, bitte nicht klauen.

Irgendwer hatte mich bis auf die Unterbuxe komplett ausgezogen. Aua! Ich konnte vor Schmerzen kaum atmen. Kevin kniete neben mir und beugte sich mit sorgenvollem Gesicht über mich. Er war gerade im Begriff, aus seiner Arzttasche eine Kochsalz-Injektion hervor zu kramen. "Scheiße, Ralle, wo warst du? Wir stehen hier jetzt schon drei Stunden sinnlos in der Gegend herum und wussten nicht wirklich, was wir machen sollen. Da war auf einmal so ein seltsames Leuchten und plötzlich warst du weg." Kevin schaute mir sorgenvoll in die Augen: "Wie isset? Na ja. Sieht ja schon wieder einigermaßen gut aus. Wir kriegen dich schon wieder hin. Ich gebe dir jetzt mal eine Infusion. Das wird dich sicher schnell wieder auf die Beine bringen." Ich antworte nur: „Nee, lass mal. Das wollen wir jetzt nicht. Sonne sind wir nicht. Ist nicht so mein Ding. Wir sind da nicht so für. Nee, lass mal getz gut sein. Zu viel Salz ist nicht auch nicht gut für meinen Blutdruck!" Ich setze mich auf. An meiner Hüfte bemerke ich nun plötzlich einen Sony Walkman, der von innen heraus in einem nicht wirklich Vertrauen erweckendem, grellgrünem Licht in Art eines Autoblinkers lustig vor sich hin tuckert. Das Ding erinnerte mich in diesem Moment stark an eine kurz vor der Zündung stehende Atombombe. Mir war nicht ganz wohl bei dem Gedanken, dass der Walkman vielleicht eventuell auch so verstrahlt sein könnte, wie sein vorheriger Besitzer. Plötzlich klopfte es nochmals höflich an meinem Hinterkopf an: " Meiiin Schatz. Hier ist noch mal das große Orakel. Nicht, dass du dich wunderst. Hatte vergessen, dir zu sagen, dass sich in dem Walkman auch ein Zell-Aktivator befindet. So ein Dinges, wie man es auch aus den Perry Rhodan Romanen kennt. Keine Angst, wenn es jetzt gleich etwas kribbelt. Aber dann wird es dir auch schnell wieder besser gehen, Schätzeken. Ich bin dann jetzt mal weg."

Na ja, Kribbeln war wohl nicht genau der passende Ausdruck. Im Walkman machte es kurz mehrmals Klack, während blaue Blitze durch meinen Körper zuckten. Als ich mich danach wieder anzog, merkte ich, dass sich etwas verändert hatte. Die Rückenschmerzen waren plötzlich wie weggeblasen. Mich durchflutete eine Energie, wie ich sie so vorher noch nicht gekannt hatte. Ich kratzte mich verwundert am Kopf, um dabei festzustellen, dass sich meine Geheimratsecken ebenfalls verabschiedet hatten. Ich kam so fix wieder auf die Pinne, dass Kevin dabei wegen meiner Schnellheilung in Schnappatmung verfallen und fast in Ohnmacht gefallen ist.

Danach brachte ich meine Belegschaft mit den Erkenntnissen über das, was jetzt dank der Hinweise des Orakels neu in der weiteren Planung war, durch

einen kurzen Bericht schnell auf Ballhöhe.
Erik hatte meinen kleinen Vortrag netterweise auf seinem Apple Handy mitgeschnitten. Und spätestens jetzt war es ja so langsam an der Zeit, diese Erkenntnisse auch dem Gnomen-Parlament mitzuteilen. „Erik. Du hast ja jetzt alles auf Band. Lauf doch bitte mal rüber in die große Halle, und spiele das vor diesen klein karierten, bornierten Politikern ab. Denke, dass wird dann endgültig dafür sorgen, dass die sich nicht mehr länger an die Köppe kriegen und endlich an einem Strang mit uns ziehen. Ohne die Mitarbeit von denen kommen wir definitiv nicht weiter. Wir benötigen dringend qualifiziertes Gnomen-Personal, um die vor uns liegenden Aufgaben zu bewältigen. Es wird Zeit, sich in Anbetracht der angespannten Gesamtsituation jetzt so langsam fix auf den Weg zu machen! Erik schaut mir nur müde in die Augen. Und nickte mir bestätigend, aber doch irgendwie widerwillig zu. Heute Morgen trug er eine Latzhose und ein quer gestreiftes T-Shirt, was seine Pocke nicht gerade positiv betonte. Als ich gerade darüber nachdenke, dass unser Erik mit seinen knapp 100 Kilo und seinen kurzen Beinen nicht unbedingt der schnellste Bote ist, kam auch schon sein Kommentar: „Hömma, Ralle. Kannst du da nicht wen anderes hinschicken? So wie ich das sehe, ist die große Halle fast vier Kilometer

von hier entfernt. Da brauche ich doch Stunden, um da hin zu kommen."

Finn steht immer noch direkt neben mir. Plötzlich machen sich wieder fremde Gedanken in meinem Hirn breit. Dieses Mal von Ronja. "Bleib mal locker, ich glaube, Finn macht das schon." Kaum merke ich ein Kribbeln in meinem Schädel. Da steht Finn schon, wie tausendmal auf dem Hundeplatz geübt, direkt rechts an Eriks Seite. Der Hund schaute ihm nur kurz in die Augen und schnappte sich mit der Schnauze freundschaftlich seine rechte Hand. Woraufhin sich beide innerhalb einer Sekunde in einem kaum wahrnehmbaren Lichtkegel in Luft auflösten. Erik teilte mir später mit, dass er kurz darauf zusammen mit Finn direkt vor dem Rednerpult in der großen Halle materialisiert sei. Finn habe dann, weil die kleinen Giftzwerge immer noch wild miteinander diskutiert hätten und offensichtlich nicht auf den Punkt kommen konnten, mal eben über das Mikro ein wildes Wolfsgeheul und dadurch heftigen Ohrenkrebs im Gnomen-Parlament verursacht. Danach herrschte auch tatsächlich ausnahmsweise einmal Ruhe im Gebüsch. Erik hatte daraufhin sofort die Pause ausgenutzt und über das Mikrofon die Mitteilung des großen Orakels abgespielt. Zunächst herrschte immer noch andächtige Ruhe. Irgendwann erhoben sich aber erste, immer noch leise Stimmen.

Es dauerte dann auch nicht lange, bis wieder alle wild durcheinanderredeten. Die Geräuschkulisse verstärkte sich im Sekundentakt. Erik konnte davon nur vereinzelte Wortfetzen entziffern:" Das große Orakel ist kein Märchen. Es ist wahr! Tropical Island wartet auf uns. Los geht's, ab nach unten!"

Was allerdings zu dieser Zeit sicher keinen Sinn gemacht hätte.
Finn gab also nochmals den Beowulf. Und veranstaltete so lange ein Ohren betäubendes Wolfsgeheul, bis auch der letzte Minister im Parlament der Gnome Ruhe gab. Erik hatte jetzt noch über mehrere Stunden lang redlich Mühe damit, den Gnomen klar zu machen, dass es wohl eher an uns lag, ihre unterirdische Zivilisation kollektiv ins Paradies zu führen. So richtig zufrieden waren sie nicht damit. Allerdings sicherte man uns zu, die dafür dringend erforderlichen Fachkräfte umgehend zur Verfügung zu stellen.

Inzwischen war es schon wieder fast 22 Uhr. Hier unten bekam man vom Tag und Nacht Wechsel wegen der ewig gleich bleibenden Beleuchtung nicht viel mit. Trotzdem war es wieder einmal Zeit für die nächste Grillfleisch-Session. Wir hatten Schmacht bis unter die Arme. Das Fleisch lag kaum auf dem Rost über der Holzkohle, als sich rund um uns herum eine immer größer werdende Menge sabbernder Grubengnome mit langen Nasen breit machte. Das war neu. Der Captain brachte dann die Sache schnell auf den Punkt: "Rollo, Peter und Juri. Räumt den Kühlschrank leer, und dann sofort das Fleisch auf den Grill! Unsere neuen Kumpels scheinen das echt goil zu finden." In dieser Nacht subtrahierten sich die in unseren Vorratskammern eingelagerten Säugetier-Überreste unter Zuhilfenahme diverser Flammengruben in der neu geschaffenen Höhle vor der großen Versammlungshalle in nie geahnter Rekordzeit. Unsere Grillfleisch-Vorräte schrumpften aus diesem Grund innerhalb weniger Stunden von achtzig Prozent auf Null. Ketchup, Senf und selbst alte, weiche Brötchen waren auch schnell nicht mehr vorhanden. Neben mit stopfte sich ein ergrauter Grubengnom zwei Scheiben Harzer Roller in die Stiefel und meinte nur: "Ralle. Echt super. Wenn ich so toffte rieche, wird meine Perle nachher in unserer Hütte aber so was auf mich abfahren."

Die Gnome hatten ganze Arbeit geleistet. Um den Tornado herum war in kurzer Zeit eine riesige Halle entstanden. Überall Lagerfeuer. Wir lernten im Verlauf der Nacht nicht nur Heinz Kohlenstaub und die rockenden Schwarzsteine kennen, sondern auch noch diverse andere Rockgrößen von unter Tage. Was soll ich sagen: Die Unplugged-Party am

Feuerchen unter Tage nahm auch in dieser Nacht wieder kein Ende. Ich verzog mich gegen vier Uhr morgens ziemlich angeschossen in meine Koje. Mit Finns Kopf auf meiner Brust und Ronja quer über meinen Fußsohlen. Schön warm. Dank der Hunde auch nur ein wenig Achterbahn im Kopf. Bin dann auch gemütlich weg geratzt. Mir war klar: Morgen würde ich mit einem heftigen Haarspitzen-Kartharr aufwachen. Aber jetzt war es einfach nur kuschelig warm in meiner Heia. (Auch wenn Ronja mit 94 Dezibel vor sich hin schnarchte.)

Kapitel 24: Ich habe Hunger, wer noch?

Der nächste Tag. Mein Wecker teilt mir mit, dass es fast High Noon und damit zwölf Uhr Mittag ist. Trotz des neuen Zell-Aktivators an meiner Hüfte geht es mir echt Scheiße. Im Walkman blinkt immer wieder ziemlich nervig eine rote Kontrollleuchte auf und signalisiert mir in grüner Laufschrift:" OVERLOAD. Ihre normale Leberfunktion wird erst in ca. fünf Stunden wieder komplett hergestellt sein. Bis zur endgültigen Reparatur Ihres Gehirns werden zu meinem größten Bedauern allerdings noch weitere zehn Stunden benötigt. Ich weise darauf hin, dass bei einer derartigen Überlastung meiner Batterien derzeit keine volle Funktionsfähigkeit gegeben ist!" Schöne Scheiße! Ich merke, wie mein Magen revoltiert, und in meinem Schädel gerade irgendwelche Typen intensiv damit beschäftigt, mit Presslufthämmern und Vortriebsmaschinen mein Gehirn zu zertrümmern. Und genau jetzt kommt dieser drecks Zell-Aktivator mit der Gesamtsituation nicht klar. Aber vielleicht hätte Erik da ja vielleicht ne Idee, wie man das Problem lösen könnte. Trotzdem werfe ich unter Aufbietung meiner letzten Kräfte erst mal die Kaffeemaschine an und eiere dann ab unter die Dusche.

Im Bus herrscht eine ungewöhnliche, fast gespenstische Ruhe. Außer mir scheint noch niemand wach zu sein.

Obwohl die Grubengnome aus wirklich winzigen, nur Fingerhut großen Gläsern trinken, haben wir wohl gestern ein wenig zu viel von „Steinbeißers Delirium" in uns rein geschüttet. Laut meines neuen Kumpels Atze hat das Zeugs dank eines besonders entwickelten Destillier-Verfahrens tatsächlich mehr als hundert Prozent Alkohol. Klar. Über Tage ist das unmöglich. Aber unter Tage herrschte nach seinen Angaben in bestimmten Bereichen ein anderer

Luftdruck, was dadurch einen Alkoholgehalt von etwa 108 Prozent ermöglichen würde.

Wie gesagt: Mein Schädel fühlte sich im Augenblick so an, als würde man ihn gerade mit einem Presslufthammer bearbeiten. Zusätzlich fuhren in meiner Speiseröhre andauernd irgendwelche Viecher mit einem Fahrstuhl rauf und runter. Nicht, ohne dabei im Fahrstuhlschacht immer wieder an die Seitenwände zu stoßen. Es rumorte und blubberte in meinem Bauch. Ich wartete förmlich darauf, dass aus meiner nackten Bauchdecke unmittelbar über der Rippen-Unterhose (die augenblicklich außer meiner Ernie und Bert Socken das einzige Kleidungsstück an meinem Körper darstellte) plötzlich eine kleines Alien herausbricht, um sich anschließend auf dem Küchentisch grinsend und Zylinder und Gehstock schwingend zur Melodie von „Girl from Ipanema" einen ab zu tanzen, während ich auf dem Boden liegend in meiner eigenen Seiche so langsam vor mich hin verblutete.

Zusätzlich musste ich auch noch in einer Tour furzen. Und der dabei entstehende Gestank war todsicher nicht mit der Genfer Verordnung zum Verbot chemischer und biologischer Kampfstoffe in Einklang zu bringen. Ich musste wegen meines eigenen Gestanks in einer Tour würgen. Mir ging es an diesem

Morgen wirklich dreckig! Vor dem Duschen wäre es wohl besser, eine Unterhaltung mit dem Acetylsalicyl-Superman in unserem Pillenschrank zu führen. Plus Kohletabletten, sowie Vitamine in reichlicher Form und andere lebenserhaltende Mittelchen einzuwerfen. Vorher hatte ich allerdings noch einen sehr unangenehmen Termin auf der Keramikschüssel. Würgen mit Jürgen. Das Mistzeug musste raus aus meinem Balg. Ich erspare euch die Einzelheiten. Seltsamerweise habe ich nach dieser Aktion mehrere Löcher in der Keramik der Kloschüssel bemerkt, die meiner Meinung nach vorher nicht dort gewesen waren. Au weia, das gab dann wohl später Motze von Juri. Denn der war ja ziemlich eigen, was seinen heiß geliebten Tornado anging. Ich hatte allerdings Zweifel daran, ob er nach der gestrigen Saufaktion überhaupt noch unter den Lebenden weilte. Denn unser Juri hatte bereits nach dem ersten Schluck „Steinbeißers Delirium" nur noch verzückt die Augen verdreht: "Chey, das chist ja fast wie Wudka. Chib ma sofort noch eine her. Mach hinne. Nasdrufje! Chisko jello!"

Jetzt konnte ich mich auch plötzlich etwas verschwommen daran erinnern, dass auf der Session gestern Abend schon nach kurzer Zeit keine Drums mehr zu hören waren. Ein kurzer Kontrollblick gab mir Recht. Juri lag nicht in seinem Kojenbett. O-Ha!

Auch die Kontrolle der anderen Betten verlief negativ. Niemand mehr an Bord. Außer mir hatte es nur noch Captain Ahab zurück in seine Poofe geschafft. Der lag nun auf seiner Matratze und schnarchte in Embryo-Haltung friedlich vor sich hin. Die anderen Hasen pennten wohl gerade draußen in der Höhle an irgendwelchen Lagerfeuern ihren Rausch aus. Und würden wohl im Laufe des Tages irgendwo da draußen jetzt so langsam wieder wach werden. Hoffte ich zumindest.

Trotz intensiven Duschens und einer Hand voll Kopfschmerztabletten wurde es bei mir nicht wirklich besser. Vielleicht könnte ja ein Kaffee helfen. Der war inzwischen durchgelaufen. Leider verlief auch dieser Versuch negativ. Ich musste mich zwingen, etwas zu essen. Also erst einmal Kühlschrank auf. Doch da grinste mich nur ein schwarzes Loch an. Sprich: Das Teil war ratzeputz leergefegt. Oben rechts in der hintersten Ecke fand ich noch eine einzige, verschüchterte Partytomate. Die ich dann auch sofort am Stück weg gefuttert habe. Um sie nur kurze Zeit später wieder über der Keramikschüssel aus zu husten.
Ich brauchte jetzt ziemlich fix etwas Vernünftiges zu futtern. Bedeutete also in diesem Fall die Einnahme einer nicht gerade unbedeuteten Menge von Kohlenhydraten in Form von Fleischwaren. Die

gefrorenen Frikadellen in den Eisfächern im Laderaum des Tornados erschienen mir dafür genau das Richtige zu sein. Also ab in die Mikrowelle damit. Danach würde es mir sicher schon erheblich besser gehen. Also quälte ich mich unter Aufbietung aller mir verbliebenen Kräfte aus dem Bus heraus und öffnete mit letzter Kraft die Klappe zum Kühlraum. Um mich dann sofort wieder einmal auf den Arsch zu setzen. Denn außer einem wirklich tolle Echo a´la Großglockner war da nichts mehr vorhanden. Mich gähnte nur ein leeres Loch an. In unseren Kühlräumen befand sich kein Fitzelchen Nahrung mehr! Scheiße! Ohne Verpflegung konnten wir die bevorstehende Expedition ja wohl komplett in die Tonne kloppen. Aber irgendetwas lag da unter meinem Hintern. Ich griff hinunter. Super. Ein halb abgenagtes Stück Schweine-Rippe. Augenblicklich aber besser als gar nichts.

Während ich wie eine halb verhungerte Kanalratte das letzte Fleisch vom Knochen abnage, erwacht die Höhle hinter mir so langsam zum Leben. Nur kurze Zeit später tauchen Kevin, Rollo, Juri, sowie unsere Busfahrer Heinz und Karl aus dem Halbdunkeln hinter mir auf. Fit wie die Turnschuhe. „Hier, ess das." Kevin hält mir einen schrumpeligen Pilz entgegen. „Hilft gegen Haarspitzen-Kartharr und andere alkoholbedingte Zündaussetzer im Hirn." Ich würge mir widerwillig den wirklich fies aussehenden Pilz rein. Schon zehn Minuten später fühle ich mich, als könnte ich Bäume ausreißen. Ich bin so fit, wie schon lange nicht mehr. „So" sagt Rollo, "Jetzt wird es aber langsam Zeit für ein ausgiebiges Frühstück. Ist der Kaffee schon fertig?" Ich erkläre ihm und den anderen Jungs in aller Ruhe, dass da zwar immer noch eine Menge Kaffee vorrätig sei, aber sich gestern auf der Party unsere sämtlichen Nahrungsvorräte ins Nirwana bzw. in die Verdauungstrakte irgendwelcher Grubengnome subtrahiert haben. Es gäbe nichts mehr zu essen. Und damit wäre unsere Expedition zum Mittelpunkt der Erde wohl auch endgültig gestorben. Doch als sich gerade die komplette Verzweiflung unter uns breit machen wollte, kommt plötzlich Heinz Kowalski angerannt: „Alter, mir ham doch getz die neuen Tunnel nach oben am Start. Die Dinger sind doch groß genuch. Und da oben bei euch gibbet doch mehr als genuch zu picken für uns alle! Außerdem könnte man ja noch datt Födakorb in Schacht Vier wiedda flott machen".

Keine schlechte Idee, die Sache mit dem Förderkorb. Aber wie, und vor allen Dingen, wer könnte die nötige Verpflegung in kurzer Zeit hier zu uns nach unten bekommen? „Getz ruf doch ma deine Frau an. Die is doch vom Fach."

Lange Rede, kurzer Sinn. Wir fahren wieder hoch bis zum Grubentelefon Nummer Eins. Ich rufe bei Bine im Normal Markt in Unna an. Und bekomme erst einmal Motze ohne Ende: "Wo treibt ihr euch eigentlich seit drei Tagen herum? Wieder einmal eine Tour mit der Band, von der ich nichts weiß? Ich habe da so einen seltsamen Zettel in der Laube gefunden. Angeblich seid ihr unterwegs, um die Welt zu retten. Und woher kommen die ganzen Löcher hier oben bei uns her? Besonders das Riesending in der Mitte von unserem Garagenhof? Die Nachbarn sind stinksauer, weil du angeblich ihr Auto geschrottet hast. Kannst du mir bitte einmal erklären, was hier eigentlich los ist?"

Ich versuche, wie immer schnell und präzise auf den Punkt zu kommen. Was für uns Männer manchmal wirklich nicht leicht ist. Aber mein Bienchen ist ja nicht doof. Sie kapiert schnell, dass es hier tatsächlich um die Rettung nicht einer, sondern gleich um das Wohlergehen mehrerer Welten geht.
„Ich sitze gerade an der Kasse. Kann jetzt nicht. Ich melde mich nachher bei dir, so schnell es geht." Ich teile ihr mit, dass unser Aufenthalt unter Tage wohl noch einige Monate lang andauern könne. Und wir ziemlich fix dringend neue Verpflegung brauchen.
„Hab dich lieb, ich melde mich, wenn wir hier oben so weit sind. Kann aber etwas dauern." Dafür liebe ich

meine Frau! Es dauert drei Tage, in denen wir uns mit Bier, Pilzen und anderen unterirdischen Lebensmitteln, die uns regelmäßig Bauch- und Kopfschmerzen bereiten, noch einigermaßen am Leben halten können. Am Abend des dritten Tages klingelt gegen 21 Uhr das Grubentelefon. Die Melodie kannte ich inzwischen zur Genüge: „Glückauf, der Steiger kommt." Zu der Zeit hatte ich gerade die Wache angetreten und nahm natürlich sofort den Hörer ab. Als erstes vernahm ich ein ohrenbetäubendes Kichern, und dann ein:" Mädels, seid doch mal ruhig. So kann ich hier nicht telefonieren." Am anderen Ende des Rohrs mein Bienchen. „Hallo, Hase. Wir sitzen gerade im Esszimmer mit ein paar Sektchen am Tisch. Wir haben die Brocken soweit zusammen. Wurde alles gespendet von REWE Melson. Hier stehen jetzt drei große Übersee-Container mit Lebensmitteln, Getränken und anderem Kram auf dem Hof. Die Nachbarn finden das Scheiße, weil sie nicht mehr in ihre Garagen kommen. Und dieses große Loch hier mitten auf dem Hof sieht auch nicht gerade Vertrauen erweckend aus. Du hattest mir irgendetwas von einem Förderschacht erzählt, über den wir das alles zu euch unter Tage bringen könnten?"

Genau in diesem Moment kommt Atze Kowalski aus der Dunkelheit des Stollens angerannt. Er ist völlig außer Puste:" Ralle! Der Förderschacht der Zeche Achenbach in Brambauer direkt am Colani-Ufo ist wieder so weit einsatzklar. Wir haben da alle Kabel erneuert. Auch die Seilwinde ist wieder fit. Da ist jetzt das neueste Modell eingebaut, was noch vorrätig war. Ist von 2014, aber wirklich noch so gut wie neu. Was die Sache mit dem Transport angeht, haben wir jetzt so weit alles im Griff."
Wehe nicht, Atze! Wenn meiner Frau etwas passieren sollte, dann lauf dich besser jetzt schon mal warm!

Ich teile also meiner Holden über das Grubentelefon mit, dass wir sie mit der Verpflegung in Brambauer am Schacht der Zeche Achenbach direkt unterhalb des Colani-Ufos erwarten würde. „Okay. Wir trinken uns jetzt noch in Ruhe ein Sektchen und gehen dann schlafen. Wir sehen uns dann irgendwann morgen früh. Die Container transportieren übrigens Michael Wegner mit seinem Dachdecker-Unternehmen und die Gartenbaufirma Taxus netterweise für Lau zum Zechenschacht in Brambauer. Hab dich lieb. Und schlaf schön, mein Hase!"

Der nächste Tag. Ungewohnte Hektik unterhalb Schacht Vier der Zeche Achenbach in Lünen-Brambauer. Während der letzen Nacht hatten abertausende von Zwergen dafür gesorgt, dass dieser Schacht nun breit genug dafür ist, um hier auch Übersee-Container herunter zu lassen. Es dauert auch nicht lange, das klingelt wieder einmal das Zechentelefon:

„Hallo Hase, es geht jetzt los. Wir schicken euch erst einmal die Nahrungsmittel nach unten. Und zieht bitte den Kopf ein. Die Container sind doch ziemlich groß!" Nur wenig später waren die Container dann auch bei uns angelangt. Ihr Inhalt wurde dank hunderter helfender Gnomenhände fix in den Kühlkammern und Lagerräumen des Tornados verstaut. Nach ihrer Entleerung fanden die Container schnell den Weg zur Oberfläche zurück. Was uns im Endeffekt unnötige Kosten ersparte. Mein Konto war ja ohnehin sicher eh schon fast leergeräumt. Während ich mir leise in den nicht vorhandenen Bart murmelte: „Mist, ich glaube das wird jetzt wirklich so langsam teuer!" klopfte mir Heinz Kowalski mit der Faust gegen das linke Knie: „Mach dir darüber mal keinen Kopp. Wir haben dir gestern Abend noch dreihunderttausend Euro aufs Konto überwiesen. Damit müsstest du in Sachen Unkosten zumindest einigermaßen klarkommen. Das mit der Ladung ist übrigens so weit erledigt. Mit der nächsten Fuhre kommen dann auch die Mädels zu uns runter." Der Förderkorb setzte sich in Bewegung. Als er sich zehn

Minuten später vor uns öffnet, stellt sich heraus, dass zusammen mit Sabine und meiner Tochter Katja auch Eriks Frau Susan mit ihrem Schäferhund Nano nun ebenfalls an unserer Expedition teilnehmen wollten. Im Bus würde es jetzt langsam eng werden.
Trotzdem bin ich in diesem Augenblick über die zusätzliche Unterstützung mehr als erfreut. Ich war froh, meine Frau wieder in den Arm nehmen zu können. Nach einem Familien-Drücken mit ihr und Katja weihte ich sie und die anderen Mädels erst einmal in Ruhe in die Aktionen ein, die in der nächsten Zeit auf uns zu kommen würden.
Mit den Damen war allerdings auch Michael Wegner mit seiner Frau Anke hier unten aufgeschlagen:„Leute. So viel Platz gibt es hier bei uns im Bus nicht mehr. Wo wollt ihr eigentlich alle pennen?"
Micha zog nur kurz die Schultern hoch:„Kein Problem, Ralle. Warte ab. Da kommt gleich noch etwas von oben herunter." Das Etwas entpuppte sich kurze Zeit später als 12 Meter langer Silverstar Airliner, welcher mit der modernsten Glamping Ausrüstung ausgerüstet war. Gut, dass die Anhängerkupplung des Tornados genau zum Hänger passte.

Da jetzt so weit alles geklärt war, ging es zunächst mit dem Tornado plus dem Wohnmobil der Wegners wieder ab in Richtung große Höhle vor das Gnomen-

Parlament. Dort wurden unsere Frauen mit großem Tamtam begrüßt. Obwohl ich von irgendwo aus dem Hintergrund auch vereinzelt Stimmen vernahm, die brüskiert verkündeten: "Geht doch gar nicht. Sieht so aus, als hätten die Frauen über Tage gar keine Bärte. Sieht echt seltsam aus! Wird langsam Ziehung, dass hier etwas passiert. Und überhaupt! Gibt es hier heute eigentlich kein Grillfleisch mehr?"

Das mit jeden Abend Party machen hatte sich mit Ankunft unserer holden Angetrauten allerdings zumindest für diesen Abend ziemlich schnell und bis auf weiteres erledigt. Sabine machte den Grubengnomen unmissverständlich und ziemlich eindringlich klar, wo jetzt ab sofort der Hammer hing. Das fanden diese erst einmal nicht wirklich so prickelnd. Aber als Katja ihnen ruhig und auf den Punkt erklärte, dass wir die derzeit gehorteten Vorräte dringend für die kommende Expedition benötigten, gaben sie dann doch widerwillig Ruhe. Trotzdem zelebrierten wir in der großen Höhle vor den Toren des Gnomen-Parlaments anlässlich unserer für den nächsten Morgen geplanten Abreise nochmals eine kleine Grillparty.

Sabine und Katja zeigten mir allerdings schon nach zwei kleinen Bierchen die rote Karte. Auch Erik musste wegen Susan zwangsläufig an diesem Abend

bei alkoholfreiem Bergwasser bleiben. Überhaupt sorgten unsere Mädels dafür, dass sich der Spaß an diesem Abend eher in Grenzen hielt.
Der nächste Morgen. Ich schaue auf mein Handy. Tatsächlich erst acht Uhr. Ich bin wach. Im Bus riecht es nach gebratenem Schinken, Rührei, getoastetem Weißbrot und diversen anderen Leckereien. Eine Brise von frisch aufgebrühtem Kaffee zieht sich verlockend durch den Tornado. Alle Türen des Busses stehen offen. Davor sehe ich einige Festzeltgarnituren. Die Tische biegen sich unter den darauf verstauten Fressalien förmlich in der Mitte durch.
In etwas Entfernung vom Bus entdecke ich in der hintersten Ecke der großen Höhle einige neu installierte Duschkabinen. Die offensichtlich jetzt bereits schon am frühen Morgen voll besetzt sind. Aus einer dröhnt ziemlich schräg: "Schön ist es auf der Welt zu sein, sagt die Biene zu dem Stachelschwein... Und diese Biene, die ich meine, die heißt Maja... I am on a Highway to Hell..." Kurz darauf öffnet sich die Tür. Okay. Mir war schon vorher klar, dass sich aus dieser Kabine nur der Captain heraus pellen konnte. Fast zeitgleich öffnen sich auch die anderen Duschkabinen. Vor jeder Tür stehen nun plötzlich frisch ondulierte Männer in pinkfarbenen Bademänteln, die ich nur kurz darauf als Mitglieder meiner Band identifiziere. „Mach hinne, Ralle. Das

Wasser ist noch warm. Außerdem wird es für dich ja wohl auch wirklich so langsam Zeit für eine Dusche. Du stinkst wie toter Iltis rückwärts!"

Einen Bademantel und frische Handtücher findest du auf den Ablagen neben den Duschkabinen." Rollo bringt die Sache wie gewohnt schnell auf den Punkt. Bine ist gerade dabei, einige Gläser ihrer selbst gemachten Marmelade auf den Tischen der Festzelt-Garnituren vor dem Bus unter den dort aufs Frühstück wartenden Grubengnomen zu verteilen. Als ich sie für einen Guten Morgen Kuss in den Arm nehmen will, rümpft sie nur angewidert die Nase: "Hase, geh erst mal duschen. Du miefst." Also ziehe ich mich bis auf ein Handtuch über dem Hintern vor der versammelten Mannschaft nackig aus und dackel dann ab in Richtung Duschen. Hinter denen der amerikanische Silverliner Camper steht, der unseren Frauen während der weiteren Expedition als Domizil dienen soll. Aus den Reihen der vor dem Tornado sitzenden Gnome und besonders seitens der anwesenden Gnominnen ertönt plötzlich, und für mich in diesem Augenblick völlig selbstverständlich der Ruf: "Ausziehen, mach dich nackig, du Sau!" Ich bekomme voll die rote Bombe. Und verkrümele mich daraufhin so schnell es geht im Sauseschritt in eine der Duschkabinen.

Den grün fluoriszierenden Walkman werde ich dabei allerdings nicht los. Das Ding hängt immer noch wie festgeklebt an meiner rechten Hüfte. Das Teil würde ich wohl jetzt bis auf unbestimmte Zeit am Arsch, bzw. an der Hüfte tragen.
Die Dusche brachte mich schnell wieder nach vorne. Nach dem Abtrocknen greife ich mir widerwillig einen dieser fiesen, rosa Bademäntel und passend dazu ein Paar der ebenfalls bereitstehenden Sauna-Latschen. Ich eiere immer noch leicht angedröhnt die Strecke zurück zum Bus und werde dort sofort von meiner Holden begrüßt. Sie nimmt mich erst einmal in den Arm: „Hase, jetzt riechst du wirklich gut. Willst du einen Kaffee?" Klar. Bei diesem Festmahl hier draußen vor unserem Bus habe ich gerade einen Nasen-Orgasmus nach dem anderen. Und mächtig Schmacht. Der Magen knurrt. Ich mache es mir auf einer der Festzelt-Garnituren bequem. Schnappe mir eine volle Kaffeetasse und schmackofatze Schinken, zwei Eier und diverse andere Leckereien in mich hinein. Während wir Jungs es uns in rosa Bademänteln und dazu passenden, aber ziemlich unmännlichen rosa Sauna-Latschen beim Frühstück bequem machen, verschwinden unsere Damen in den Duschkabinen und danach im Silverliner. „Um sich frisch zu machen". Die gesamte Styling-Aktion der Damen dauert allerdings ein klein wenig länger als erwartet. Nämlich fast genau zwei Stunden! Der

folgende Auftritt unserer Mädels ist dann allerdings auch mehr als filmreif. Marilyn Monroe, Rita Hayworth und andere Damen aus genau dieser Liga geben sich plötzlich die Ehre. Kurz gesagt: Vor uns tauchen plötzlich mehrere weibliche Lichtgestalten auf. Die wir nur kurze Zeit später als unsere uns angetrauten Gattinnen und Lebensgefährtinnen identifizieren können. Die Mädels haben sich unter exzessivem Gebrauch von Fön, Spiegeln und einer heftigen Menge von Make-Up extrem aufgebrezelt. Da machte sich selbst die letzte Zwergin am hintersten Tisch der Festzeltgarnituren jetzt plötzlich heftig den Kopf, ob es nicht vielleicht doch besser wäre, sich den Bart ab zu rasieren und ab sofort nur noch in High-Heels und Abendkleid unter Tage herum zu dackeln.

Auf Nachfrage meinerseits wurde mir seitens meiner Holden nur lapidar mitgeteilt, dass man ja nicht wisse, wo man unter Tage demnächst unterwegs sei, und wem man dort begegnen würde. In dieser Situation wäre es halt dringend erforderlich, pro Dame mindestens dreißig Paar Schuhe sowie die dazu passenden Outfits mitzuführen. Dies alles hätte man tatsächlich fast problemlos in den geräumigen Fächern des amerikanischen Wohnwagens verstauen können. Tatsache war, dass mir Sabine stolz mitteilte, sie wären zumindest in Sachen Oberbekleidung und Schuhwerk für alles vorbereitet.

Selbst bei einer Begegnung mit dem Kaiser von Unter-Lagerfelden würde nun in Sachen Kleiderordnung nichts mehr schief gehen können. Außer, die würden da alle nackig herumlaufen. Aber, das wäre ja nicht zu erwarten, und das wolle man dann doch nicht so haben.

Wir Jungs fanden das dann alles aber nicht mehr so prickelnd. Wusste der Schinder, wo wir hier unter Tage noch aufschlagen würden. Aber wenn die Mädels dabei regelmäßig jeden Morgen stundenlang Hollywood für Arme veranstalteten, würde uns das nur unnötig aufhalten. Und, um bei der Sache zu bleiben: Das Orakel hatte uns doch noch vor kurzem ziemlich intensiv klar gemacht, dass uns nicht unbedingt unbegrenzt viel Zeit für unsere Mission übrigblieb.

„Hömma, Ralle. Findest du echt, dass das wirklich so ne toffte Idee ist, eure Mädels mit auf die Reise zu nehmen?" Genau darüber hatte ich mir jetzt auch gerade einen Schädel gemacht. Kalle Schybulski brachte die Sache schnell auf den Punkt:" Wäre vielleicht besser, wenn die Mädels mit dem letzten leerem Container wieder mit nach oben fahren. Kann ja sein, dass wir hier unten eventuell noch Nachschub an Lebensmitteln oder anderem Kram benötigen. Und da oben ist ja jetzt sonst keiner mehr."

Inzwischen hatten es sich unsere Mädels wieder auf den Festzeltgarnituren vor dem Silverliner bequem gemacht. Und strahlten dort im Glanz längst vergangener Filmdivas bei Rührei mit Schinken schön anzusehen vor sich hin. Wirklich ein sehr netter Anblick. Trotzdem geisterten mit der Zeit immer mehr negative Schwingungen durch mein Hirn. Es dauerte auch nicht lange, bis Kalle Schybulski mir ins Ohr flüsterte: "Hömma, Ralle. Ich habe da noch nen ganz speziellen Schnaps. Der knallt getz wirklich. Kannste mir glauben. Den ziehen wir uns aber jetzt ganz heimlich da hinter dem Campingwagen von den Mädels rein. Der Rest regelt sich dann sicha janz von selbst."
Kalles Schnaps entpuppte sich kurz darauf als eine Mischung aus drei Kilogramm C4-Sprengstoff, vier Stangen Dynamit, einem 100 Liter Fass Kerosin und einer 502 Meter langen Zündschur. Alles ordentlich und so wirkungsvoll wie möglich unter dem Ami-Camper und den Duschkabinen verteilt. „Wir gehen jetzt wieder zurück zu den anderen, hocken uns ganz außen an den letzten Tisch und hauen uns noch völlig unauffällig ein Mettbrötchen rein. Dann nimmst du dir noch ne Tasse Kaffee und rauchst dir ne Kippe. Rechts unter deinem Sitz liegt die Zündschnur. Viel Spaß!" Mir wurde es in diesem Moment echt warm ums Herz. Mein Kumpel Kalle wusste wohl ganz genau, was im Augenblick in meinem Kopf herum

hamsterte. Wir hockten uns also wieder betont lässig an den Tisch. Nach dem Brötchen genehmigte ich mir also völlig unauffällig noch einen Schluck Kaffee und die dabei für mich übliche Kippe.
Und während unsere Mädels sich nach dem Frühstück in weiter Entfernung mit den Zwerginnen über Bartrasur und die letzten Schminktipps unterhielten, zündete ich unter dem Tisch die Bombe. 502 Meter und damit fast drei Minuten später knallte es dann wirklich! Aber so was von! Zuerst flogen sämtliche Duschkabinen wie aus der Kanone geschossen mit ungefähr Mach Zwei in Richtung Höhlendecke, um sich dort in ihre Einzelteile zu zerlegen. Reste unbenutzter Bademäntel und Saunalatschen fackelten dabei ziemlich schwul vor sich hin und verglühten schnell zu rosa Asche, die jetzt langsam von der Höhlendecke herab rieselte. Kurz darauf gab es einen viel heftigeren, ohrenbetäubender Knall. Mit dem sich der Silverliner Wohnwagen in mikroskopisch kleine Bestandteile zerlegte. Selbst in 500 Metern Entfernung flogen uns noch einige Schrapnell-Splitter um die Ohren. Glücklicherweise wurde dabei niemand verletzt. Mittlerweile bohrten sich hunderte Damenschuhe in Wände und Decke der Höhle. Was sofort eine kreischende Panik-Attacke unter den anwesenden Gnominnen verursacht. Jede von ihnen wollte die Erste sein, die sich ein Paar davon unter den Nagel reißen konnte. Obwohl sie mit Schuhgröße

22 in diesen für sie doch wirklich viel zu großen Tretern nicht unbedingt wirklich graziös durch die Gegend wackeln könnten. Egal. Gleichzeitig flogen Abendkleider, Jeanshosen und sexy Unterwäsche in den üblichen Farben (Rosa, schwarz, rot und reinweiß, sowie durchsichtig) wie auf Krawall getrimmte Fledermäuse durch die Höhle. Die anwesenden Gnominnen tickten nun völlig durch. Selbst einige männliche Gnome ließen es sich nicht nehmen, Büstenhalter, String-Tangas und besonders die schwarzen Nylon-Strümpfe heimlich unter ihren Arschledern zu bunkern.

Dort, wo sich vorher der Airliner-Campinganhänger befand, klaffte nun eine neue, fast 400 Meter tiefe Höhle im Berg.

Drei Stunden später suchte mich ein Zerominengnom in vollem Ornat auf und bedankte sich dafür, dass man dank dieser gewaltigen Explosion jetzt über die nötigen Räumlichkeiten verfüge, endlich ein weltweites Gnomenparlament ins Leben rufen zu können. Mein Kommentar dazu war nur:" So eine scheiß Idee habe ich ja noch nie gehört. Völliger Blödsinn! Demnächst sitzen hier hunderte von hirnlosen Idioten herum, die total blöde Ideen diskutieren, niemals auf den Punkt kommen und völlig dumme Entschlüsse treffen. Und die euch

zusätzlich ne Menge Kohle kosten werden!"
Trotzdem trollt sich der Kerl zufrieden zurück in den großen Sitzungssaal. Um dort sofort vor versammelter Mannschaft zu verkünden, dass sich diese neue Höhle als Sitzungssaal für die neu zu gründende UGO (United Gnomes Organisation) mehr als anbieten würde. Um im Anschluss sofort über Gruben-Telefon Kontakt mit anderen Staaten aufzunehmen. Woraufhin diese zusichern, umgehend sämtliche für sie unbrauchbaren Verwaltungs-Gnome mit einem IQ von 30 oder weniger in das neu gegründete Parlament zu entsenden. Aus Ami-Land kam von einem gewissen Zoppo Trump die Antwort, dass er als König der Trumpe auch bitte den Vorsitz der neuen Organisation übernehmen wolle. Dass dabei sicher nur gequirlte Affenkacke rauskommen würde, war mir in diesem Augenblick mehr als klar. Aber derzeit nicht wirklich unser Problem.

Dieses gestaltete sich nämlich akut aus mehreren Hollywood Schönheiten, die gerade ziemlich angepisst lautstark vor sich hin geiferten und mir kollektiv mit 104 Dezibel die Ohren zu ballerten! Aus mir völlig unerklärlichen Gründen hatten unsere Grazien nun seltsamerweise urplötzlich absolut keinen Bock mehr darauf, an einer ihrer Meinung nach „Völlig bekloppten Aktion zur Rettung der Welt und das ohne Abendkleider und High-Heals, was ja

wohl gar nicht geht" teil zu nehmen. Michael Wegner verdrehte bei der Explosion des Campers mit dem Aufschrei:" ABSOLUTE OBERSCHEISSE, DAS DING WAR NUR GELEAST!!!" die Augen nach hinten. Er hauchte nur noch ein leises: "War glücklicherweise bei Provinzial Wolf Vollkasko versichert", um anschließend sofort ohnmächtig nach hinten vom Hocker zu kippen. Wir deponierten ihn in einem der Kojenbetten des Tornados. „Jungs, der braucht das jetzt. Schlaf ist immer noch die beste Medizin."
Tatsache war: Die Mädels waren stinksauer. Was mein Bienchen auch schnell auf den Punkt gebracht hat: „Hase, kannst du jetzt bitte einmal so langsam dafür sorgen, dass wir hier wegkommen? Wir haben keinen Bock mehr auf den Kram! Und komm du mir mal nach Hause! Zieh dich schon mal warm an. Zu Hause ist erst mal Couch oder Kojenbett in deiner Männerhöhle angesagt. Ist mir doch scheißegal, ob du dir da die Füße abfrierst oder nicht!"
Glücklicherweise hatte mein Kumpel Kalle zwischenzeitlich eine Lore klar gemacht: „Ich bitte die Damen, sich bei der Fahrt nach oben gut festzuhalten." Es dauerte nicht lange, und die alte Zechenlore ruckelte kurz darauf auf rostigen Schienen mit quietschenden Rädern inklusive ihrer hoch explosiven Ladung in Richtung Schacht Vier davon. Ich hörte, wie sich der Förderkorb in Bewegung setzte. Und mit ihm unsere Mädels, die

immer noch lauthals vor sich hin fluchten wie polnische Waschweiber auf Speed, während sie sich wieder in Richtung Erdoberfläche substrahierten. Da hatten wir ja noch mal Glück gehabt. Zurück blieb ein leicht verstörter Erik, der plötzlich seinen Schäferhund Nano an den Hacken hatte. Welcher allerdings auch fix von den Spinnen-Ingenieuren mit einem ihrer speziellen Halsbänder ausgerüstet wurde. Leider stellte es sich schnell heraus, dass Nano in der Schweiz aufgewachsen war. Selbst die zeitaufwändigsten Nachjustierungen an seinem Halsband brachten leider keine Besserung in Sachen Dialekt. Klasse! Jetzt lungerten hier schon drei Hunde herum, die bei allen sofort unkontrollierbare Lachkrämpfe auslösten, wenn sie nur das Maul aufmachten.

Fünf Stunden später. Micha Wegener ist wieder wach. „Wo ist Anke?" Ich erkläre ihm in kurzen Worten, was sich nach der Explosion des Glam-Campers ereignet hat. Micha nickt nur kurz ab:" Ist vielleicht auch besser so. Haste mal ein Bier und nen Daumen voll Jim Beam für mich? Gut, dass ich mein gesamtes Werkzeug noch gestern Abend in die Staufächer des Tornados eingeräumt habe. Bin dabei!" Prima. Einen Dachdecker und versierten Handwerker wie ihn konnte man hier unten sicher in einigen Situationen gut gebrauchen.

Wir packten langsam die Brocken zusammen. Es wurde Zeit, die Reise in Richtung Erdmittelpunkt fortzusetzen. Wir warteten nur noch auf die Spezial-Kräfte aus der Gnomen-Abteilung, die uns bei unserer Mission zur Seite stehen sollten. Und gönnten uns nach ein paar Bierchen ziemlich früh am Abend alle eine gehörige Mütze Schlaf.

Kapitel 25: Neues Personal an Bord

Der nächste Morgen. Zehn Uhr. Wir sitzen gemütlich am Frühstückstisch. Plötzlich klopft es an der Seitentür des Tornados. „Watt is? Kann mal einer die Tür aufmachen?" Rollo hatte gut reden. Er saß ja genau in der hintersten Ecke am Esstisch und kam jetzt eh gerade nicht raus. Es dauert fast drei Minuten, bis Juri sich endlich aufraffte, um die Seitentür zu öffnen. „Ja Cheisse, wer cheid ihr denn chieberhaupt? Chisko Jello! Ralle channste mal eben an der Tür chommen?" Ich raffe mich widerwillig mit einer Tasse lauwarmen Kaffee in der Hand auf. Vor der Seitentür erkenne ich in einem lilafarbenen Nebel drei Gestalten. Eigentlich kann ich nur zwei davon ziemlich genau und unverzerrt wahrnehmen. Die dritte von ihnen schwebt in einem Meter Höhe betont lässig in der Gegend herum und ist dabei leicht durchsichtig. Einer der Gnome hält eine Leine in der rechten Hand. Am Ende der Leine nimmt der Nebel zu. Ich kann allerdings nicht erkennen, was da so intensiv vor sich hin nebelt: „Entschuldigen Sie bitte die Störung. Aladin, Mach Platz! Und schalte bitte deine Nebeldrüsen aus! Plötzlich wird meine Wahrnehmung klarer. Der lila Nebel verflüchtigt sich. Am Ende der Leine erkenne ich nun einen (wie sollte es sonst auch anders sein) lilafarbenen, sechsfüßigen Drachen mit blau schimmernden Flügeln und grünen Augen. Der mich jetzt frech angrinst: „Alder. Allen klar auf den Andrea Doria? Hassu Probleme? Ich bin den Aladin. Einen von den letzten lila Dschinn-Drachen aus Anatolien, weissu?"

„Mein Herr. Ich möchte mich in aller Form für das mehr als ungebührliche Verhalten meines Haustiers entschuldigen." Der Gnom am anderen Ende der Leine erinnert mich stark an einen britischen Butler aus dem achtzehnten Jahrhundert. Sieht irgendwie

wie aus wie der Typ aus James Bond jagt Doktor No. Er trägt einen völlig antiquierten Zweireiher, eine schwarze Melone sowie ein weißes Hemd mit Spitzenbesatz. Reitstiefel, die bis weit über seine Knie reichen. Zwölf Wurfmesser hängen lässig in einem Gurt vor seiner Brust. Das Ganze wird abgerundet durch eine Bazooka und gekreuzten Ninja-Schwertern auf seinem Rücken. Das alles signalisiert mir, dass mit diesem Typ sicher im Problemfall nicht gut Kirschen essen ist. Mir geht in diesem Augenblick echt der Arsch, obwohl der Kerl da vor mir nur knapp 30 cm groß ist. „Ach so, mein Herr und Meister. Ich habe mich ja noch gar nicht vorgestellt. Mein Name ist Djokdylytytikawawumm Kammawutrich. Aber du kannst mich einfach nur Klaus-Dieter nennen. Und übrigens: Ich bin dann jetzt auch im Team." Mit diesen Worten dackelt er ohne weiteren Kommentar in den Tornado hinein. Um wenig später hinten rechts in einer der wenigen, noch freien Schlafkojen quer zur Fahrtrichtung ein Lager aufzuschlagen. Verblieben noch zwei Gnome, die vor der offenen Tür des Busses warteten. Einer davon trug einen angesengten, an einigen Stellen heftig verbrannten Laborkittel. „Guten Morgen. Ich bin Doktor Mehmet von Knurkelstein. Hätten Sie bitte die Güte, mir meine Unterkunft zu zuweisen? Vergessen Sie bitte nicht, mir die nötigen Mittel und ausreichend Platz für meine Experimente zur Verfügung zu stellen.

Tschabuk, tschabuk! Schließlich bin ich derzeit der beste Wissenschaftler hier unter Tage." Und damit substrahierte auch er sich in den hinteren Bereich des Tornados. Um sein Lager ebenfalls quer zur Fahrtrichtung direkt mittig neben dem von Karl-Heinz, dem Vollzeit-Ninja aufzuschlagen.

Vor dem Bus wartete jetzt nur noch eine ziemlich introvertiert wirkende Gnomin. Die war derzeit allerdings frisch rasiert und tatsächlich dezent geschminkt. Gekleidet in eine stark an McDonalds erinnernde Kellnerinnen-Uniform mit roten Pumps in Schuhgröße 40, die ich doch schon irgendwo einmal gesehen hatte. "Ja Hallo erstmal. Ich weiß ja nicht, ob Sie es schon wussten. Aber ich bin die Chefin des besten Nobel-Restaurants hier unter Tage."
Mäc Dreck gab sich hier also in Person einer wirklich gutaussehenden Zwergin die Ehre! „Ab sofort bin ich für ihr Catering verantwortlich. In meiner Jugendzeit war ich übrigens bei den Special Forces. Und da besonders bei den Funkern aktiv. Mein Name ist übrigens Lena Uhuru. Bis später mal!" Mir diesen Worten schnappte sie sich ihren Rucksack, einige mitgeführte Pfannen und Töpfe und verschwand ebenfalls im hinteren Bereich des Tornados, um dort ihr Nachtlager aufzuschlagen. Komischerweise fand ich ihren Schlafsack kurze Zeit später genau in der Poofe von unserem Mini-Ninja. Macht euch zu dieser

Situation bitte selbst eure, sicherlich nur wenig sexistisch an gehauchten Gedanken. Ich sage nur: Da hinten in der letzten Ecke des Tornados ging ab sofort fast jede Nacht voll die Luzie ab! Netterweise verzichteten unsere Grubengnome und Dschinns beim Austausch ihrer Körperflüssigkeiten allerdings komplett auf sämtliche der bei uns dabei entstehenden Geräusche. Trotzdem schallte dabei ab und zu ein leise gehauchtes:" Komm, beiß mir ins Kinn. Mach es mir, du anatolischer Hengst." Oder aber auch ein:" Muss dieser Drecks-Drache jetzt unbedingt an meinen Füßen herum schlabbern?" durch den Bus.

Der nächste Morgen. Wieder ein opulentes Frühstück. Dieses Mal zubereitet durch Frau Lena Uhura. Aller Schwede. Das war jetzt wirklich was vom Feinsten! Triple Bic Mäcks, knusprige Pommes, Ficken Mac Nuggets, diverse Salate, usw.
Aber nur wenig später kam dann doch wieder der Ernst des Lebens auf uns zu. Unsere Piloten nahmen ihre Plätze an den Steuerkonsolen ein. Unter den Käfern, Zecken und Spinnen jenseits der kleinen Glaskuppel auf dem Armaturenbrett herrschte beim Programmieren des neuen Kurses eine nicht zu übersehende Hektik. Einzig und allein die kleine Spitzmaus namens Mock hockte völlig souverän vor seinem Kontrollpult und verkündete irgendwann:

"Kurs berechnet. Captain, ich empfehle Warp 3. Habe ich jetzt mal einfach so geschätzt."
Captain Ahab stand dabei zwischen den Fahrersitzen und fühlte sich plötzlich persönlich angesprochen. "Mach feddich, Macker! Leutnant Mock: Warp 4, und los!" Und fiel erst einmal auf den Arsch, als sich der Tornado plötzlich mit voller Wucht in Richtung Erdmittelpunkt katapultierte. Die Maschinen fraßen sich problemlos durchs Erdreich. Die neuen Diamantspitzen waren wirklich nicht von schlechten Eltern. Dreitausend Meter weiter unten stehen wir plötzlich und unerwartet wieder in einer ziemlich großen Höhle. Und die ist komplett mit Wegweisern zugepflastert:" Gehen Sie nach rechts. Dann nach oben. Nee, besser nach unten. Oder 10 Meter weiter nach links, und dann wieder 300 Meter nach unten, usw." Leute, verarschen konnten wir uns schon alleine!

Finn brachte die Sache fix auf den Punkt:" Lass uns Hunde mal nachsehen. Vielleicht riechen wir ja, was da los ist!" Es dauerte auch nicht lange, da kamen die Hunde auch freudestrahlend zurück:" Cheffe! Wir müssen jetzt erst mal nach rechts. Dann nach oben. Nee, besser nach unten. Oder 10 Meter weiter nach links, und dann 300 Meter weiter nach unten. Da muss es dann irgendwo weiter gehen!"

Dank der genialen Ortsbeschreibung unserer Hunde finden wir nur zwei Tage später tatsächlich in der hintersten Ecke der Höhle ein mikroskopisch kleines Loch in der Wand. Darüber blinkt allerdings auf einer großen Werbetafel in Arial 270 eine grellrote Laufschrift:" Ächtung. Däs is datt Land vonne Gnafuppen". Verpiss dich bessar, bevor et zu spät iss. Hau ab, du Arschloch. Sonst krisse gleich echt Probleme. Wennze ohne Anmeldung hier rein willz, hau ich dich gleich sofort unangemeldet auffe Fresse, du Treteimer!" Ganz nebenbei bemerke ich, dass unmittelbar neben diesem Tor ein altertümlicher Türklopfer in Form eines Löwenkopfes abgebracht ist. Direkt darunter klebt ein Merkzettel: „Nicht sauer sein, wenn sich hier nix tut. Kann sein, dass ich eben mal kurz auf´m Bottich bin! Bitte warten. Mach dich von wegens datt kleine Loch hier inne Wand nich den Kopp. Da passt mehr durch, allze getz denken tutz."

Hmm. Okay. Ich steige aus dem Bus und betätige höflich, aber bestimmt den Türklopfer. Was folgt, ist ein heftiges Glockengeläut! Bääääääääääääng! Meine Hörmuscheln verabschieden sich bei einem Wert von mindestens 120 dB. Kurz darauf weitete sich das Loch in der Wand etwas auf. Durch den Spalt kommt dann auch ganz schnell ein Kopf zum Vorschein. Und textet mich sofort in einer undefinierbaren, mir unbekannten Sprache voll. Der Kerl redet fortgesetzt wie blöd auf mich ein und gestikuliert dabei mit beiden Händen, die aus zwei anderen Löchern, die in Bauchhöhe aus der Wand ragten, auf mich ein. Leider waren meine Lauscher derzeit total zersemmelt. Außer Rauschen und einem heftigen Tinitus höre ich im Augenblick gar nichts. Ich wedelte wie bekloppt mit den Händen herum und winkte verzweifelt in Richtung Bus. Vielleicht gab es ja dort noch jemanden, der noch einigermaßen etwas hören konnte. Und tatsächlich. „Watt war datt denn? Is hier grad ne H-Bombe hochgegangen, oder haben die im Vatikan beschlossen, uns mit ihren Kirchenglocken komplett die Lichter auszuschießen?" Kevin. Ja klar. Er hatte schlauerweise immer noch die Ohrstöpsel drin. Wir neigten leider dazu, möglichst laut zu proben. Zusätzlich gingen ihm bei seinem Job als Rettungs-Sani die völlig unqualifizierten Kommentare seiner Patienten regelmäßig auf den Sack. So Dinger wie: „Muss das jetzt sein, dass ich hier alles mit Blut vollspritze, oder aber: Wieso hängt mein Dickdarm eigentlich aus der Stichwunde heraus?" gingen ihm regelmäßig ziemlich auf den Sack. Fazit: Kevin hatte die Stöpsel fast immer in den Ohren. „ Hör mal, Ralle. Das sieht mir jetzt aber gar nicht wie ein Riese aus Stein aus!"

Nee. Damit hatte er wohl Recht. Für einen großen Steinriesen wäre es wohl sehr unbequem gewesen, seinen Kopf in einem Meter Höhe durch ein 30 cm großes Loch in einer Steinwand zu schieben. Und dann noch tiefer darunter mit seinen Händen durch zwei andere Löcher in der Wand wild in der Gegend herum zu fuchteln.

Kapitel 26: Ohne Aliens geht es wohl doch nicht?

Und wieso war der eigentlich grün, hatte drei Augen auf kurzen Tentakeln und war höchstens einen Meter groß? Das konnte definitiv kein Steinriese sein.
Nur kurze Zeit später bekamen wir dann von ihm die Info, dass er Konrad Krawuttnich vom Planeten Kosslowski 48 in der Galaxie Pommes ohne Majo 23 sei. Er und seine Kumpels seien vor ungefähr zweihunderttausend Jahren mit ihrem Raumschiff auf der Erde notgelandet. Da es auf der Oberfläche aber zu dieser Zeit extremen Stress mit Sauriern und anderem Viehzeugs gegeben hätte, wäre man irgendwann auf die Idee gekommen, eine Kolonie in der Nähe des Mittelpunkts der Erde zu gründen.
Dort gäbe es auch an ganz besonderen Stellen die Möglichkeit, sich fast wie zu Hause zu fühlen und sich in kleineren Lava-Pfützen bei einer Temperatur von 800 Grad mal so richtig abkühlen zu können.

Das Ergebnis dieser Konversation wurde mir zunächst einmal von Kevin netterweise in 94 dB direkt in meine Ohrmuscheln hinein geschrien.
Es dauerte aber auch nicht mehr lange, bis sich meine Gehörgänge wieder einigermaßen erholt hatten: „Hör mal zu, du hässliche Kröte. Mach hier getz mal sofort das Tor auf, sonst ist hier gleich Achterbahn. Wir haben doch keine Zeit“ (wobei ich auf den rot blinkenden Walkman an meiner Hüfte deutete). „Mach jetzt sofort das Tor auf, sonst bekommen wir hier echt Stress“.
Synchron zu meinen Worten plusterte sich Captn Ahab im Hintergrund auf und fing an, mit den Fingerknöcheln zu knacken, um meinen Formulierungen etwas mehr Druck zu verleihen.
Und während der Captn noch immer weiter mit seinen Fingerknöcheln herum knackte, begannen plötzlich die drei Tentakel unter Konrads Augen in einem kräftigen Blauton an zu leuchten: „ Ach Mann. Meine Mutter hat mir dieses Lied schon damals, als ich noch ein kleiner Grottenwurm war, für mich als Schlaflied vor geknackt. Ich denke, so Scheiße könnt ihr gar nicht drauf sein.“ Woraufhin er sich nach hinten vom Tor weg extrahierte und sich nur kurze Zeit später zwei wirklich riesige Felswände mit einem hefigen Gepolter nach links und rechts im angrenzenden Gestein verabschiedeten.
Jetzt war der Weg für uns frei. Und wir mussten uns auch nirgendwo mehr durchbohren. Dieses Höhlensystem hier unten war einfach nur riesig.

Das erste, was uns auffiel, waren diese gigantischen Pilze, die mich sofort an Fliegenpilze in XXL erinnerten. Darauf lungerten überall ziemlich fette, grüne Außerirdische herum und schlugen sich mit Pilzstücken den Wanst voll.
Konrad war ja netterweise bei uns im Bus mitgefahren, um uns zur Führungsetage der Außerirdischen zu bringen. Und er brachte es auch sofort auf den Punkt: „Wir könnten eigentlich schon längst wieder zu Hause sein. Aber diese fiesen Pilze machen süchtig und träge. Da oben auf dem Pilz sitzt zum Beispiel Haggadupp Schrippenkowski. Einer unserer besten Wissenschaftler. Seit er den Pilz für sich entdeckt hat, gibt es leider für ihn nichts anderes mehr."
Mir wurde sofort klar: Unsere netten außerirdischen Besucher hatten zwar tief im Inneren der Erde ein neues Zuhause entdeckt, aber leider auch ein heftiges Suchtproblem entwickelt, was den Konsum gigantischer Fliegenpilze angeht.
Nach ein paar Kilometern, die uns stetig weiter nach unten brachten, kamen wir in einer Höhle an, die uns mit ihrer Größe vor Ehrfurcht erstarren ließ. Ich schätze, dass sie ca. drei Kilometer hoch und mehrere hundert Quadratkilometer groß war. Und in dieser Höhle türmte sich ein stählernes Ungetüm mit einem Durchmesser von 800 Metern auf.
Ich bemerkte sofort, dass das Ding ziemlich baufällig und in seinem jetzigen Zustand eigentlich nur noch als Artefakt für das westfälische Museum für Technik und Verkehr zu gebrauchen war: "Konrad, was soll die Scheiße? Baut ihr hier ein Raumschiff? Und warum gammelt das Ding jetzt

hier so langsam vor sich hin?" ich fügte noch die Worte des legendären Meister Röhricht hinzu: „Tut das Not, dass das hier alles so vor sich hin oxidiert?" „Liegt eventuell daran, dass unsere führenden Wissenschaftler nur noch vollgedröhnt auf den Pilzen herumliegen und sich die Bäuche vollfressen. Wenn wir die wieder fit kriegen würden, wäre das Raumschiff in kürzester Zeit so weit, dass wir damit wieder nach Hause fliegen könnten."
Das ging mir dann doch ziemlich an die Nieren. Wir machten mit dem Mosquitsch Tornado direkt unter der Raumschiff-Baustelle Rast.
Am Lagerfeuer teile ich Kevin dann mit, dass unsere netten Außerirdischen wegen diverser heftiger Suchtprobleme mit ihrem Raumschiffbau nicht wirklich aus dem Arsch kämen und wohl für immer nah des Mittelpunktes der Erde bei uns bleiben müssten. „Ralle. Das scheint ja wohl nur eine Unterart des oberirdischen Fliegenpilzes zu sein, da kann man sicher was dran machen.
Wir haben da ja noch immer Doktor Mehmet von Knurkelstein mit an Bord. Und der müsste sich doch mit chemischen Verbindungen ganz gut auskennen."
Im nächsten Schritt schickte ich dann die Hunde los, um Proben der Pilze zu sammeln. Im Nachhinein keine wirklich gute Idee, da sie die Proben mit der Schnauze ein gesammelt hatten und danach erst mal völlig zugedröhnt einen ganzen Tag durchgepennt haben.

Es dauerte auch nicht lange, bis Doktor Mehmet uns das Ergebnis seiner Untersuchungen mitteilte:" Kein Wunder, das die hier alle nur noch schlapp in der Gegend herumhängen. Die Pilze sind voll mit THC. Dagegen ist das, was sich die Kiffer bei uns über Tage reinziehen, allerdings echt Micki-Maus.

Aber ich habe auch schon die Lösung parat: Wir benötigen nur Heptoparazeptalmatosederivat-Ester. Dieses lässt sich allerdings problemlos aus dem Kot von Filzläusen destillieren. Und davon haben wir ja mehr als genug an Bord. Die Pilze bleiben danach nahrhaft, verlieren aber komplett ihre berauschende Wirkung. Wir haben bereits damit begonnen, es über das Lüftungs-System des Mosquitsch-Tornados in den Höhlen zu verteilen. Es kann nicht mehr lange dauern, bis die ersten Erfolge zu sehen sind."

Und genau so kam es dann auch. Die Aliens begannen damit, den Rost von ihrem Raumschiff abzukratzen und weiter an der Rückkehr zu ihrem Planeten zu arbeiten. Sie waren jedenfalls hoch erfreut darüber, dass es nun ziemlich zeitnah wieder ab in Richtung Heimat gehen würde. Aber nicht, ohne uns vorher davor zu warnen, dass wir eventuell mit einer Invasion von ebenfalls grünen, allerdings sehr unfreundlichen und äußerst militanten Männchen vom Mars rechnen müssten. Die nur deshalb so Scheiße drauf wären, weil sie nur zwei Zentimeter groß und wegen ihres Kleinwuchses eine ziemlich große Klappe und ein heftiges Aggressionsbewältigungsproblem hätten.

Im Übrigen hätte man auf der Suche nach verwertbaren Rohstoffen nur drei Kilometer tiefer in Richtung Erdmittelpunkt in einem Tunnel einen Wegweiser mit der Aufschrift: „Fantasy Island. Transitstrecke über das Land der braunen Steinriesen, das Land der Kanarienvögel, das fiese Labyrinth mit Gimmick und das Land der Techniks und Walla-Walla Nerds gefunden.

Ist klar, dass die Gnome in unserer Mannschaft nach dieser Nachricht förmlich durchgedrehten.
Und weil die wirklich plötzlich ziemlich zappelig (und außerdem sehr nervig) wurden, ging es dann auch sehr fix für uns im Mosquitsch Tornado runter in den nächsten Stollen in Richtung Fantasy Island.
Wir hatten nun also geschätzt ungefähr die Hälfte unserer Reise hinter uns.

Kapitel 27: Im Land der braunen Steinriesen

Allerdings standen wir nun wieder einmal wie gewohnt vor einem massiven Steintor.
Auf dem uns ein stark verblasstes Schild verkündete:
Achtung! Sie betreten das Land der braunen Steinriesen. Den Anweisungen des Aufsichtspersonals ist unbedingt Folge zu leisten. In den Wald kacken und den Förster ärgern ist verboten. Beachten Sie bitte: Der Führer hat immer Recht. Hinter diesem Tor finden militärische Manöver statt. Wir übernehmen keinerlei Haftung für durch Granaten, Minen oder Bomben verursachte Schäden.
Wir wünschen Ihnen ansonsten aber noch einen angenehmen, erholsamen Aufenthalt in unserem Land.

Juri brachte es sofort auf den Punkt: „Cheische, wie chind die denn chier drauf? Chas kann ja chspasich werden. Chdie chahben ja wohl den Arsch auf!" „Jetzt bleib mal auf dem Teppich, Kleiner." Der Captain schien die Lage sichtlich zu genießen. "Bei uns war in letzter Zeit ja kaum noch richtig Action am Start. Mir wird auch so langsam langweilig. Vielleicht gibt's hier ja mal die Chance, dem einen oder anderen was vor den Kopp zu hauen. Ich schlage vor, ich schnapp mir erstmal mein Bike und starte eine kleine, verdeckte Erkundungstour, bevor wir da mit dem großen Bus reinfahren und uns dabei eventuell eine Panzergranate oder Rakete einfangen. Wir können ja über Funk in Kontakt bleiben".

Gute Idee. In mir wuchs nämlich gerade so langsam die Erkenntnis, dass es jetzt tatsächlich auch mal wirklich Ernst werden könnte und wir uns auf halbem Weg vor dem Ziel mit einem Haufen bornierter, kleinwüchsiger Nazi-Zecken herumärgern müssten.

„Watt is, wollt ihr mit?" Und tatsächlich, Klaus-Dieter, unser Kampfgnom und sein Dschinn-Drache Aladin hatten genau das gleiche, kampflüsterne Grinsen im Gesicht wie der Captn. „Klar. Da simmer dabei". Nachdem Aladin in einer Packtasche verstaut wurde, nahm unser Kampfzwerg auf dem Sozius Platz und der Captain düste ab in Richtung Steintor. Aus der Entfernung konnten wir kurz darauf sehen, wie sich das Tor leicht öffnete und unsere Spezialeinheit mit dem Bike darin verschwand.

Jetzt war erst einmal abwarten angesagt. Es dauerte nur drei Stunden, bis wir den ersten Funkspruch unserer Spezialeinheit auffangen konnten: "Hi, hier ist der Captn. Die haben hier wirklich den Knall nicht gehört. Das sind auch keine normalen Grubengnome oder so. Scheint eine ganz andere Rasse zu sein. Die sind erst einmal nur um die 15 cm groß und sehen aus wie adipöse Blagen. Die sind alle so was von fett hier. Die Weibchen haben alle zu Zöpfen geflochtenes, blondes Haar, und die Männer tragen einen Seitenscheitel und haben ein kleines Bärtchen unter der Nase. Die laufen hier alle rum wie viel zu fette Adolf Hitler Imitatoren. Tragen auch alle Uniformen mit so komischen

Kreuzen und Runen drauf und beschießen sich gegenseitig mit Marshmallows, Gummibärchen und anderen Süßigkeiten. Raketen, Bomben oder anderes, für uns gefährliches Zeugs, scheint es hier gar nicht zu geben. Wir haben jedenfalls bisher noch nix in der Art entdeckt. Ich denke, ihr könnt mit dem Tornado problemlos nachkommen. Wir warten im Wald an der Straße ca. zwei Kilometer hinter dem Steintor. So weit, so gut. Bis gleich. Der Captn, Over and Out!"
Wir hatten kaum das Tor passiert, da konnten wir aus der Entfernung auch schon leise Knallgeräusche wahrnehmen. Die vor uns liegende Straße bestand aus altertümlichem Kopfsteinpflaster und schlängelte sich durch einen dunklen, gruselig wirkenden Nadelwald.
Auch hier schien es sich wieder um eine größere Höhle zu handeln. Schon allein wegen des dichten Baumbestands waren nicht einmal ansatzweise die Höhlenwände zu erkennen. Hoch über uns sorgten diamantähnliche Strukturen für ein schummeriges Dämmerlicht.
Den Captn und seine beiden Mitstreiter entdeckten wir nur wenig später mitten auf der Straße an einem kleinen Lagerfeuer. „Da hinten in ein paar Kilometer Entfernung scheint es erheblich heller zu sein, als hier im Wald. Da haben wir wohl eine größere Stadt oder so. Ich bin jetzt schon so was von stinksauer auf diese militanten Nachwuchs-Nazis. Überall an meinem Bike kleben diese fiesen Süßigkeiten. Das kriege ich doch im Leben nicht mehr sauber! Der schöne Chrom!" heulte der Captain.

Dabei zupfte er sich fortwährend mit den Händen im Bart herum, um anschließend ein paar Gummibärchen oder Marshmallows ins Feuer zu werfen, die dort dann wie Knallerbsen explodierten. "Die scheinen jedenfalls echt Muffe vor uns zu haben. Uns ist auf der Fahrt jede Menge Süßkram um die Ohren geflogen, aber bis auf den Typen hier in meiner linken Packtasche konnten wir nur schemenhaft herum huschende Schatten im Wald sehen."
Sprachs und holte kurz darauf einen zappelnden, wild um sich schlagenden, wirklich sehr kleinen, uniformierten Wicht am Kragen aus der Packtasche heraus.
Der sah tatsächlich ein wenig wie ein Hitler-Imitator aus. Aber eher wie Addi Pös als Addi Hitler.
„Jötzt lossen sö möch doch öndlich lohs! Öch bön öin Krögsgöfongenör ond möchtöh ordentlöch behondölt wördn!" „Porree! Jetzt halt doch einfach mal die Fresse und hör auf mit der Herum-Nölerei. Sonst hau ich dir gleich so was von auf die Fresse!" Der Captn war sichtlich genervt. „Was veranstaltet ihr hier eigentlich gerade für eine Scheiße? Wir sind hier nur auf der Durchreise und haben euch doch gar nix getan. Guck dir mal mein Mopped an. Wer soll das denn jetzt wieder sauber machen?"
Das schien zu sitzen. „Got, öch höröh ja schon ouf. Wönn sö möch höronter lossen, könntö öch möch als Föhrer anböhtön. Wos holtön sö dövon?"
Der passende Kommentar dazu kam dann auch gleich wie aus der Pistole geschossen von Rollo:" Nee, lass mal. Muss nicht sein. Das hatten wir schon mal. Ist damals auch nix

Gutes bei rumgekommen. So ne Leute sind wir nicht. Das wollen wir nicht, und das braucht hier jetzt gerade auch kein Schwein."

„Öch möchtöh sö darouf hönwoisen, dos dö Stroßen ön dör Stodt vöhl zo öng för öhr Geföhrt sönd. Sö mösstön donn dö Omgöhongsstroßöh nöhmen. Ond do könntö öch hölfröich soin."

Okay. Da hatte er sogar wahrscheinlich Recht. Und wir wollten diese Ballerburg voller militanter Mikro-Nazis wirklich schnell und möglichst unbemerkt hinter uns lassen. Obwohl der Captn schon alleine wegen seines völlig verdreckten Bikes sehr gerne Teile der Stadt platt gemacht hätte, gingen wir schließlich widerwillig auf den Vorschlag ein. Der Mini-Nazi war damit einverstanden und versicherte uns, sich während der weiteren Fahrt „vernönftög" zu verhalten.

Als wir uns nur noch ca. 500 Meter vor der Stadt befanden, sollten wir nach Angaben unseres „Föhröhrs" auf einen Weg links in den Wald abbiegen, denn dort lang ginge es zu dieser ominösen „Omgöhongsstroßöh". Bis auf die Tatsache, dass der Weg viel zu schmal für den Mosquitsch Tornado war und wir deshalb einen mittelschweren Flurschaden verursachten, funktionierte das auch ganz prima. Schade war allerdings, dass wir urplötzlich mitten im Wald vor einem Militärlager standen. Dessen Bauten im Übrigen überhaupt nicht zur Größe unseres Krögsgefongönön passten. Die Typen, die hier lagerten, mussten ungefähr genau so groß sein, wie wir.

Das Lager bestand lediglich aus einer Holzhütte und einem Zelt, was sich später als Forschungslabor entpuppte.
Aus dem Zelt erschien dann auch schnell ein normal groß gewachsener Mann auf der Bildfläche, der uns freundlich zu winkte. Der Typ erinnerte mich irgendwie an einen Yeti. Langes, blondes Wallehaar und Zottelbart. Im Gespräch stellte sich später heraus, dass es sich bei ihm um den Mikrobiologen Herrn Dr. Deutschmann handelte. Er habe zusammen mit seinem Bruder zu Nazi-Zeiten an der Unsterblichkeitspille geforscht und diesen Wirkstoff dann schließlich auch entdeckt. Da sie aber mit dem ganzen Scheiß, den die Nazis während ihrer Schreckensherrschaft so veranstaltet hätten, als bekennende Pazifisten überhaupt nicht klargekommen seien, hätten sie neben ihren eigentlichen Forschungsarbeit einen Teleportations-Apparat entwickelt. Mit dem sie sich dann in die Unterwelt hinunter gebeamt hätten. Irgendwann hätte man sich getrennt. Sein Bruder sei jetzt unter Tage bei den Gnomen als das „Große Orakel" bekannt und hätte seiner Meinung nach definitiv leider nicht mehr alle Latten am Zaun.
DAS konnten wir bestätigen. „Wie geht es ihm denn so? Hört der immer noch diese laute Hotten-Totten-Musik?"
Wir erzählten ihm, dass sein Bruder wohl immer noch an der Entwicklung irgendwelcher abstruser Geräte arbeite und es ihm bis auf seine extrem durchgeknallte Persönlichkeitsstörung wirklich gut gehen würde.
„Ich glaube, das wäre vielleicht besser, wenn ich den zeitnah mal besuchen würde. Meine kleinen Nazi-Klone

kommen sicher auch mal ganz gut eine Zeit lang ohne mich klar. Die habe ich eh nur aus Zellmaterial von Adolf Hitler und Eva Braun gezüchtet, was ich noch dabeihatte, damit das hier unten für mich alleine nicht mehr so langweilig ist. Ich hatte leider kein anderes Rohmaterial da. War am Anfang auch echt ulkig, aber so langsam gehen die mir echt auf den Geist. Die sind doof wie 10 Meter Feldweg. Also auch nicht schlauer als die damaligen Originale. Ich bin dann mal weg." Mit diesen Worte drückte er auf einen Buzzer vor sich auf dem Tisch und löste sich kurz darauf mit einem lauten Plöpp in Luft auf.
Im Lager wuselten außer unserem „Krögsgöfongönönen" noch einige andere Mikro-Nazis herum. Die machte der Captn erst mal polizeipflichtig: „Jetzt passt mal auf, ihr Blockflötengesichter! Ihr habt doch kleine Hände und damit kommt ihr sicher gut in die Ecken rein. Ihr schnappt euch jetzt mal fix ein paar Eimer Wasser und Politur und macht erstmal mein Mopped sauber. Und denkt bitte daran, die Chromteile hinterher schön mit Neverdull zu polieren. Macht feddich, sonst gibt's gleich vielleicht doch noch was aufs Maul!"
Nachdem das erledigt und das Bike wieder im Laderaum verladen worden war, tauchte plötzlich Commander Hinterseer in der Blockhütte auf: „Herr Vennemann, dieser kleine Mist-Nazi hat gelogen. Hier gibt es weit und breit keine Umgehungsstraße. Wir konnten trotzdem mit dem Bordcomputer den Ort lokalisieren, an dem es einen Übergang ins Land der Kanarienvögel geben könnte. Dafür

müssen wir hier aber leider mitten durch den Wald brettern." Was dann auch so geschah. „Dilletanten ole". Auf der dabei entstandenen Schneise wurde nebenbei neuer Siedlungsraum für weitere Mikro-Nazis geschaffen. Und Wald hatten die hier unten ja wirklich mehr als genug. Der hörte auch irgendwann auf und gab den Blick auf eine riesige Sandwüste frei, über der eine kleine Kunstsonne leuchtete.

Kapitel 28: Intermezzo im Reisebüro

In ca. einem Kilometer Entfernung sahen wir am Rand dieser Wüste direkt neben einer Pyramide eine kleine Oase. Die offensichtlich bevölkert war. Und zwar von Klaus-Erika B. Völkert und seinem mobilen Reisebüro.

Neugierig, wie wir nun mal sind, setzten wir unseren Armee-Bus wieder in Bewegung und steuerten auf die Oase zu. Dabei mussten wir allerdings zu unserem

Bedauern feststellen, dass er nicht unbedingt für die Fahrt über weichen, tiefen Wüstensand konstruiert worden war. Es ging nur in Schrittgeschwindigkeit voran, und ein paar Mal waren wir sogar kurz davor, uns fest zu fahren. Am Rand der Oase wurde der Boden zum Glück wieder etwas fester, so dass wir den Tornado dort gefahrlos abparken konnten.
Eine längere Fahrt durch die Wüste konnten wir uns allerdings direkt vor dem Zug von der Backe schminken. Wir hingen also wieder einmal fest. Es ging wohl erstmal nicht weiter.

„Meine Herren, was kann ich für sie tun, hier am Ende aller Welten?" Herr Völkert war offensichtlich ein sehr höflicher Zwerg. „Watt soll denn datt getz heißen? Ende aller Welten? Geht datt hiea getz nich weitah? Wir müssten dann doch irgendwie dringend zeitnah ins Land der Kanarienvögel" erwiderte der Captn leicht angesäuert.
„Ich habe ja nicht gesagt, dass hier für sie Endstation ist. Nur, ab hier gibt es keine weiteren gemauerten Tunnel und Steintore mehr für Sie. Ich könnte Ihnen allerdings für einen kleinen Obolus von 70 Kilo Gold einen passenden Transfer anbieten. Der Preis beinhaltet allerdings nur den Transport von ihnen und den Zwergen. Sollten sie Säugetiere und / oder Insekten mitführen, fallen Zollgebühren in Höhe von 820 Kilo Gold an.
Ich könnte ihnen auch für kleines Geld , nämlich nur 500 Kilo Gold pro Tag, einen Mietwagen anbieten. Falls sie aber

lieber ihr Fahrzeug benutzen wollen, müssen sie vorab eine Vollkasko Haftpflichtversicherung abschließen und eine Zulassungsbescheinigung beantragen. Das könnte ich für sie erledigen. Kostet allerdings nochmal 1000 Kilo Gold. Leider kann ich ihnen aufgrund der mit dem Transfer verbundenen Risiken keine Reiserücktrittsversicherung anbieten." Sprachs und zappelte direkt danach wild in der Luft herum. Könnte ursächlich daran gelegen haben, dass der Captn ihn am Schlawittchen gepackt hatte und ihm nun lautstark direkt ins Gesicht brüllte: „Hömma, du hast doch wohl den Arsch auf! Ich hau dir gleich so was von auf die Fresse, bist du lachst und danach, weil du lachst. Anschließend gibt's noch was vor die Omme, bis der Arzt kommt. Aber ich denke, du weißt, dass hier in der Wüste so schnell kein Arzt verfügbar sein wird. Also, mach feddich, du Klappspaten! Wie geht´s jetzt hier weitah?"
Dieser wie üblich äußerst freundlich vorgetragen Bitte des Captns kam Herr Völkert dann auch unverzüglich nach. „Fahren sie mal mit dem Bus direkt bis vor die Pyramide. Ich drücke dann hier an meinem Stand auf den roten Button. Daraufhin öffnet sich an der Pyramide ein Dimensionstor. Da müssen sie nur noch hineinfahren." Und während er noch leise in seinen Bart murmelte:" Was für Arschlöcher," eierte er auch schon widerwillig zu seinem Stand hinüber, um den Button zu drücken.

Vor unserem Bus öffnete sich in der Pyramide ein kurzer Tunnel, in dem sich wie bekloppt eine schwarzweiße Spirale drehte. Was mich stark an die Maschinerie aus der 60er Jahre Fernsehserie Time Tunnel erinnerte. Sah für mich nicht wirklich vertrauenserweckend aus. Aber uns blieb ja wohl nichts anderes übrig. Also Augen zu und ab dafür.

Na dann mal Vollgas voraus!

Kapitel 29: Im Land der Kanarienvögel

„Kannawoniwahsein!" Nee, was war das schön hier!
Das war jetzt wirklich einmal eine positive Überraschung. Wir standen mit unserem Bus auf einer Straße aus gelben Ziegelsteinen, die sich in sanft geschwungenen Bögen durch die vor uns liegende Landschaft schlängelte. Vor uns lag eine hell erleuchtete, leicht hügelige Landschaft voller Kornfelder, Weideflächen und kleineren Wäldchen. In der Ferne war ab und zu ein einzelnstehendes Gehöft zu sehen. Laut Bordcomputer betrug die Außentemperatur satte 35 Grad. Wir waren also dem Erdkern schon erheblich nähergekommen. Dank Klimaanlage und Pollenfiltern konnte man es im Bus bei 20 Grad aber immer noch gut aushalten.
Es dauerte dann auch nicht lange, bis wir auf die erste Siedlung trafen. Ein kleines Dorf, was aus mehreren

Bauernhöfen bestand, die wie an einer Schnur gezogen direkt an der Straße lagen.
Niemand zu sehen, wie ausgestorben. „Eh, da hinten steht ja doch einer an der Straße rum. Lass uns den mal fragen, wo wir lang fahren müssen, um zur Burg Canaria Epos zu kommen," Gute Idee, Rollo. Wir stoppen also den Bus in Höhe des Wichtes, um ihn nach dem Weg zu fragen.
Um fast kollektiv in Ohnmacht zu fallen, nachdem wir deswegen aus dem Bus ausgestiegen sind. Du kannst nicht alles haben, das Glück den Sonnenschein... Hier war es landschaftlich ja wirklich echt schön, aber: Der Gestank war kaum auszuhalten. Wie Erbsensuppe rückwärts mit dezenten Anteilen von Schwefel, Ammoniak, frisch abgehuckter Katzenscheiße und Stinkefüßen.

Dem Wicht schien das nichts auszumachen. Gekleidet in Gummistiefel, Latzhose und einen blauen Arbeitskittel lehnte er locker an seinem Gartenzaun, wobei er ausgesprochen cool auf einem Strohhalm herum kaute und zur Begrüßung mit dem Zeigefinger lässig gegen seinen Strohhut tippte. Während wir noch verzweifelt wie ein Haufen Fische auf dem Trockenen nach Luft schnappten, erklärte er uns dann auch gleich, was hier Ziehung war:

„Jooh, dat seh ick glieks – ji sünd keen von hier. Nee nee, dat merkt man an de Gängart un wie de am snacken bist. Hier seggt man nich umsonst: *Land van de Kanarienvögels*. Fröher, als de Baggerlüüd noch mit Schüppe inne Stolln rumkrochn sünd, harrn se all so’n kleen Piepmatz mit. Nich zum Snacken, nee – as Frühwarnsystem! Wenn de Vogel ümplumpst is un nix mehr trällert hätt, denn wusst de Lüüd: *Uppassen, Jung! Gas is in de Büx!* Un dann nix wie rut. Hier weer dat fröher ok 'n richtge Miefbude – giftig as’n Aal in de Bratpfann. Aber denn is dat ganze Gedöns tosammesackt, un schwupps, ward dor ’ne riesige Höhl ut. Un wat hewwt wi funn? De ganze Stinkgase sünd fast all verdüft, un de Rest, dat maakt’n feinen Dünger. Kiek mol een an! Un mal ehrliek: Wenn man erstmal so twee, dree Stünnen hier in de Brühe steiht, denn stört de Gestank ok nich mehr. Dann is dat mehr so’n... heimatliches Aroma, weetst?"

Na ja. Das erklärte so einiges. Und ich konnte auch tatsächlich so langsam wieder fast normal atmen: "Könnten sie uns bitte erklären, wie wir am schnellsten zur Burg Canaria Epos kommen?" „Nö, dat weeß ik nich. „Fohr du man fein weider auf de Hauptstraat lang, dat is dat sicherste." Wir waren schon 200 Meter aus der Ortschaft raus, als ich im Rückspiegel sah, wie sich ein weiterer Gnom zu unserem Hinweisgeber gesellt hatte.
Beide winkten uns mit wild fuchtelnden Armen zurück. Also fix den Rückwärtsgang rein und dann die Scheibe der Beifahrertür heruntergekurbelt, nur um zu hören:
„Dat is mien Nachbor Kalle – Dör kennt den Weg aber ok nich."

Na klasse. Die Schrumpf-Ostfriesen hier unten hatten offensichtlich genau wie ihre oberirdischen Vettern allerhöchstens die Intelligenz eines Aldi-Schnittbrotes.

Wir befanden uns wohl tatsächlich wieder einmal in einer riesigen Höhle. Und folgten dabei weiter brav der Hauptstraße, bei der es sich im Übrigen wohl auch um die einzige Straße in diesem Land handelte.

Zur gleichen Zeit in einem Zauberer-Turm in der Nähe der Burg Canaria Epos:

Der Hofzauberer Willi Winzig war wieder einmal voll in seinem Element. Er wirbelte in seinem Labor im Erdgeschoss des Turmes herum wie ein Kolibri auf Ecstasy. Heute gab es viel zu tun. Im Laufe des Tages musste er noch vier neue Zauber erfinden.
Da in der Vergangenheit fast alle seiner Experimente völlig schiefgelaufen waren, hatte König Heribert der Dreiste ihm noch gestern total angefressen klar gemacht, dass er nun endlich brauchbare Ergebnisse sehen wolle. Und das ziemlich zügig. Ziemlich zügig bedeutete, dass er nun bis zum Abend endlich einmal Erfolge erzielen musste! Wenn nicht, war für ihn nämlich endgültig Schluss mit Spaß. Dann konnte er seine Brocken packen und sich einen anderen Job suchen. Worauf er nun wirklich keinen Bock hatte.
Entsprechend emsig ging er jetzt auch ans Werk: „Aha! Heute wird's was!", rief Willi Winzig, während er mit einer

silbernen Schöpfkelle in einer Schüssel voller Spinnenfäden, Krötenfürzen und Eierlikör herumrührte. „Oh je", murmelte sein Zauberlehrling Freddie, ein schüchterner Bursche mit großer Brille und noch größerem Misstrauen gegenüber allem, was explodieren könnte.
Was in diesem Turm ungefähr so ziemlich alles war.
"Das kann ja wieder mal nur Murks werden."

„KRISTALLUS HOKUS FREDDIE MERCURIUS!" rief Willi Winzig. In einer Ecke des eigentlich runden Turms bildete sich eine rosa Rauchwolke, gefolgt von einem lauten Quietschen und einem grellen Blitz, und zack! Statt des vom König geforderten, neuen goldenen Reichsapfels erschien ein rosafarbenes Känguru, welches mit einem Jetpack auf dem Rücken durch das Labor flog und ständig: "We are the Champions, my Friend!" sang. Das würde auf die Dauer sicherlich tierisch nerven. Aus diesem Grund atomisierte der Zauberer das Ding auch fix mit einem Antimaterie-Blitz aus seinem Zauberstab. Also, wenn er ja sonst nicht viel draufhatte, das mit den Antimaterie-Blitzen hatte er dann doch voll im Griff. Das hatte man ja auch spätestens dann gelernt, nachdem man das Ergebnis des gefühlt dreitausendsten misslungenen Zaubers in ein anderes Raumzeit-Kontinuum gebeamt hatte.

Der Zauber war jedenfalls leider komplett nach hinten los gegangen. Voll der Schuss in den Ofen.
Der König hatte gestern Abend noch erwähnt, dass er

dringend einen neuen Thron benötige. Schön weich und bequem solle er sein. Hörte sich ja nicht allzu schwierig an.
„SITZUS MÖBELISSIMUS KEINUS POPOWEHUS!" Und tatsächlich. Dieses Mal materialisierte ein Stuhl aus dem Nicht, der aber so gar nichts mit einem Königsthron gemeinsam hatte. Ein einfach konzipiertes Ding aus Kiefernholz mit einer in die Sitzfläche eingearbeiteten Kloschüssel und einem Aufkleber an einem Stuhlbein mit der Aufschrift: IKEA, Modell KACKTUS. Zusätzlich sang der Stuhl bei jeder Berührung lauthals Lieder über die tragische, unerfüllte Liebe einer Fledermaus zu einem Toaster.
Der Lehrling flüchtete sicherheitshalber unter einen Tisch.

So langsam wurde es eng. Heute Abend war ein großes Bankett geplant, wofür noch die erlesensten Speisen fehlten. Des Königs dritter Wunsch.
„FLUPPDIWUPP. SPEISUS GIGANTIKUS LECKERLI!" Es regnete Wackelpudding. Blauen, klebrigen Wackelpudding, in dem gut sichtbar winzige, wild miteinander kopulierende Flöhe ihren Spaß hatten. Die intelligenten Bücher in der Bibliothek im ersten Stock protestierten lautstark:
„Ach nee...! Schon wieder Wackelpudding?! Davon stand aber nichts im Mietvertrag!"
Im Labor sah es inzwischen aus, als hätten Arafat, Bin Laden und Khomeini zusammen mit den Hells Angels eine wilde Orgie gefeiert. Diese Unordnung musste dringend weg. Also wieder mal den Zauberstab raus gekramt und

den Antimaterie-Zauber angewandt.
Leider hatte unser Hofzauberer noch den Mund voller Wackelpudding, so dass statt: „EXTRACTUS DRECKUS SOFORTUS WECKIBUS" nur ein undeutlich gemurmeltes: „WIE SEL BLUBBER SPUCK KOTZ WÜRG..." zu hören war.

Ein erneuter Blitz, gefolgt von einem erschrockenen Quieken und einem Donnerschlag. Wo eben noch sein Lehrling unter dem Tisch gelegen hatte, hockte nun ein wütendes, rotes Wiesel. „Was hast du denn nun schon wieder angestellt? Du kannst mich doch nicht einfach in ein Wiesel verwandeln! Und warum trage ich jetzt dieses quatschige Robin Hood Kostüm?" „Aber, du siehst doch ziemlich putzig aus, mein Junge. Außerdem ... äh ... das war als eine Lernaufgabe für dich gedacht. Ja! Pädagogisch wertvoll!"
Das Wiesel funkelte ihn wütend an: „Mach das sofort weg. Sonst werde ich dir in die Stiefel pinkeln. Jeden Morgen!"

„So, genug aufgewärmt. Jetzt kommt der richtig geile Luft-in-Gold verwandeln Zauber. Freddie, halte doch bitte mal das Buch hier." „Ich bin ein Wiesel, ich habe leider keine Daumen!" nörgelte Freddie von unter dem Tisch hervor. „Stimmt..." murmelte Willi Winzig in seinen Rauschebart. Er angelte sich selbst das Buch aus dem Regal, öffnete es auf Seite 666, ignorierte den Protest der Seiten „Hey, jetzt mal nicht so grob!" und intonierte mit dramatischer Stimme: „HOKUS POKUS BOMBASTIKUS MEGATRICK!

GOLDUS MACHUS SOFORTIKUS! BÄNG BOOM BÄNG!"
Erst einmal passierte gar nichts. Ein Moment völliger Stille. Aber plötzlich fing der Boden an zu beben. Erst leicht, aber dann immer heftiger und heftiger.
Danach schossen blaue Blitze durchs Labor, die sich schließlich durchs Fenster extrahierten. Gefolgt von einem ohrenbetäubenden Lärm aus Richtung des Schlosses:
KA-WUMM!!!
Kurz darauf flog die Eingangstür des Turmes auf. In der nun König Heribert der Dreiste stand. Mit hochrotem Gesicht. Zusätzlich kam leichter Qualm aus seinen Ohren heraus. Die Krone saß schief auf seinen völlig zerzausten Haaren. Sein Hermelin-Morgenmantel stand offen und entblößte dabei eine weiße Rippenunterhose, zwei stark behaarte Beine und ein Paar Füße, die in zwei roten Filzpantoffeln steckten.
Der komplette König war völlig verdreckt, hielt in der einen Hand eine Rolle Toilettenpapier und in der anderen einen Ziegelstein, den er mit den Worten: „ES REICHT! ICH HABE JETZT ECHT DIE SCHNAUZE VOLL VON DIR!" in Richtung des Zauberers abfeuerte. „Ich sitze gerade auf dem Pott, um in Ruhe einen abzuseilen, bevor der stressige Königsjob wieder losgeht. Da bebt plötzlich der Boden und der Himmel ist voller Blitze. Und das nächste, was ich höre, ist

KA-WUMM!
DU HIRNI HAST GERADE DIE HALBE BURG ZERLEGT!
DU BIST ABER SO WAS VON GEFEUERT!

Du kannst von Glück reden, dass ich dich dafür nicht einkerkern lasse. Und jetzt pack deine Brocken und verpiss dich. Und vergesse dabei bitte das komische, rote Wiesel hier nicht!"

Kapitel 30: Ein fieses Labyrinth

„Chey, chabt ihr dasch auch chehört? Hat dasch da chinten nicht cherade Cha-Wumm chemacht" Stimmt, Juri. Der Knall war ja kaum zu überhören. Zusätzlich steuerten wir gerade auch auf eine riesige Staubwolke zu. Die sich dann schnell als eine mittelalterliche Burgruine entpuppte.
Kurz davor gelangten wir an einen windschiefen Turm, vor dem ein verzweifelt dreinblickender Zwerg mit langem Rauschebart und ein rotes Wiesel in einem Robin Hood Kostüm standen. Der Zwerg trug einen spitzen, blauen Hut mit Sternen und einen farblich dazu passenden Mantel.
Er hielt ein dickes Buch mit seltsamen Ornamenten auf dem

ledernen Umschlag und einen silbern glänzenden Stock in seinen Händen.
Den konnte man doch sicher nach dem Weg fragen: „Tschulle. Wir suchen den Hofzauberer Willi Winzig, denn wir benötigen dringend seine Hilfe. Wissen sie vielleicht, wo wir ihn eventuell finden könnten?"
„Ach meine Herren. Es hat sich aus gehofzaubert" schluchzte der Wicht. „Ich bin Willi Winzig und das ist mein Lehrling Freddie. Wir sind derzeit arbeitssuchend. Der König ist stinksauer auf uns. Könnten sie uns eventuell mitnehmen? Ich befürchte, dass der König vielleicht doch noch die Palastwachen losschickt, um uns festnehmen zu lassen. Ich weiß auch genau, wie wir am schnellsten von hier abhauen können. Sehen sie den Berg da hinten am Horizont? Da habe ich damals mal beim Misteln sammeln den Eingang zu einer Höhle entdeckt. Da schien es auch ziemlich steil nach unten zu gehen. Aber für ihr magisches Gefährt dürfte das sicher keine Schwierigkeit darstellen."

ES dauerte auch nicht lange, da stürmte plötzlich tatsächlich aus Richtung der Burg kommend eine Truppe Hellebarden und Schwerter schwingender Kampfzwerge in Musketier-Uniformen in unsere Richtung. Heribert der Dreiste hatte sich das mit der Begnadigung wohl doch kurzfristig anders überlegt. Also nix wie rein in den Bus, Vollgas ole´ und ab vom Hof!
Die uns immer noch verfolgenden Kampfzwerge checkten dann auch schnell, dass sie mit ihren kurzen Beinchen nicht

die Bohne einer Chance hatten, uns einzuholen und trollten sich mit hängenden Köpfen zurück in Richtung Burg.

Der von Willi Winzig beschriebene Eingang zu seiner Höhle entpuppte sich allerdings bei näherer Betrachtung als besseres Mauseloch. Also kam nun wieder einmal die ultimative Bugfräse des Mosquitsch Tornados zum Einsatz. Geröll und Felsbrocken flogen wild durch die Gegend, als wir uns zunächst einmal in einer schmalen Röhre knapp 200 Meter durch festes Gestein schaufeln mussten. Danach war dann aber wieder Platz genug.
Vor uns lag offensichtlich ein ausgedehntes Tunnelsystem. Das konnten wir auch einer Karte entnehmen, die plötzlich an einer der Tunnelwände aufleuchtete: „Willkommen in der Geysterbahn der magischen Chaos-Banane! Zur Erleychterung haben wyr fyr sie die eynzelnen Attraktionen mit Nummern versehen. Die genauen Beschreybungen dazu entnehmen sie bytte den hier auslygenden Prospekten."
Und tatsächlich standen da direkt neben der Seitentür unseres Busses in einem verwitterten Regal-Aufsteller aus Holz einige buchartige Artefakte herum. Die allerdings leider kollektiv zusammen mit dem Regal sofort zu Staub zerbröselten, als wir sie anfassten.
Wäre ja sonst auch zu einfach gewesen!
Im Tunnel vor uns war in einiger Entfernung ein leichter Lichtschein auszumachen. Und da derzeit eh nur dieser eine Tunnel vor uns lag, fuhren wir nach einer kurzen Einsatzbesprechung sehr langsam und vorsichtig weiter.

Denn laut der Prophezeiungen des großen Orakels sollte hier ja ein äußerst fieses und sehr gefährliches Labyrinth vor uns liegen. Und ich war schon jetzt gespannt wie ein Flitzebogen darauf, was es als Abschluss-Gimmick für uns bereithalten würde.

Wegen der etwas altertümlichen Formulierungen auf dem Leuchtschild waren wir zunächst davon ausgegangen, dass es sich bei dem vor uns liegenden Labyrinth um eine sehr alte Örtlichkeit handeln musste. Was sich allerdings schon nach 50 Metern Fahrtstrecke als völliger Schuss in den Ofen herausstellte. Scheinbar waren auf dem Boden des Tunnels in diversen Abständen Druckplatten angebracht. Und als die Vorderräder unseres Busses die erste davon berührten, erschien direkt vor uns quasi aus dem Nichts ein beleuchteter Snack-Automat. Die Dinger tauchten bei unserer Weiterfahrt dann auch noch mehrmals auf.
„Lybe Gäste. Wir begryßen Sie nochmals recht herzlych in der Geysterbahn der magischen Chaos-Banane. Der Verzehr von Speysen und Getränken ist im Eyntryttspreis eyngeschlossen. Bytte bedynen sie sych!" ertönte es aus einem Lautsprecher.
Das brauchte man uns nun wirklich nicht zweimal zu sagen. Wir waren zwar immer noch ausreichend mit Grillgut und den leckeren Hamburger-Spezialitäten von Frau Elvira Uhuru versorgt, aber in Sachen Süßkram herrschte in unserer Speisekammer leider schon seit geraumer Zeit gähnende Leere. Wir stürmten also wie die Bekloppten aus

dem Bus, um uns am Automaten mit Schokolade und Co. zu versorgen.

Konnten wir aber gleich wieder komplett vergessen. Statt Vollmilch-Nuss oder diversen anderen Schokoriegeln hatte der Automat nur folgende, wirklich außergewöhnliche Köstlichkeiten im Angebot:

- Kandierte Otternasen
- Gezuckerte Teigtaschen aus gerollter Baumwolle
- Schleimkrapfen mit Knusperfrosch-Füllung
- Einhorn-Ohren mit eingelegten Krötenwarzen
- Dr. Chilli´s Spezial-Drachenklöten (Achtung, scharf)

und anderen, sicher völlig ungenießbaren Absurditäten.

In unserem Kreis gab es nur einen Auserwählten, der dann auch zögerlich Interesse an den dargebotenen Leckereien zeigte, nämlich den Captn: „Wenn die meinen, die können uns hier verarschen, dann haben die sich aber geschnitten! Ich werde mir jetzt ne Portion Drachenklöten aus dem Automaten ziehen. Ich habe nicht umsonst auf der letzten Party beim Schweineaugen-Weitspucken versehentlich eines der Augen verschluckt. Und selbst das war eigentlich geschmacksmäßig auch ganz okay. Schlimmer kann das hier auch nicht werden!" sprachs und zog sich demonstrativ unter großem Tamtam eine Packung Drachenklöten aus dem Automaten. Um nach der Verkostung derselben tatsächlich im wahrsten Sinne des Wortes Feuer zu spucken. Während er mit beiden Händen kleinere Buschfeuer in seinem Bart löschte, hörten wir ihn nur noch stöhnen: „Kacke! Echt scharf die Dinger! Aber trotzdem irgendwie voll lecker!" Nachdem er für eine Weile im Bus verschwunden war, um seinen Durst zu löschen, erschien er dann mit den Worten: „Egal! Wenn ich schon mal dabei bin, muss ich den anderen Kram jetzt auch noch probieren", wieder auf der Bildfläche.

Im weiteren Verlauf seines Feldversuches stellte sich heraus, dass die anderen Leckereien aus dem Automaten wider Erwarten doch fast durchgängig aus Schokolade mit Nüssen, Krokant oder Marzipan bestanden.
Lediglich bei der Knusperfrosch-Füllung handele es sich wohl tatsächlich um echte Frösche. Vom Verzehr dieser Dinger müsse er uns deshalb dringend abraten.
Der Entwickler des Labyrinths schien ja wirklich einen recht seltsamen Sinn für Spaß zu haben.
Aber genau meine Art von Humor!
Wir setzten die Fahrt mit den Taschen voller kandierter Otternasen und gefüllten Einhorn-Ohren fort. Um kurz darauf an die Quelle des Lichtscheins zu gelangen, den wir schon am Anfang des Labyrinths wahrgenommen hatten.

Dabei handelte es sich um einen riesigen Medizinball mit einem verschmitzt dreinblickendem Gesicht, der von innen heraus leuchtete. Seitlich ragten ein paar Stummelärmchen aus der Figur heraus. Um dem ganzen die Krone aufzusetzen, hielt sie ein Mikrophon in der rechten Hand. Jetzt war auch deutlich ein: „UMM-TSCHAKKA-TSCHAKKA-UMMTSCHE-UMMTSCHE" zu hören, welches aus dem Inneren des Typen kam. „Was soll dieser Lärm? Das ist doch keine richtige Musik?" Da dröhnte uns doch tatsächlich gerade mit 94 Dezibel die übelste Techno-Mukke in die Lauscher. "Poah, ich glaube, ich kriege gleich Ohrenkrebs. Mach das weg, du perverser Flummi!" Rollo verzog schon schmerzverzerrt das Gesicht. Der Lärm war wirklich kaum auszuhalten.

Plötzlich meldete sich Doc Pillkowski total hektisch übern Ecktisch per Interkom aus der Krankenstation, um uns mitzuteilen, dass einige der Ohrenschmalzkäfer aus seiner Mannschaft wie aus heiterem Himmel in Ohnmacht gefallen seien. Es ginge gerade um Leben und Tod, und wir müssten dringend zeitnah etwas gegen den Krach unternehmen. Was auch schnell geschah. Denn plötzlich sprach der Medizinball vor uns mit piepsiger Stimme: "Wer an mir vorbei will, muss rappen." Das folgende improvisierte Rap-Battle zwischen ihm und Juri, der dabei lässig in seiner Glaskuppel sitzen geblieben war, endete dann auch verhältnismäßig schnell. Denn auf ein: „Ich kann goil rappen, Alder. Deine Mudda, deine Mudda mach ich gleich zu Hundefuddah!" „Du Cheissah. Chast du cherade meine Mamma beleidischt? Dasch chibt Ärger," Juri war stinksauer: „Cheiss drauf, Alder. Isch hab ne Laserkanone!" und zerbruzzelte den Rap-Ballon mal eben so nebenbei in seine Einzelteile.

War zwar nicht die feine englische Art, ging aber aufgrund der angespannten Lage in der Krankenstation wohl leider nicht anders. Bei der Untersuchung der kläglichen Überbleibsel des Rap-Ballons stellten wir dann zu unserer Überraschung fest, dass es sich bei ihm nicht um ein Lebewesen, sondern um eine mechanische Animatronik gehandelt hatte. Also einfach etwas, womit man in einer „Geysterbahn" halt rechnen musste. Wir fanden später auch noch einen Aufkleber, dem wir entnehmen konnten, dass es sich bei dem Rap-Ballon um die „Attraktion No. 21" gehandelt hatte.

Nach einer kurzen Fahrt von vielleicht 80 Metern leuchtete dann das nächste Hinweisschild vor uns auf: „Attraktion No. 13. Originalgetreuyer Nachbau eyner Blues-Kneype im New Orleans des 19. Jahrhunderts". Musik! Na, das war ja direkt mal was nach unserem Geschmack.
„Ach nö. Schon wieder Blues? Da habe ich jetzt keinen Bock drauf. Reicht schon, dass bei uns in der Oberwelt immer dieselben Idioten bei irgendwelchen Blues-Sessions die ewig gleichen Songs in der ewig gleichen Besetzung herunter dudeln. Find ich voll langweilig! Davon habe ich aber sowas von die Schnauze voll. Geht mal ruhig alleine. Ich bleibe hier im Bus und zieh mir derweil ein wenig Countrymusik rein. Bis später dann." Unser Rollo ahnte allerdings nicht einmal ansatzweise, was er da verpassen sollte. Wir enterten derweil in Begleitung unserer Gnomen-Kollegen einen total verrauchten Raum, dessen Wände aus

unverputztem, rotem Backstein bestanden. In der Kneipe lungerten ein paar äußerst seltsame, nicht gerade vertrauenserweckend aussehende Gestalten an den Tischen sowie am Tresen herum. Eine typische Spelunke.
Hinter dem Tresen werkelte ein dunkelhäutiger, fetter Gnom mit Glatze. Gekleidet in ein speckiges, fleckiges Rippen-Unterhemd und eine löchrige Jeans Latzhose voller Fettflecken. Er wischte bei unserem Eintreten gerade mit einem ebenso speckigen Tuch ein großes Bierglas sauber. Hinter ihm stapelten sich in deckenhohen Regalen massenweise Whiskeyflaschen und andere hochprozentige Spaßmacher. Der Gnom nickte uns freundlich zu und winkte uns zu sich an den Tresen. „Hallo, Brüder. Ihr kommt gerade noch rechtzeitig. In 10 Minuten ist es so weit. Dann könnt ihr den großen Elfick Pressluft live on Stage erleben. Ach so, möchtet ihr vielleicht was trinken?“ Wir bestellten uns kollektiv Steinbeißers Delirium mit Cola. Das kam im richtigen Mischungsverhältnis nur auf einen Alkoholgehalt von knapp 40 Prozent. Man musste es mit der Sauferei ja nicht gleich übertreiben.
Nur wenig später gingen die Lichter auf der Bühne an. Es roch sofort ein wenig nach Karbid und Benzin. DAS war ja nun wirklich einmal sehr originalgetreu. Die Lampen wurden tatsächlich noch mittels Karbidfackeln betrieben. Trotzdem wurde es in dem Dämmerschuppen nun ziemlich hell.
Das Bühnenprogramm wurde durch einige Zwerginnen in Can-Can Kostümen eröffnet, die ein paar Minuten lang

äußerst intensiv in einer tänzerischen Darbietung ihre körperlichen Vorzüge zur Schau stellten. Was unsere Gnomenkumpels unverzüglich in sabbernde Idioten verwandelte.

Nachdem sich die Mädels unter lautstarkem Protest unserer kleinwüchsigen Team-Mitglieder wieder hinter die Bühne verzogen hatten, betrat nun unter frenetischem Applaus des anwesenden heimischen Publikums eine Art Oktopus die Bühne. Der war ca. zwei Meter groß und hielt in vier seiner acht Arme eine Gitarre und einen Bass. Mit den anderen vier Extremitäten bewegte er sich ähnlich wie Michael Jackson in Art eines Moonwalks auf der Bühne hin und her. Abgerundet wurde die Sache durch eine pechschwarze Schmalzlockenperücke, die über den großen, blauen Kulleraugen des Achtfüßlers irgendwie deplatziert wirkte. Das wurde auch dadurch nicht unbedingt besser, dass sie während seiner Darbietung ständig auf seinem Schädel hin und her rutschte.
Es sei noch erwähnt, dass der Hauptact des heutigen Abends einen weißen Ganzkörper-Overall trug, welcher über und über mit Strasssternchen, Perlen und anderem Glitzerzeug verziert war. Gut. In Sachen der Optik der Darbietung bestand sicher noch Verbesserungsbedarf. Tatsache war allerdings, dass der Typ da auf der Bühne in den nächsten dreißig Minuten abrockte, als wäre der Teufel persönlich hinter ihm her. Der war bei seinen Gitarren-Solos teilweise so schnell, dass ich ihm ohne weiteres

zutraute, den Minutenwalzer in vierzig Sekunden spielen zu können. Und dazu dann noch diese überirdische Stimme. Ein wirklich gelungene Darbietung. Hatte ich in der Art vorher so noch nie zu hören bekommen.

Die Stimmung war auf dem Höhepunkt, als der Oktopus sein Konzert mit den Worten beendete: „Meine Damen und Herren. Es ist angerichtet. Nach hunderten von Jahren gibt es für uns endlich wieder frisches Blut zu trinken!"
Das machte mich dann doch leicht stutzig. Hier schien es sich nicht um irgendwelche Maschinen zu handeln, sondern um blutrünstige Kreaturen, die schon jahrhundertelang auf Nachschub gewartet und dementsprechend ausgehungert waren. Um das Buch noch einigermaßen im U-16 Bereich zu halten, erspare ich der werten Leserschaft die blutigen und äußerst schrecklichen Einzelheiten des folgenden Kampfes. Es sei nur gesagt, dass unser Ninja-Gnom die Go-Go-Girls unter Zuhilfenahme von Billiard-Queues in Schaschlik verwandelte und der Captain sich in einen wahren Blutrausch hineinsteigerte. Er wütete wie ein Berserker unter den Blues-Blutsaugern und riss ihnen dabei mit den bloßen Händen reihenweise die Herzen aus dem Leib.
War wohl auch verhältnismäßig einfach, weil die wegen des jahrhundertelangen Verzichts auf Blut doch schon ziemlich ausgetrocknet waren. Glücklicherweise wurde bei diesem Kampf niemand aus unserer Truppe gebissen oder ernsthaft verletzt.
Wir sahen hinterher allerdings alle aus wie die Schweine

und waren entsprechend heftig angesäuert. Alles voller Vampirschleim, Hautfetzen und zermatschter Organe. Also schnell raus aus diesem Schuppen und erst mal unter die Dusche.
Aber nicht, ohne uns vor dem Verlassen der Lokalität noch mit einem Jahresvorrat an uraltem Whiskey und anderen wohlfeilen Spirituosen einzudecken.

„Ich habe es euch ja gesagt! Blues-Kneipen sind echt Kacke! Ewig die gleichen Typen, die in der ewig gleichen Besetzung die ewig gleichen Songs herunterdudeln. Habt ihr mir denn wenigstens etwas mitgebracht? Und, wie seht ihr denn eigentlich ... AU!" In den folgenden Tagen lief unser Rollo dann mit einem blauen Auge herum, was er einer *„Da platzt mir doch gleich der Arsch Aktion*" des Captns gepaart mit einem gezielten Faustschlag zu verdanken hatte. Der Captn machte das dann allerdings noch am selben Abend mit einer 300 Jahre alten Flasche Finnegans Wake Irish Malt Whiskey wieder gut.

Im weiteren Verlauf unserer Reise durch das Labyrinth trafen wir in einer kleineren Höhle auf die Baustelle einer Achterbahn, in deren Baubüro wir eine Planskizze fanden: „Acht Kurven sollst du erbauen! Nicht neun oder sechs. Erst recht nicht nur vier oder zwei. Um die magische Banane zu ehren bedarf es mehr als einer oder auch nur derer drei Kurven! Baumeister, gedenket der Erfordernis von acht Kurven! Das ist wichtig, wichtig, popichtig! Denn sonst

klappet es nicht!" Beim Nachzählen der bereits verbauten Kurven kamen wir allerdings auf die genaue Anzahl von 83. Die Bauzeit musste in ungefähr so lange gedauert haben, wie die des BER. Leider hatte man sich beim Bau dieser völlig vermurksten Dreiundachtzigerbahn offensichtlich genau wie beim Mammutbau des Flughafens in Berlin in Sachen Zeitplan und Materialverfügbarkeit ziemlich heftig verschätzt.
In der hintersten Ecke des Baubüros fanden wir schließlich das Skelett des unbekannten Baumeisters auf.
Es kniete vor einer Art Altar, auf dem zwischen mehreren heruntergebrannten Zeremonienkerzen die Skulptur einer goldenen Banane stand. Die wir dann zur Erweiterung unseres monetären Bestandes erst einmal mitgehen ließen.

Es folgten noch eine Tropfsteinhöhle mit lebensgetreu nachgebildeten Stalag-Titten in Körbchengröße Doppel-D, ein stinkender Souvenirshop voller halbverfaulter Bananen, Schlüsselanhängern in Form von Bananen sowie Tassen und Tellern in Bananenform und anderen Franchise-Artikeln zum Thema „Magische Banane".
Die Beschreibung der restlichen Attraktionen, auf die wir auf unserer Fahrt hier unten noch gestoßen sind, möchte ich euch dann auch gerne ersparen.

Irgendwann näherten wir uns jedenfalls dem Ende des Labyrinths, was uns durch eine letzte Leuchtreklame angekündigt wurde: „Wyr danken fyr Ihren Besuch und wünschen Yhnen nun viel Glück. Zu ihrer Ynformation: Die Begegnung mit unseren Abschlussgymmick hat bisher leyder noch Nymand überlebt!"

„Was zum heiligen Gitarrenverstärker ist denn jetzt los?", fragte Rollo, während er sich nervös seine Gitarre schnappte.

Ein lautes *TICK... TICK... TICK...* hallte durch den Tunnel.

„Dasch klingt nischt gut", meinte Juri und stellte die Leitzentrale seine Laserkanone vorsichtshalber schon mal auf feuerbereit.

Dann kam sie. Der Obermotz des fiesen Labyrinths. Die höchst heilige Frucht der Panik. Die magische Banane. Aus deren Inneren unüberhörbar ein lautes Ticken zu hören war.

Sie rollte langsam über eine goldene, mit vielfarbigen Leuchtdioden beleuchtete Showtreppe hinab, an deren letzter Stufe ein kleines Warnschild herunterbaumelte: „ACHTUNG: Diese Banane könnte explodieren, Verse alter Philosophen rezitieren oder beides gleichzeitig machen."

Die Banane war groß. Einfach riesig. Mit blutunterlaufenen Augen. Und einem kleinen Zylinderhut. Plus einer schwarz gelb karierten Fliege. Und mit einem Fach in der Mitte, in der ein Breitmaulfrosch auf einer Ukulele leise Songs von

Alice Cooper intonierte.
An ihrer Schale blinkte ein Countdown:

00:03:21

„WAS ZUR HÖLLE.", rief Rollo.
„Cheische, dasch ischt jetscht gar nicht gut", murmelte Juri in seiner Glaskanzel.

Plötzlich sprach die Banane. Mit britischem Akzent: „Guten Tag, liebe Tunnelreisende und Musiker-Kollegen. Ich bin Sir Ticktock von und zu Bananarama, meines Zeichens eine Sprengfrucht dritten Grades. Ich explodiere entweder – oder rette das Universum. Beides hat Stil. Aber ihr müsst euch entscheiden: *Rockt ihr mit mir – oder gegen mich?*"

Die Band starrte sie an. Dann fing Rollo an, auf seiner Gitarre herum zu klimpern. Juri grinste: „Isch chabe tschon mit weniger Übertscheugung auf einer chaputten Waschmaschine gespielt. LET'S GO!"
Ich schnappte mir auch fix meine Klampfe aus dem Ständer, drehte alle Regler am Verstärker auf 10 und stimmte gleich zu Beginn des Songs eines meiner berüchtigten Endlos-Solos an, Was sich leider als Fehlgriff, bzw. als antibananisches Zündungsriff entpuppte!

Denn Sir Ticktock von und zu Banamarama begann plötzlich immer heftiger zu vibrieren. Mit ihm die uns umgebenden Tunnelwände sowie die Höhlendecke. Er schielte leicht, wobei er das rechte Auge im und das linke Auge immer schneller entgegen des Uhrzeigersinns verdrehte. Zusätzlich raste der unheilverkündende Countdown plötzlich schneller und schneller werdend in Richtung Zündung:

00:00:07

Das war´s dann wohl. Tschüssikowski, du schnöde Welt. So hatte ich mir meinen Abgang von diesem Planeten aber wirklich nicht vorgestellt. Irgendwann im hohen Alter mit einem Faltenrock im Gesicht auf der Bühne herum torkelnd tot umfallen wäre mir da schon lieber gewesen. Oder es so zu halten wie Keith Richards. Der war sicher schon bereits seit dreißig Jahren tot, hatte das aber wohl irgendwie einfach noch nicht mitbekommen. THAT´S ROCK´N ROLL !!

00:00:01

Ein Blitz. Ein Knall. Ein Haufen Konfetti. Und statt einer Explosion...ein fröhliches „Tadaaa!" Ich hielt plötzlich einen Game-Controller sowie einen Passierschein für die Weiterfahrt ins Land der Technicks und Walla-Walla Nerds in der Hand. Die Show-Treppe versank untermalt mit den Tönen einer Fanfare langsam im Boden des Tunnels. Und gab danach den Blick auf einen riesigen, wandfüllenden Flachbildschirm frei, auf dem gerade jemand wie auf einem Gameboy Tetris spielte. Leider ohne viel Erfolg. Die Blöcke purzelten erst einmal völlig ungeordnet übereinander. Bis ich erkannte, dass ich den Game-Controller nicht umsonst erhalten hatte.

Es dauerte es noch fast vier Stunden, bis ich die nötige Punktzahl erreicht hatte: „LEVEL COMPLETED. GAME OVER. PRESS ANY BUTTON TO ENTER!"

Sir Ticktock von und zu Bananarama hatte sich zur allgemeinen Freude unserer Insekten-Hilfstruppen während dieser Zeit in ein gigantisches Bananenbrot verwandelt. Unsere Chitinpanzer tragenden, kleinen Mitstreiter benötigten dann auch nicht lange, um das klebrige Teil bis auf das letzte Fitzelchen weg zu futtern. Somit war der Weg für uns wieder frei. Ich presste also wie gewünscht einen der ANY Buttons.

PJOINGGG! Und schon ging es weiter. In den nächsten zwei Stunden allerdings erst einmal zweidimensional. Wir holperten mit dem Mosquitsch Tornado dabei durch eine Landschaft voller Pilze, Röhren, Sternchen und quadratischen Blöcken, die mich stark an das Super Mario Land erinnerte. Der Rückwärtsgang funktionierte plötzlich auch nicht mehr. Es ging nur noch vorwärts. Ab und zu tauchte eine Schildkröte oder ein anderes comicartiges Getier vor uns auf. Die mussten wir zu unserem Bedauern leider regelmäßig überfahren, da unser Bus offensichtlich zu schwer war, um auf die Sprungtaste des Controllers zu reagieren. Ich bemerkte allerdings, dass unsere Benzinanzeige nach jedem Zusammenstoß etwas mehr an Tankinhalt anzeigte.
War schon etwas nervig, nur in eine Richtung, nämlich nach

vorne, schauen zu können. Außerdem juckte mir die linke Arschbacke, an der ich mich aber aufgrund der Tatsache, dass sie hier in dieser zweidimensionalen Welt genau wie mein linker Arm schlichtweg nicht vorhanden war, nicht kratzen konnte.
Das Jucken wurde mit der Zeit immer schlimmer. "Ich dreh hier gleich noch durch!"

BAZINGA !!! LEVEL COMPLETED !!! PRESS ANY BUTTON !!!

Nee, wat war datt schöön. Jetzt aber fix raus hier!
Ich hämmerte sofort wie ein Bekloppter auf den Button ein.

Was uns dann glücklicherweise auch sofort unmittelbar wieder in unsere altbekannte Tunnel - und Höhlenwelt tief unter Tage zurück katapultierte.
Das Jucken an meinem Hintern ließ dann auch nach einer Runde intensiven Popokratzens ziemlich fix nach.
Laut Tankanzeige waren die Tanks des Mosquitschs jetzt aber tatsächlich wieder bis zum Rand voller Dieselsprit.

„Aber hallo! Hat einer von euch schon mal einen Blick ins Eisfach geworfen?" Da war bisher außer ein paar mickrigen Eiswürfeln nur gähnende Leere angesagt gewesen. „Das ist auf einmal Picke-Packe voll mit Eiskrem. Allerdings nicht Brauner Bär von Langnese oder so. Da gibt's jetzt blauer Dino, Mario´s Schokotüte und grüne Kröte. Knusperfrosch am Stiel ist auch dabei," Der Captn war schon immer ein kleines Schleckermäulchen gewesen und schwebte gerade

sozusagen im siebten Himmel. „Mönsch, ich werd gleich bekloppt! Da schau mal einer an: Dr. Chilli´s Spezial Dracheneis ist auch dabei! Das zieh ich mir jetzt erstmal rein!" Kurz darauf brannte dann wieder einmal sein Bart! Ich nahm allen Mut zusammen und genehmigte mir ein „Knusperfrosch am Stiel". Vanilleeis im Schokomantel mit gefrorenen Erbsen und Erdbeermarmelade.
War dann auch irgendwie sehr lecker.

Kapitel 31: Time to say Good-Bye

Wir waren nun in einer kleineren Höhle angekommen, die ungefähr die Größe von zehn Fußballfeldern hatte. Hier konnte man nur sagen: Quadratisch, praktisch, gut!
Die Wände der Höhle waren offenbar penibel begradigt worden und bildeten zueinander perfekte rechte Winkel. Die Decke in einer Höhe von ca. 100 Metern über uns bestand aus einer Vielzahl von Flachbildschirmen, die mit einem Wechselspiel von Farben für ein angenehmes, warmes Licht sorgten. Den ebenfalls sehr glatten Boden der Höhle bildete eine ausgedehnte Rasenfläche, die sporadisch von Wildblumenwiesen durchsetzt war. An einigen Stellen wuchsen sogar Sträucher mit Käse und Keksen direkt aus dem Boden. Aus einer der Wände plätscherte ein Wasserfall

über eine Reihe von Kaskaden in einen größeren Teich mit Schilfpflanzen und Seerosen. Ein paar Obstbäume und baumgroße Fliegenpilze standen locker verteilt in größeren Abständen in der Gegend herum und sorgten zusätzlich für einen angenehmen Gesamteindruck. Also insgesamt ein prima Plätzchen, um mal eine ausgiebige Pause einzulegen.

Plötzlich meldete sich eine Stimme aus unserem Bordcomputer: „Hallo. Hier spricht der Chefadministrator der Technicks. Sorry, dass ich mich in ihren PC gehackt habe. Wir bedauern, ihnen mitteilen zu müssen, dass wir derzeit ein globales Reboot unseres Systems sowie ein Update von Gnomdoof Vista auf Gnomdoof 11 fahren. Aus diesem Grund können wir leider den Datenport für ihre Weiterfahrt frühestens in einer Woche wieder frei schalten. Wir bitten hiermit höflichst um ihr Verständnis und melden uns sofort auf diesem Wege, wenn wir wieder so weit sind."

Das passte uns in unserer derzeitigen Lage echt gut in den Kram. Nach den Ereignissen der letzten Wochen waren wir alle doch ziemlich erschöpft. Jetzt hatten wir endlich die Chance, den Kopf wieder frei zu kriegen und uns von den vergangenen Strapazen zu erholen. Was wir dann auch schamlos ausnutzten.
Wir hatten gerade den Grill und die Festzeltgarnituren vor dem Bus aufgebaut, da erschienen Leutnant Mock und Doktor Pillkowski auf der Bildfläche: „Meine Herren, das werden sie nicht glauben! Hier gibt es nicht mal Bakterien

oder Viren. Geschweige denn irgendwelches anderes, tierisches Leben außer den paar Fischen, Molchen und Grottenolmen da hinten im Teich. Und das, obwohl diese Biosphäre hier die besten Voraussetzungen für eine Besiedelung bietet." Die beiden drucksten ein wenig herum und waren sichtlich verlegen: „Sie kommen inzwischen doch ganz gut alleine ohne uns klar. Die Technik des Tornados ist auf dem neuesten Stand und funktioniert jetzt dank einiger Updates auch perfekt ohne uns. Und unten bei uns in den Mannschaftsquartieren wird es wirklich so langsam eng. Überall frische Ei-Gelege, Larven und Nachwuchs, der kaum Platz zum Spielen hat. Lange Rede, kurzer Sinn: Wir haben beschlossen, hier zu bleiben und eine neue Kolonie zu gründen." Juri passte das gar nicht in den Kram. „Dasch chönnt ihr doch nischt machen! Isch chatte misch doch cherade erscht an eusch chewöhnt!" Aber tief in seinem Inneren war ihm klar, dass das für alle Beteiligten wohl wirklich unvermeidlich und im Endeffekt auch das Beste war, was ihnen passieren konnte. „Na, dann macht mal! Und pascht auf eusch auf!" Und so kam es dazu, dass noch am selben Tag unter großem Tamtam die Union der vereinigten Käfer, Spinnen, Filz – und Sackläuse, Fliegen, Mücken, Ameisen und Bettwanzen gegründet wurde. Mister Mock wurde einstimmig zum ersten Präsidenten gewählt, Arnold Hinterseer wurde Verteidigungsminister und Frau Elvira Zahlmahn übernahm den Posten der Bauministerin. Für den sie als Spinne ja auch die besten Voraussetzungen hatte. Sylvester Calzone und Heinz Schwarzenegger eröffneten ein paar Monate später in einem der Fliegenpilze eine gut laufenden Erlebnisgastronomie mit Fitnessstudio sowie eine Honigbier-Brauerei und verzichteten schon bald allein aus Zeitmangel komplett aufs Messerwerfen.

Wir verbrachten die folgenden Tage mit Rumgammeln, Faulenzen, Nichtstun und Müßiggang. Und zwar genau in dieser Reihenfolge! Ab und zu holten wir die Instrumente raus und machten ein wenig Musik. Ansonsten passierte aber außer jeden Tag den Grill anwerfen, uralten Whiskey trinken, atmen und manchmal aufs Klo zu gehen tatsächlich nicht allzu viel.

Die Woche war rum. Ich ratzte gerade gemütlich auf einem der beiden Fahrersitze einen ab, als ich unsanft von einem BEEP BEEP BEEP geweckt wurde. Endlich meldete sich der Chefadministrator und gab grünes Licht für die Reise ins Land der Technicks und Walla-Walla Nerds: „Wir wären dann so weit. Bitte geben sie in dem Formular auf unserer Webseite jetzt zunächst ihren Namen, Anschrift und ihre Telefonnummer ein.
Danach öffnet sich ein Feld in einem Anmeldebildschirm: Hier tragen sie bitte noch eine gültige E-Mail-Adresse und ein sicheres Passwort ein. Anschließend drücken sie die Return-Taste auf ihrer Tastatur. Danach wird sich in der

hinteren Wand ein Dimensionstor öffnen, durch das sie unmittelbar in unser Land gelangen."

Na, klasse! Mister Mock hatte mir kürzlich noch mitgeteilt, unseren Bordcomputer „mal eben" in seiner Freizeit auf Spracheingabe um gefuckelt zu haben. Da man die Tastatur ja jetzt nicht mehr benötige, habe er diese im Lagerraum verstaut. Nachdem ich fast zwei Stunden lang vergeblich versucht hatte, per Sprachbefehl die erforderlichen Daten einzugeben, blieb mir wohl nichts anderes übrig, als im Lagerraum nach der Tastatur zu suchen.
Nochmal zwei Stunden später, in denen ich unter anderem ein knallrotes Gummiboot, 15 Quadratmeter Rollrasen, den Heiligen Gral (wo kam der denn jetzt auf einmal her, wurde der nicht gesucht?) diverse Marshall Verstärkertürme, Juri´s komplettes Drumset und anderen Kleinkram im Lager hin und her geräumt hatte, fand ich die Tastatur dann auch endlich direkt neben der Eingangstür des Lagers auf. Und zwar in einer grellroten Munitionskiste, auf der ich in leuchtenden Neonbuchstaben lesen konnte: „Achtung. Kiste immer so hinstellen, dass man sofort schnell drankommt! INHALT: Computertastaturen und diverse andere PC-Ersatzteile!"

Ralle, du Blindfisch! Fertigmachen zu ärgern. Ich also wieder mit der Tastatur unter dem Arm zurück an den Bordcomputer. Dann meine persönlichen Daten eingeben, und anschließend E-Mail-Adresse und Passwort in die

Tasten gehackt. Um gleich darauf zu erfahren: „Sie haben ein veraltetes Passwort eingegeben, bitte erstellen sie ein neues Passwort." Meine Laune war inzwischen auf dem absoluten Tiefpunkt angelangt. OK. Da habt ihr euer neues Passwort! Ihr wolltet es ja nicht anders haben:

„MEIN_PENIS_IST_30CM_LANG!" .... „DAS IST ZU KURZ!... BITTE EIN ANDERES, LÄNGERES PASSWORT EINGEBEN!" Sehr witzig! Also, nächster Versuch: „1234567890abcd"

„ANMELDUNG AKZEPTIERT – PASSWORT GESPEICHERT!"

Die Jungs und unsere Gnomen-Truppe packten draußen gerade die Brocken zusammen. Als hätten sie geahnt, dass es gleich weiter gehen würde. Rollo nahm wie gewohnt auf dem zweiten Fahrersitz Platz und nickte mir zu: „Na, dann los jetzt, packen wir´s an. Wurde ja auch langsam Zeit!"

Unsere Insektenfreunde schmetterten uns noch ziemlich theatralisch im Chor ein vielstimmig gesungenes: „Time to say goodbye" hinterher, während wir in Erwartung weiterer Abenteuer ihre neue Heimat hinter uns ließen.

Kapitel 32: Technicks und Walla Walla Nerds

Es machte Ping, Pöing, Wengo-Wengo, Dampfo.getzo.com und andere komische Geräusche, während wir uns wieder einmal kollektiv in unsere Atome und Moleküle auflösten, um kurz danach in der größten Megahöhle, auf die wir bisher auf unserer Reise getroffen waren, wieder zu materialisieren. In deren Mitte ein wirklich breiter Fluss namens Styx die Höhle in zwei völlig verschiedene Landschaften aufteilte. Auf der rechten Seiten des Flusses gab es wohl ein kleineres Umweltproblem. Ich bemerkte hunderte von Schornsteinen, Kaminen und Fabrikschlote, aus denen sicher nicht nur Wasserdampf ausströmte. Dort war alles in einen feinen Nebel gehüllt.

Linksseitig des Flusses war die Luft allerdings so sauber, dass man die Köttel eines Flohs beim Verlassen seines Popos hätte beobachten können.

Unser Bus materialisierte auf einer kleinen Insel inmitten des Styx. Und es dauerte dann auch nicht lange, bis wir von der Führungsriege dieser Down Under Techno Welten begrüßt wurden.

Von rechts näherte sich ein dampfgetriebenes Schiff, dessen Design stark an einen Mississippi Raddampfer aus den 20er Jahren erinnerte. Es war allerdings kleiner. Viel kleiner. Es gab nur Platz für eine einzige Person. Die stand an einem Steuerrad, was originalgetreu dem einer Galeone aus dem achtzehnten Jahrhundert nachempfunden war. An

diesem Boot war eine Menge zusätzliches, auf den ersten Blick völlig überflüssiges Gedöns ohne erkennbare Funktion verbaut. Zahnräder in verschiedenen Größen drehten sich ineinander verzahnt wie in einer Uhr an einigen Stellen des Bootes. Es gab Pumpenschwengel, Teleskope, einen Fahnenmast und mehrere antik anmutende Laternen.
Der Steuermann dieses Bootes trug einen Staubmantel wie in einem Italo-Western, aus dessen Taschen verschiedene Werkzeuge herausragten. Ein schwarzer Zylinderhut, an dem diverse Brillen, eine Lupe und eine Menge kleinerer Zahnräder angebracht waren, rundete das Erscheinungsbild ab. Der Gnom trug eine Ozzy Osbourne Gedächtnis-Sonnenbrille, war fast einen Meter groß, von kräftiger, muskulöser Statur und stellte damit insgesamt für einen Gnom eine wirklich stattliche Erscheinung dar. Er stellte sich später als Schraubensohn Hammerhand, Präsident der freien Republik Steampunkien, vor.

Während wir noch das Boot beim Anlegen beobachteten, näherte sich von der linken Flussseite fast lautlos, aber mit rasender Geschwindigkeit ein Fluggerät. Ebenfalls nur mit einer Person besetzt. Da kam doch tatsächlich gerade ein aufgemotzter, getunter Bürostuhl in unsere Richtung geflogen. Statt Rollen waren an dessen Unterseite Hoverboards mit Strahlantrieb angebracht. An der Vorderseite befand sich ein kleines Alu-Tischen, auf dem ein Computermonitor inklusive Tastatur und Mousepad angebracht waren. Gesteuert wurde das Gerät offensichtlich

mittels eines Game-Controllers. Im Stuhl saß eine wirklich bildhübsche Gnomenfrau. Bartlos und mit schulterlangem, blonden Wallehaar. Sie war ebenfalls knapp einen Meter groß und trug einen enganliegenden Overall in Art einer Star Trek Uniform. Im Gegensatz zu den Gnomenfrauen, denen wir bisher begegnet sind, war sie gertenschlank und hatte eine top Figur. Bei dieser Dame war wirklich alles genau da, wo es sein musste. Ihre Stirn zierte ein Diadem mit integrierten Kopfhörern, Antennen und WLAN-Modem. Und dann noch dieses hübsche Gesicht! Bei uns im Kohlenpott würde man sagen: Mal ne echt kulante Kaline!
„Guten Tag, liebe Besucher! Ich bin Xena von Megabyte die 16te. Ich begrüße sie als Königin und Herrscherin im Namen der Bevölkerung von Subterra Maxima," verkündete sie mit leicht rauchiger Stimme. „Hallo Schraubensohn, du alter Dampfschädel. Hatte nicht erwartet, dass du auch schon hier bist." „Klaro, wo sollte ich denn sonst sein? Oder meinst du etwa, wir hätten das auf unserer Seite des Flusses in Winzelburg nicht mitbekommen, was hier los ist? Ich habe das gleiche Recht, hier zu sein, wie du!" Herr Hammerhand gab gerade einen ziemlich überzeugenden Chuck Norris Imitator ab. „Passt doch auch recht gut, dass jetzt plötzlich Fremde da sind. Da haben wir dann ja endlich mal eine unabhängige Jury für unseren *„Jugend forscht"* Wettbewerb am Start, der diesen Sonntag stattfindet. Sind ja nur noch vier Tage bis es so weit ist." Na, das konnte ja wieder mal was werden. Ich hatte deshalb allerdings schon wieder dieses seltsame Rumoren in der Magengegend.

Wir verzogen uns für eine kurze Lagebesprechung in den Tornado. Denn eigentlich hatten wir es ja eilig. Aber da einige unserer Besatzungsmitglieder ein starkes Interesse an den technischen Errungenschaft in dieser Höhle zeigten, beschlossen wir schließlich, auf das Angebot einzugehen.

Der Captn wurde dabei auf einmal ziemlich wuschig: „Die scheinen hier echt Ahnung von Metallverarbeitung zu haben. Mein Bike bräuchte an einigen Stellen dringend neue Chromteile. Und eine lautere Auspuffanlage fände ich auch oberaffentittengeil. Da lässt sich doch sicher was machen."
Auch Erik geriet plötzlich ins Schwärmen: „Stellt euch bloß mal vor, was die hier eventuell an Updates und Upgrades für Computer und andere technische Gerätschaften vorrätig haben könnten. Die scheinen hier auf der linken Flussseite jedenfalls echt die Kenne zu haben, was Bits, Monitore und Schaltkreise angeht."
Nachdem wir den beiden Volksvertretern zugesagt hatten, am Wochenende als unabhängige Jury ihres Wettbewerbes zu fungieren, teilten wir uns in zwei Gruppen auf. Die eine Gruppe bestand aus unseren Grobmotorikern: Dem Captn, seinem inzwischen zweitbesten Kumpel (der beste war immer noch ich), nämlich dem Ninja-Gnom Klaus-Dieter und seinem Drachen Aladin, sowie Juri, Rollo und unseren beiden Piloten Atze und Kalle. Die Gruppe wurde auch ziemlich fix von einem großen Wasserfahrzeug abgeholt, was entfernt an eine Chinesische Dschunke erinnerte. An dem Ding war allerdings so viel Gebrimsel verbaut, dass

man es kaum noch als normalen Nachbau einer Dschunke erkennen konnte. Ich gab dem Captn noch mit auf den Weg, dass wir ja dringend Kontakt zu einem Dorfschmied namens Heinz Kaputtnik aufnehmen müssten. Dieser könne wegen seiner Berufsbezeichnung ja eigentlich nur bei den Technicks in Steampunkien leben.

„Wird erledigt, Boss!" So gut gelaunt hatte ich ihn schon lange nicht mehr erlebt. "Der Captn wird das Kind schon schaukeln." Und während die Dschunke langsam von der Insel ablegte hörte ich, wie er ein wenig schräg zur Melodie von Phil Collins Another Day in Paradise aus voller Brust intonierte: "*Öl und Kettenfett adrett, das finden wir nett. WD40 und Metallic-Lack gehen mir niemals auf den Sack. Macht der Motor richtig Lärm, hört man den Captn schon von fern. Ein Luftfilter muss offen sein, sonst kommt da keine Luft nicht rein*". Nur wenig später wehte nur noch ein leises: *„Schön ist es, auf der Welt zu sein, sagt die Biene zu dem Stachelschwein. Du und ich wir stimmen ein, schön ist es auf der Welt zu sein,"* zu uns herüber. Dem Captn schien gerade wirklich die Sonne aus dem Hintern zu scheinen. Um den musste ich mir derzeit keine Sorgen machen.
In diesem Gemütszustand würde er sicher keine Schlägerei anzetteln oder irgendwelchen sonstigen Blödsinn verzapfen.

Wir anderen warteten derweil auf unsere Transportmittel, die uns zu den Computer-Nerds auf der linken Seite des Flusses bringen würden. Es dauerte auch nicht lange, bis wir

ein bedrohliches Brummen und Rauschen in der Luft bemerkten. Hörte sich an wie ein Schwarm riesiger Hummeln. Es nahte unsere Eskorte. Bestehend aus zehn Elitesoldaten. Alle ausgerüstet mit Inspektor Gadget Propellerhüten, grauen Trenchcoats und den passenden Steuergestängen, die sie wie Lenker von Hollandrädern mit den Händen bedienten. Zwischen ihnen schwebte eine Metallplattform, auf deren Mitte ein äußerst bequem wirkendes, rotes Plüschsofa montiert war. „Nehmen sie Platz, meine Herren. Wir wünschen ihnen einen angenehmen Flug!" Der aber schon kurz darauf durch eine blau schimmernde, für uns absolut undurchdringliche Barriere gestoppt wurde. „Ach herrje. Wie peinlich. Da haben die Trottel in der Leitzentrale wohl wieder vergessen, den Schutzschirm auszuschalten." Unser Staffelführer schnappte sich sein Funkgerät: „Hey Leute. Könntet ihr uns bitte den Gefallen tun, den Schutzschirm mal kurz auszuschalten. Wir haben doch nicht ewig Zeit. Macht hinne. Ich müsste außerdem auch mal dringend für kleine Elitesoldaten!"
Es zischte kurz, und schon war der Schutzschirm verschwunden. Nur wenig später landeten wir auf dem Marktplatz von Byteheim. Einem pikobello gepflegten Dorf mit Häusern aus Schaltkreisen, Platinen und LED-Röhren, die wie Pilze geformt stark an eine Mischung aus Schlumpfhausen und Lebkuchenhäusern erinnerten.
Am Abend gab es für uns einen Empfang im Rathaus. Dabei erfuhren wir vom Bürgermeister, dass die Walla-Walla-Nerds das ländliche Dorfleben in Ortschaften wie Pingdorf,

Cachehausen und USBingen bevorzugten. Neben dem großen Schutzschirm, der das gesamten Land gegen Eindringlinge abschirme, sei jedes Dorf zusätzlich mit einer Firewall ausgerüstet. Die Grundlagen für ihre fortschrittliche Technik habe man vor Jahrhunderten von *„total durch geknallten, dauernd bekifften Außerirdischen, die in einer anderen Höhle gleich um die Ecke leben"* im Tausch gegen Nahrungsmittel, Drogen und Baumaterialien erhalten. Darauf aufbauend hätte sich die Infrastruktur im Laufe der Zeit ständig weiterentwickelt.
Die Technicks auf der anderen Flussseite bezeichnete er als rückständige, dusselige, dösige, völlig bekloppte und absolut bornierte *„Unter Tage Hillbillies"*. Da würden ja selbst die Toaster und Kuckucksuhren noch mit Dampf betrieben. Außerdem gäbe es dort nur die eine Großstadt Winzelburg und keine anderen Siedlungen. „Die hocken da aufeinander wie Ölsardinen in der Dose", grinste der Bürgermeister. „Die Stadt ist ein schräger Mix aus Kupferrohren, Zahnradtürmen und dampfenden Kaminen. Dort wird alles handgeklöppelt, geschmiedet oder geschnitzt. Sie lieben Mechanik, Musik und Met. Ihre Kühlschränke funktionieren mit Dampfdruck, ihre Radios mit Glühwürmchen-Antennen.
Wir haben schon seit dem 11. Jahrhundert voll den Mega Stress mit denen. Einst – vor vielen hundert Jahren – sollen sich Technicks und Walla Walla Nerds noch blendend verstanden haben. Man tauschte da noch Zahnräder gegen Schaltpläne, Kupferkabel gegen Kupferkannen.
Doch dann geschah es: Das **Missverständnis**.

Die Details sind heute unklar, aber es gibt zwei hartnäckige Versionen: Wir Walla Walla Nerds gehen davon aus, dass die Technicks unsere erste, heilige Künstliche Intelligenz namens *ZENTRAX* in einem Akt der Unwissenheit in einem Holzofen verbrannt haben, weil sie sie für ein besonders hässliches Diktiergerät hielten.
Die Technicks denken allerdings, dass wir damals ihre erste dampfbetriebene Superlokomotive namens *Renate* umformatiert und in einen USB-Stick geladen haben, wo sie bis heute leise vor sich hin schnauft und völlig unterfordert ist. Seitdem herrscht zwischen unseren Völkern fast völlige Funkstille. Im wahrsten Sinne des Wortes. Kaum Austausch, keine Zusammenarbeit. Nur gelegentliche Vorwürfe, passiv-aggressiver Dampfnebel und eben halt das jährlich stattfindende, interkulturelle *Jugend forscht* Festival."

Eigentlich schade. Was hätten die beiden Völker hier gemeinsam alles erreichen können. Dank der genialen Weiterentwicklung der Alien-Technologie waren die Nerds hier unten den Informatikern in der Oberwelt in Sachen KI und Computern sicherlich Jahrhunderte voraus. Als ich mich gerade in einem wirklich kuscheligen, aber leider etwas zu kurz geratenen Bett zusammenrollen wollte, meldete sich dann noch der Captn über das Funkgerät: „ Ralle, du glaubst es nicht, was die Technicks in Sachen Metallverarbeitung so draufhaben. Das gibt hier völlig neue Werkstoffe. Ist immer noch fast alles Metall, aber teilweise so leicht wie Federn, biegsamer als Gummi oder auch tausendmal stabiler als unser härtester Panzerstahl. Die haben mir netterweise mein Bike aufgemotzt. Das wiegt jetzt nur noch 30 Kilo, und wenn du dir die Chromteile zu lange ansiehst, wirst du blind. Alles harte, schmutzabweisende Legierungen. Da verkratzt oder verdreckt jetzt nichts mehr. Der Traum eines jeden Chopper-Fahrers. Der Motor ist jetzt zwar dampfbetrieben, hat aber nach Aussage meines neuen Kumpels Schraubensohn Hammerhand so um die 2000 PS. Ralle, wir müssen da dringend was machen, damit die sich hier wieder vertragen! Ich hätte da in Sachen Elektronik nämlich noch diverse Verbesserungsvorschläge für mein Mopped! Von diesem Schmied, den du suchst, fehlt allerdings jede Spur. Weiß nicht, ob ich den in der kurzen Zeit noch auftreiben kann " Verdammt! Das mit dem Schmied war vielleicht gar nicht so wichtig. Aber mit der Aussage, dass man die beiden verstrittenen Völker wieder versöhnen müsse, hatte er wirklich Recht! Und während wir am nächsten Tag darüber nachgrübelten, wie wir die zwischen gnomlichen Problematiken hier unten in den Griff bekommen könnten, nahmen die Dinge dieses Mal komplett ohne unser Zutun ihren Lauf:

Freitagmorgen, also genau zwei Tage vor dem Start des *Jugend forscht* Wettbewerbs, saß ein junger Nerd namens Elon Bytekowsky tief in den Rechenzentren von Byteheim auf einem rollenden Bürostuhl, trank einen koffeinfreien Energiedrink und langweilte sich förmlich zu Tode.

Auf der anderen Seite des Flusses schraubte der nur etwas jüngere Chromo Mechaniko in einer winzigen Werkstatt über einem dampfbetriebenen Bäckerei-Ofen an etwas, das sein Leben (und das der gesamten Höhlenwelt) komplett dauerhaft durcheinanderbringen würde.
Beide machte sich derzeit heftig einen Kopf darüber, mit welcher Erfindung sie beim *Jugend forscht* Wettbewerb auftrumpfen konnten.
Elon seufzte. Letztes Jahr hatte er leider nur den 2. Platz belegt. Dieses Jahr wollte er mehr als unsichtbare LEDs, extrem aufgemotzte Spielecontroller, selbst kontrollierende Netzwerkprotokolle, und auch viel mehr als selbstkochende Toiletten. Er wollte Abenteuer. Oder wenigstens ein neues Spielelevel. Und wenn man damit eventuell am Sonntag noch einen Preis gewinnen konnte, wäre es doch ein völlig abgefucktes, goiles Ding. Ihm fehlte dafür eigentlich nur noch die *„Zündende Idee"*. Jetzt wollte er aber erst mal eine Runde auf dem Hoverboard durchs Dorf drehen und vor den Mädels mit ein paar Stunts auf die Kacke hauen. Vielleicht würde ihm dabei ja die passende Idee einfallen.
Zur selben Zeit in Winzelburg: Chromo war gerade dabei, seinen Beitrags zum Wettbewerb praktisch umzusetzen. Er trug wie immer eine Brille mit Dampfpolitur und hatte auch heute, wie eigentlich ständig üblich, ölverschmierte Finger. Seine Werkstatt war ein chaotisches Sammelsurium aus Zahnrädern, Dampfrohren und einem lebenden Amboss namens Lothar, der bei jedem Schlag mit dem Hammer beleidigt grunzte, und auf seine ganz eigene, besonders

depressive Art mit der Gesamtsituation unzufrieden war. Chromo war ein Genie. Zumindest behauptete er das. Leider war sein Genie ungefähr so zuverlässig wie ein dampfbetriebener Taschenrechner im Dauerregen.

Heute arbeitete er an seinem Meisterstück, *KittchenAids 3000*. Ein Haushaltsroboter mit eingebautem Grammophon, vier Staubwedel-Armen und einem rudimentären mechanischen Gehirn namens *„DENK-Blech"*. Leider stammte das Gehirn ursprünglich aus einem automatisierten Eierkocher.

„So, mein kleiner Freund", sagte Chromo und zog an einem Dampfhebel. „Heute ist dein großer Tag!" *KittchenAids 3000* surrte, zischte, hob ein Bein – und salutierte dem Toaster. „Willkommen in der Welt, Oberfeldwebel Butterkeks!", piepste er. Dann begann er, die Werkbank zu umarmen. Chromo grinste zufrieden. „Fast perfekt."

Nur zwei Stunden später, als Elon jetzt statt durch das Dorf durch das Betriebssystem des Hauptrechners surfte und versehentlich ein antikes Programm namens *„Ghoulcraft 3000"* startete, begann das Unheil. Er wollte nur mal „gucken, wie's läuft, wenn ich da ein wenig dran rum programmiere". Ein harmloser Klick, ein kleiner Patch hier und da, ein paar Cheats und ein wenig am Grafikprozessor herum geschraubt. Könnte was völlig Neues werden und ihm eventuell sogar dieses Jahr den ersten Preis einbringen. Doch *Ghoulcraft 3000* war nicht irgendein Spiel. Es war ein

legendärer Mix aus Aufbausimulation, Monstermanager und einer Tanzparty aus Vampiren und Ghulen. Und es war leider immer noch direkt mit dem Realitätsprojektor von Byteheim verbunden. Elon lachte. „Ey, geil! Testsimulation startet. Jetzt in 4D!"
Dann klickte er auf *„Horde beschwören"* – und in seinem Zimmer herrschte plötzlich heftiger Durchzug. Lag eventuell daran, dass nun eine der Außenwände fehlte. Ein Portal riss in dem nun entstandenen Loch auf. Es blitzte, donnerte, und stank extrem nach alten Patchdateien und verbranntem Pizzateig. Und heraus stolperten: Zombies mit Partyhüten, Vampire mit Selfie-Sticks, und Horden von Ghulen in Badehosen. Zakk erstarrte förmlich zur Salzsäule: *„UPS*!!! Die liefern aber auch wirklich alles aus. Hatte ich aber so doch gar nicht bestellt!"

Auf der anderen Seite des Flusses hatte *KittchenAids 3000* inzwischen versucht, Chromos Sofa zu heiraten, das Fenster zu polieren (von innen, durch die Wand hindurch), und die Katze als Handstaubsaugerersatz zu rekrutieren. Lothar, der Amboss, war beleidigt in die Ecke gerollt. „Okay", murmelte Chromo. „Vielleicht ein bisschen zu viel Dampf im Denkmodul." Dann hörte er draußen Lärm. Lautes Knirschen, sowie wildes Gekreische – und das verdächtige Zischen eines Hoverboards auf Speed. Da war doch nicht etwa einer der Jungs von der anderen Flussseite unterwegs, um ihm seine Ideen zu klauen?
Chromo trat vor die Tür – und sah gerade noch, wie Elon auf

seinem Hoverboard von einer Horde tanzender Untoter verfolgt wurde. Hier war definitiv gerade Holland in Not. Es schien so, als sei der Schutzschirm der Nerds gerade komplett zusammengebrochen. Es war jedenfalls absolut nicht normal, dass in Winzelburg auf einmal explodierende Gartenzwerge unterwegs waren und Zombies mit Laserschwertern versuchten, die alten, dampfbetriebenen Straßenlaternen zu essen.

„Tja", sagte Chromo und klopfte *KittchenAids 3000* auf den Rücken. „Vielleicht ist heute doch noch was los."

Elon Bytekowski raste inzwischen mit seinem Hoverboard wie auf der Flucht vor einer Polizeikontrolle durch die Dampftürme von Winzelburg. Dicht gefolgt von einer Horde digitaler Untoter, die mehr Bugs hatten als ein Early-Access-Spiel. Ein Zombie trug ein Tutu, andere hatten Grafikkarten im Mund, und einer schrie ständig „404! Gehirn nicht gefunden!" Die Biester ließen sich einfach nicht abschütteln. Also dann doch besser wieder ab nach Hause. Denn da konnte man ja vielleicht am PC noch fix ein paar Bugs weg programmieren.
Elon brüllte über sein Schulterinterface: „Hey, SmartHome! Türen verriegeln, Licht aus, Antivirus aktivieren!" Die Türen schlossen sich. Das Licht flackerte.
Und aus den Lautsprechern ertönte die Stimme der Haus-KI *Alexa Bundy***:** „Verstanden. Yoga-Modus aktiviert. Und jetzt tief einatmen. Ommmmm." „Alexa, NEIN!"

Doch es war zu spät. Die Zombies standen jetzt entspannt in einem Meditationskreis herum, kauten auf Yogamatten und wippten im Takt zu elektronischen Walgesängen. Das verschaffte Elon ganze drei Sekunden Vorsprung - genug, um sich sein Hoverboard zu schnappen und durch das Loch in der Wand zu fliehen. Sein Versuch, ein komplett neues Spiel zu entwickeln war komplett in die Hose gegangen. Und leider nicht nur das. Und das Ergebnis roch wirklich im wahrsten Sinne des Wortes echt Scheiße! In Bytehausen wuselten inzwischen hunderte von durchgeknallten Vampiren und anderem Gesocks durch die Gegend. Und kamen dabei stetig näher. Elon schnappte sich also wieder sein Hoverboard, um Asyl in Winzelburg zu suchen.
Wo Chromo inzwischen heftige Probleme mit einem außer Kontrolle geratenen Haushaltsroboter hatte.
„*KittchenAids 3000*, hör auf, die Katze zu lackieren!" rief Chromo, während er verzweifelt versuchte, mit einem Schraubenschlüssel eine dampfende Turbine zu bändigen.
„Aber sie sieht mit Leuchtfarbe doch so viel schöner aus!", piepste der Haushaltsroboter begeistert, bevor er sich in den Vorgarten drehte, um dort eine Straßenecke zu polieren.
Plötzlich bebte der Boden.
Chromo blickte auf und sah eine massive Druckwelle aus Richtung Bytedorf kommen. Nur Sekunden später flog ein Hoverboard durch seinen Zaun, gefolgt von einem Jungen mit Brille, Headset und dem panisch-heroischen Ausdruck eines Menschen, der gerade seine gesamte Realität an einen Spiele-Computer verloren hatte.

BUMM! Elon krachte gegen Chromos Werkstatttür. Kurz darauf hörte man aus dem Gebüsch ein unkoordiniertes Stöhnen. Dann flogen drei Ghule hinterher, ein Zombie mit Laserschwert und ein blinkender Vampir, der offenbar sogar Bluetooth hatte.

Chromo blinzelte. „Ich wusste nicht, dass heute noch Besuch kommt.“ Elon rappelte sich auf, klopfte sich die glitzernden Partikel vom Hoodie ab und rief: „Nicht anfassen! Die sind nicht gepatcht!“ - „Was?“ - „Die sind nicht real ... und genau das ist das Problem!“

Chromo nickte, als hätte das Sinn gemacht. „Das ist mein Haus, mein Roboter, mein Amboss – und das war dann auch mal mein Vorgarten.“ „Gestatten, mein Name ist Elon. Ich habe aus Versehen unser Universum modifiziert.“ Beide Jungs starrten einander an. Dann brach im Hintergrund ein Vampir in Chromos Regenwassertank ein und begann, daraus Sangria zu brauen.

„Wir müssen die loswerden!“ rief Elon. „Kennst du da eventuell einen sicheren Ort?“ „Ich kenne den alten Wartungstunnel unter dem Kupfermarkt“, sagte Chromo. „Der wird seit Jahren nicht mehr genutzt. Angeblich spukt's dort – aber ehrlich gesagt glaube ich, da hat nur mal jemand eine besonders schlechte Maschine gebaut.“

KitchenAids 3000 kam herangerollt und rief: „Mission erkannt: Gefahrensituation! Vorschlag: Alles mit heißem

Dampf besprühen!“ Das fehlte jetzt auch noch: „Nein! Du bleibst hier und… äh… bewachst die Sangria-Vampire!“
„Jawohl, Kommandant Butterkeks!“

Elon, Chromo und Lothar, der Amboss, der widerwillig mitrollte, machten sich auf in den Tunnel. Hinter ihnen tobte das Chaos. Vor ihnen lag Dunkelheit – und die erste echte Begegnung der beiden Völker seit Generationen.

Während die beiden Nachwuchs-Erfinder auf der Flucht durch den alten Wartungstunnel robbten, der wie eine Mischung aus U-Bahn-Schacht, Altmetalllager und schlecht gelüftetem Iglu wirkte, begannen sich die Untoten langsam in Richtung Winzelburg zu verteilen. Einige versuchten, mit Steampunk-Zahnrädern Frisbee zu spielen. Andere forderten Laternen auf zum Tanz.

Doch in Chromos chaotischer Werkstatt stand *KitchenAids 3000* nun offiziell allein, unbeaufsichtigt und hochmotiviert herum und analysierte den Stand der Dinge:

„Laut Paragraf 1 der Haushaltsführungsverordnung: Chaos muss beseitigt werden. Notfalls mit Gewalt.“

Sein Denkmodul, dass bei der Inbetriebnahme statt Schach nur die Regeln für „Brennball mit Zinnbechern“ installiert bekommen hatte, interpretierte die aktuelle Lage folgendermaßen:

- *Untote in der Stadt = Staubbelastung.*
- *Zombies tanzen auf dem Dach = rhythmische Verschmutzung.*
- Explodierende Gartenzwerge = *klarer Verstoß gegen den Spülplan.*

Also aktivierte der Roboter seine Verteidigungsprogramme, was in diesem Fall bedeutete, dass er sich mit Topflappen panzerte, eine Trompete als Waffe umfunktionierte und einen Besen als Lanze einsetzte.
Mit einem letzten, heroischen piepsenden Schlachtruf *(„Ich putze... also bin ich!"*) rollte er los.

Zur selben Zeit im alten Wartungstunnel: „Also du meinst, du hast ein Monsterportal geöffnet, weil du... was genau machen wolltest?" fragte Chromo misstrauisch, während er eine rostige Kupferleitung untersuchte, die plötzlich Salsa-Musik spielte, wenn man sie berührte.

„Ich... naja... Ich wollte ein altes Spiel modden", stotterte Elon. „Es sah langweilig aus. Ich dachte, ein paar neue Charaktere, bissl mehr KI – und zack. Jetzt haben wir leider Ghule mit WLAN."

„Ihr verrückten Nerds", murmelte Chromo. „Ihr stopft überall Software rein. Bei uns läuft das noch mit Dampf und gutem Willen." „Ja? Und wie viele dampfbetriebene Roboter umarmen Sofas?" Elon ballte die Faust. „Streit bringt hier nichts. Die Monster sind da, und wenn wir nicht schnell was tun, tanzt bald der halbe Friedhof Polka auf unseren Gräbern. Vielleicht brauchen wir eine Allianz. Dein

Bastelkram, mein Digitalgedöns. So wie früher, weißt du? Vor dem Missverständnis." Schweigen. Dann begannen beide zu lachen. Es war das erste Mal, dass Dampf und Daten zur selben Zeit menschlich klangen.

Der *KitchenAids 3000* hatte inzwischen einen Zombie mit Klobürsten außer Gefecht gesetzt, einem Vampir ein Kochrezept vorgelesen (was diesen zu Tränen rührte) und einem Ghul eine Fußmassage angeboten – leider mit einer Flex. Die Monster fingen an, sich... zu benehmen. Einige räumten auf. Andere spielten Boccia mit alten Zahnrädern. Der Reinigungsroboter erklärte gerade einem untoten Magier die Bedeutung von Fensterpflege, als ein greller Blitz an der Höhlendecke zuckte.

Ein grelles Leuchten erschien über Winzeldorf. Ein zweites Portal öffnete sich. Dieses Mal war es kein Monster-Überfall. Es war eine globale Welle aus Systemfehlern. Code-Fragmente, veraltete Programme, halbfertige Avatare. Alles, was jemals in Subterra Maxima von den Nerds digital verworfen worden und im Papierkorb gelandet war, wurde jetzt ausgespuckt und manifestierte sich an der Höhlendecke in einer unheiligen Gestalt.

Und genau in diesem Moment, tief unter der Erde, hörte Chromo ein lautes Ping. Er schaute hinüber zu Elon. „Was war das?" Der riss erschrocken die Augen auf. „Das war ein ultimativer Absturzbericht. Warum sollte sich jemand freiwillig damit infizieren?! Niemand würde das freiwillig tun!“ rief Elon. „Es verbreitet sich von selbst! Wie ein Computervirus mit Durchfall! Es verwandelt alles in Nostalgie – und nicht in die gute! Das kann nur der Büroklammer-Dämon des Chaos sein. Gnade uns Gott!“

Während sich über ihnen in Winzeldorf bunte Pixelschwaden ausbreiteten und sämtliche Häuser plötzlich mit Clippy dem Büroklammerdämon kommunizierten *(„Möchten Sie Hilfe beim Weltuntergang?“)*, arbeiteten unsere Nachwuchs-Erfinder im Tunnel hektisch an einem Rettungsplan.

„Wir brauchen eine Verbindung zwischen deinen Maschinen und meiner Software“, sagte Elon, während er einen alten Memory-Stick mit einem Stück Kupferdraht verlötete.

„Dann brauchen wir einen Dampfstrom-Umkehrer, zwei Liter Walöl und mindestens sieben Blinklichter“, antwortete Chromo und reichte ihm eine Kiste mit der Aufschrift *„NICHT ANFASSEN – EXPLODIERT BEI VOLLMOND“***.** „Was ist das?“ „Keine Ahnung. Mein Onkel hat’s mal an einen Toaster geschraubt, der dann angefangen hat, in Gedichten zu sprechen.“ Elon nickte anerkennend. „Steampunk ist wild.“ Chromo grinste. „Und dein Hoverboard hat vorhin versucht, mit einem Abflussrohr zu flirten.“ „Das nennt man nun wirklich mal einen *sozialen Code*.“
Sie arbeiteten stundenlang. Funken flogen, Dampf zischte, Bits blitzten. Schließlich stand es vor ihnen: *Der Steambit 1.0.* Eine Art mechanischer Bügelstation mit integriertem Hartbodenreiniger, USB-Anschluss, Trompetenohren, einem

per Dampfpumpe betriebenen Prozessor-Kern und einer ungesunden Liebe zu Polka-Musik. „Er kann sich in veraltete Systeme hacken und sie dampfsterilisieren", erklärte Chromo stolz. „Und er kann Tee kochen", ergänzte Elon. „Für Zombies?" „Nee, für uns. Ich brauche bei der Apokalypse wenigstens ein Heißgetränk."

Während der Steambit sich mit einem sanften „Wuff" aufwärmte, fanden die Jungs etwas Merkwürdiges in der alten Tunnelwand: Eine Schatulle mit einem verstaubten Speicherchip, sehr alt, eingraviert mit zwei Symbolen – dem Binärcode der Walla Walla Nerds und dem Dampfzahnrad der Technicks.

Sie setzten ihn ein. Ein Hologramm flackerte auf.

Darin: Zwei Gestalten, ein alter Technick und ein noch älterer Nerd, saßen nebeneinander auf einem Sofa aus Zahnrädern und Kabeln.

„Aufzeichnung Nr. 42", sagte der Nerd. „Die Kooperation funktioniert! Sein Dampf, mein Code – gemeinsam haben wir *Subterra Maximus 1.0* erschaffen. Wenn das unsere Nachfahren sehen: Hört auf, euch wegen Kaffeemaschinen und Klapphämmern zu bekriegen. Ihr gehört zusammen, wie Strom und Steckdose." „Außer man steckt den Stecker in den Toaster. Dann knallt's", ergänzte der Technick.

Elon und Chromo starrten sich an. „Das ist also das große Missverständnis!" „Sie waren *Freunde*...!"

„Und wir haben uns wegen Übersetzungsfehlern zerstritten! Ich glaube , es ist jetzt Zeit, Geschichte zu schreiben."

Chromo aktivierte den Steambit. „Freunde der Dummheit, vereinigt euch!" Der Steambit heulte auf, schoss aus dem Tunnel wie ein metallischer Dackel auf Espresso – und nahm sofort Kurs auf Winzeldorf.

Dort vibrierte die Luft inzwischen vor Pixelstaub. Gebäude flimmerten in der Luft wie schlecht aufgelöste Texturen, und über allem schwebte eine gigantische, Unheil drohende Büroklammer mit glühenden Augen:
CLIPPY. Der Dämon des unvermeidbaren Weltuntergangs.

„Es sieht so aus, als ob da jemand versucht, die Realität zu retten", dröhnte seine Stimme. „Möchtest ihr Hilfe bei der endgültigen Formatierung eurer Existenz?"

Unter ihm wandelten Ghule in gestreiften Anzügen umher, tippten unmotiviert auf unsichtbare Tastaturen herum und diskutierten leidenschaftlich über JavaScript.

Ein Vampir hatte einen Amazon-Account erstellt. Zombies machten Software-Updates in Damen-Unterwäsche und schnüffelten verzückt an Slip-Einlagen herum.
Einer programmierte sogar aus Versehen einen intelligenten Toaster, der sich später für Napoleon hielt.

Dann plötzlich. Ein zischendes Fauchen. Ein Dampfstoß.
Ein metallisches *„Mööööp!"*

Der Steambit 1.0 rollte mit viel Bohei ins Zentrum von Winzeldorf hinein. Er hatte Trompetenohren. Er hatte blinkende Leuchten. Und einen tragbaren Ghettoblaster auf dem Rücken. Clippy schwebte herab: „Wer bist denn du, du kleiner, dampfbetriebener Laufzeitfehler?"

Der Steambit antwortete nicht mit Worten. Sondern mit Musik. (Anmerkung des Verfassers: War doch klar, dass Musik hier wieder einmal eine tragenden Rolle spielen würde.)

Ein Knopfdruck – und plötzlich ertönte Elektro-Polka aus dem Dampfgebläse, komponiert von Elon und Chromo in einer Mischung aus KI-generierten Beats und extrem gut tanzbaren, metallischen Amboss-Rhythmen.

Die Welt hielt für einen Moment den Atem an.
Und dann... explodierte Winzeldorf in Bewegung.

Die Zombies begannen zu tanzen. Die Ghule schlugen Rad. Die Vampire klatschten im Takt (allerdings nur bei Nacht). Und Clippy, die ultimative Weltuntergangs-Büroklammer? Die wurde plötzlich sehr, sehr nervös: „Unmöglich! Ich bin der ultimative Dämon des Büroklammer-Imperiums! Ich kontrolliere hier unbemerkt alles seit Word 97! Ich bin Unsterblich, ihr Arschkrampen!"
Doch der Steambit hatte sein finales Feature noch nicht gezündet, nämlich eine dampfbasierte Version eines alten Songs von Motörhead:

If you like some steam, I tell you I'm your man
You win some Bits, lose USB-Sticks, it's all the same to me
The pleasure is to play, no difference what you say
We don't share your greed, the only things we need is
The Bits and Steam, the Bits and Steam

Clippy flackerte: „Poetischen Angriff erkannt. Syntaxfehler !... Ich... Ich...!" Mit einem letzten traurigen *„Möchtest du speichern...?"* gab es einen letzten Blitz und etwas grauen Rauch. Der Rest der Weltuntergangs-Büroklammer fiel in Form einer kleinen, externen Festplatte zu Boden – wo er von einem vorbeifahrenden Ghul mit einem Hoverkart überrollt wurde. Und schon wurde es ruhig in Winzelburg.

Zombies setzten sich und fingen an, Steuererklärungen auszurechnen. Vampire brauten Kräutertee.
Ghule begannen, handgestrickte LAN-Kabel zu verkaufen.

Chromo und Elon standen auf dem Marktplatz. Um sie herum Chaos, aber nun in geordneten Bahnen. „Wir haben es geschafft, Elon." „Und jetzt?" „Jetzt Elon, bringen wir es zu Ende."

Sie luden den alten Speicherchip in den Hauptserver von Bytedorf, synchronisierten ihn mit der Winzelburger Dampfzentrale – und schufen damit das erste interkulturelle, intertechnologische, ... alles umfassende Netzwerk: *SubTerraLink™* – wo Bits und Bolzen seitdem

gemeinsam arbeiten. Und damit waren sie uns auf der Oberwelt tatsächlich in Sachen Forschung und Technologie um Jahrhunderte voraus.
Was sich nur wenig später als ultimativer und extrem wichtiger Bonuspunkt herausstellte. Und die Welt, wie wir sie bisher kannten, komplett veränderte.

Wir bekamen von der ganzen Action nichts mit. Lag wohl wieder einmal an zu viel Alkohol. Tatsächlich erfuhren wir am Sonntagmorgen, dass man uns bereits beim Empfang KO-Tropfen ins Bier gekippt hatte, um dadurch eine unplanmäßige, vorzeitige Abreise unsererseits bereits im Vorfeld im Keim zu ersticken. Wir wunderten uns allerdings am Sonntag darüber, dass statt des Wettstreits beim jährlichen *Jugend forscht* Wettbewerb nun zwischen den beiden Gnomenvölkern plötzlich wieder Friede, Freude, Eierkuchen herrschte. Und eine Hochzeit gefeiert wurde. Schraubensohn Hammerhand und Xena von Megabyte hatten sich nach der plötzlichen und unerwarteten Wiedervereinigung sowie der Lösung des großen Missverständnisses endlich dazu entschlossen, ihre bereits seit Jahren bestehende, heimliche Liebesbeziehung öffentlich zu machen.
Bytedorf und Winzelburg wuchsen sehr schnell zusammen und entwickelten sich im Folgenden unter dem Namen Winzelbyte zur führenden Industriemetropole unter Tage. Hoverboards bekamen Dampfhörner. Dampfmaschinen erhielten WLAN. Die *KitchenAids 3000* wurde Ministerin für

Ordnung und Bodenpflege. Lothar, der Amboss, erhielt eine eigene Radiosendung *„Hau drauf mit Lothar"*, in der er Ratschläge zu psychologischen Alltagsproblemen erörterte. Die virtuellen Zombies, Ghule und anderen Untoten wurden komplett auf Dampfbetrieb umgestellt und fungierten ab sofort als billige Arbeitskräfte im Bergbau, Küchenhelfer, Sextherapeuten, Tellerwäscher oder Steuerberater.

Elon und Chromo? Die gründeten ein Start-Up.
Steambyte Solutions – Wenn´s knallt, funktioniert´s

Kapitel 33 – Bereuet, Das Ende ist nah

Wir wollten -und mussten - uns nun aber auch mal wieder so langsam auf die Socken machen. Wir hatten hier unter Tage inzwischen eine Menge erlebt. Aber egal, wo wir auch waren. Selbst bei den wirklich sehr fortschrittlichen Walla-Walla Nerds und den Technicks gab es alte Überlieferungen, die ihnen eine glorreiche Zukunft auf Fantasy Island versprachen.
Und das war auch bisher bei allen Völkern, die wir inzwischen besucht hatten, so der Fall gewesen. Selbst die beiden unsterblichen Gebrüder Deutschmann , die hier nach ihrer Flucht vor dem Nazi-Regime ihre Zeit unter Tage

verbrachten, wären sicher nicht abgeneigt, dort den Rest ihrer Tage in Liegestühlen mit Longdrinks in Gesellschaft netter, wohlgeformter Damen in knappsitzenden Bikinis in der Sonne zu verbringen. Es lag also nun an uns, jetzt endlich Nägel mit Köppen zu machen. Denn angeblich war es ja jetzt nicht mehr so weit. Fantasy Island würde ja angeblich schon in der nächsten Höhle auf unserer Reise auf uns warten. Nur wussten weder die Walla-Walla-Nerds oder die Technicks auch nur ansatzweise, in welche Richtung wir jetzt steuern mussten. Rollo brachte es wieder mal auf den Punkt: „Bis jetzt sind wir ja immer weiter nach unten gefahren. Dabei haben wir sicher schon unbemerkt den magnetischen Erdmittelpunkt passiert. Also, weiter nach unten zu fahren wäre jetzt ja absoluter Blödsinn. Denn da waren wir ja schon. Lasst uns mal den Kompass nach oben, also in Richtung Süden ausrichten. Wenn wir in die Richtung fahren, müssten wir ja irgendwann einmal fündig werden. Kann ja dann auch nicht mehr so weit sein."
Leider tat sich in den nächsten Tagen in Sachen Auffindung von Fantasy Island nicht viel. Wir stießen zwar noch unter anderem auf einen gigantischen, von Urzeitmonstern bevölkerten Ozean, wo in einer Endlosschleife *„Yourney to the Centre of the Earth"* von Rick Wakeman lief, und eine Tropfsteinhöhle voller stark verschnupfter, mannsgroßer Grottenolme, die sichtlich unter gesundheitlich bedingten Ausfallerscheinungen litten und bei unserer Ankunft auf übelste Art gregorianische Gesänge anstimmten.
Davon ließen wir uns aber nicht beirren. Die Richtung war

ja vorbestimmt. Irgendwann würden wir ja mal ankommen. Nur komisch, dass die Erdkruste hier so viel dicker als auf unserer Seite am Rande des Ruhrgebiets zu sein schien. Konnte es eventuell sein, dass die Erde gar nicht so rund war, wie wir das alle dachten? Die Diamantspitzen am Bug des Tornados taten ihr Bestes. Ihr stetiges Glühen und das Leuchten der Frontscheinwerfer waren dann auch für die nächsten zwei Wochen die einzigen Lichtpunkte, die wir zu sehen bekamen. Leider war dann auch noch bereits am zweiten Tag zwischenzeitlich die Kilometerangabe unseres Tachometers ausgefallen. Wir wussten also irgendwann nicht mehr, wie weit wir schon in südlicher Richtung unterwegs waren. Die Stimmung an Bord war dann auch ab einem bestimmten Zeitpunkt nicht mehr ganz so prickelnd. Langeweile machte sich breit. Wir waren da wirklich mehrmals kurz davor, eine Bluessession zu veranstalten. In Sachen Mukke machen gab es von uns in der Sitzgruppe im Essbereich nur noch depressive Country-Balladen zu hören. Also Songs, die gerade Rollo und ich eigentlich so gar nicht leiden konnten. Aber selbst wir beide waren so langsam so weit, nur noch Trübsal zu blasen. Der Captn verzog sich immer öfters in den hinteren Bereich des Tornados, um da leise vor sich hin schmollend die Chromteile seines Choppers zu polieren. Er hatte auch schon seit Tagen nicht mehr gesungen. Selbst unter der Dusche hörte man ihn nur leise wehklagen: "Mir ist ja sooo langweilig. Ich dreh hier noch durch, wenn hier nicht langsam mal was passiert!" Unser Ninja-Zwerg und Frau

Uhura hatten kaum noch Sex miteinander und der Djinn-Drache Aladin musste neuerdings vor der Küchenzeile auf einem Kissen unter dem Esstisch schlafen.
Bis am fünfzehnten Tag unserer Fahrt plötzlich im wahrsten Sinne des Wortes die Sonne aufging.

Kapitel 34: Wat ist denn getz los?

Unsere Augen waren diese Helligkeit gar nicht mehr gewohnt. Das war ohne Sonnenbrillen vor den Augen kaum zu ertragen.
Der Mosquitsch Tornado stand mit den Hinterrädern im Wasser eines blauschimmernden Ozeans. Das Loch, aus dem wir uns heraus gebuddelt hatten, füllte sich langsam, aber stetig bereits wieder mit einem Gemisch aus Wasser und Sand. Sand war auch ein gutes Stichwort. Denn wir befanden uns hier wohl gerade an einem schier endlosen Sandstrand. Sah definitiv nach einer Insel aus. An den Strand schloss sich im Inneren eine üppige Vegetation aus Kokospalmen und niedrigem Buschwerk an. In der Mitte der Insel erhob sich ein Berg, der definitiv aus einem inzwischen wohl erloschenen, derzeit inaktiven Vulkan hervorgegangen war. Über uns ausnahmsweise einmal keine Höhlendecke, sondern ein blauer Himmel, an dem die

Sonne zwischen ein paar vorbeiziehenden Kumulus-Wolken heiter vor sich hin strahlte.
Tja, Leute: Datt war dann wohl nix. Schicht am Schacht. Unsere Reise schien zu Ende zu sein. Wir hatten uns wohl tatsächlich einmal komplett durch die Erde gebohrt, um schließlich irgendwo auf einer Insel im atlantischen Ozean wieder heraus zu kommen. Und es gab immer noch nirgendwo auch nur den geringsten Hinweis auf das *„verheißene Land namens Fantasy Island"*. Bei den Gnomen an Bord machte sich Enttäuschung breit. Die konnten nicht einmal aus unserem Reisemobil aussteigen, denn die UV-Strahlung war für ihre Haut einfach zu intensiv. Trotzdem bestanden sie darauf, über den Bordfunk das negative Ergebnis unserer Reise an sämtliche Völker unter Tage weiterzugeben. Danach gab es erst einmal eine ausgiebige Einsatzbesprechung unter Teilnahme sämtlicher Expeditionsteilnehmer in der Kaffeeküche. Die uns aber auch nicht wirklich nach vorne brachte.
So langsam gingen jetzt über das Funkgerät die ersten Rückmeldungen der verschiedenen Gnomen-Nationen bei uns ein. Während wir uns noch wie die Bekloppten die Ohren heiß telefonierten, klopfte es plötzlich an der Tür. Direkt davor stand für uns völlig unerwartet ein Offizier der amerikanischen Nationalgarde. Mit etwas Abstand hinter ihm noch ungefähr 80 Reservisten in Armeeuniformen mit Maschinengewehren im Anschlag, die sich in mehreren Gruppen an einigen Jeeps und einem Mannschafts-LKW aufhielten. Um das Gesamtbild abzurunden, schwebten

über ihnen zusätzlich zwei Armee-Helikopter in der Luft. Der Offizier raunzte uns in herrischem Ton an: „Watt the Fuck are you dirty Russian Spys doing here in Hawaii? Hands up in the Air! Quick! Get out of this Bus!" Wir versuchten ihm klar zu machen, dass es sich bei uns nur um völlig harmlose „Tourists from Germany" handelt, die sich mit ihrem aus russischer Produktion stammenden Wohnmobil einfach nur verfahren hätten. Trotzdem wurden wir immer noch vehement mit Feuerwaffen bedroht. Man machte uns unverständlich klar, wir seien gerade „nur zu unseren eigenen Sicherheit" festgenommen und unter Arrest gestellt worden. Hauptsächlich auch aus dem Grund, weil wir ja weder gültige Visa, Green Cards oder sonstige Aufenthaltsgenehmigungen für die USA vorweisen konnten. Zusätzlich seien wir auf der Hawaiianischen Insel OÁui gelandet, wo sich der Militärstützpunkt Pearl Harbour befindet. Der Aufenthalt ausländischer Touristen sei alleine deshalb dort grundsätzlich untersagt. Die Situation spitzte sich nochmals erheblich zu, als die Amis bei Durchsuchung des Busses auf unsere Gnomen-Kollegen trafen, die sich zur Sicherheit erst einmal unter den Betten versteckt hatten. Die wurden nach einem kurzen Handgemenge überwältigt und mit den Worten: „We´ve found some fucking Alien Dwarfs!" zusammen mit uns an die draußen wartenden Ledernacken übergeben. Lange Rede, kurzer Sinn: Wir alle wurden mit Handfesseln und den Armen auf dem Rücken auf den Militärlaster verladen. Und dann ging es für uns auch schon ab in Richtung Pearl Harbour. Wo wir und die

Gnome erst einmal wegen akuten Platzmangels in einer Sammelzelle eingekerkert wurden.
Da sich die Lage am Strand nun durch unsere Festnahme wieder einigermaßen entspannt hatte, verblieben nur noch vier Ledernacken mit einem Jeep als Fahrzeugwache nahe unseres russischen Campingbusses zurück.
Aladin, der Dschinn-Drache hatte sich zusammen mit Finn und Ronja während der gesamten Festnahme-Aktion im nahegelegenen Buschwerk der Insel aufgehalten, weil man mal dringend für kleine Drachen und Schäferhunde musste. Die Drei hatten uns nach der Landung sofort um Freigang gebeten, weil sie nach der zweiwöchigen Reise unter Tage ohne Zwischenstopps keinen Bock mehr darauf hatten, ins Katzenklo zu kacken. In Anbetracht der massiven Militärgewalt mussten sie in ihrem Versteck zu ihrem Bedauern tatenlos dabei zusehen, was die Amis da für eine Aktion mit uns veranstalteten. Sie hatten mit ihren spitzen Ohren allerdings aufgeschnappt, dass man uns nach Pearl Harbour bringen würde. „Ey, ich mache uns der mal der Unsichtbarkeits-Nebel fertig. Und dann mache wir die Soldate platt. Wir müssen in den Bus drinne, um an der Funkgerät zu kommen. Wir brauchen dringend der Hilfe von der Freunde da unten!" Es dauerte auch nicht lange, bis ein unsichtbarer Drache und zwei Schäferhunde die Wachen überwältigt hatten. Danach nahmen sie über das Funkgerät des Tornados sofort Kontakt zu den Technicks und Nerds in Subterra Maxima auf. Die Telefonkette endete dann auch nicht nur bei uns unter dem Ruhrgebiet bei der dortigen

Gnomen-Population, sondern ging innerhalb von ein paar Stunden durch die gesamte Unterwelt des Planeten Erde. Und alle, selbst die Gebrüder Deutschmann, wollten helfen. VIVE LA REVOLUCION!!!

Kapitel 35: Am Ende wird alles gut!

Eines der Generalprobleme war, dass auf Hawaii und den umliegenden Inseln wegen der Sonne die UV-Strahlung so heftig war, dass Gnome dort nur mittels einer Ganzkörperrüstung oder Sonnenschutzmilch mit Schutzfaktor über 2500 überleben konnten. Außerdem gab es dort auch überall Militärbasen. Die Zivilbevölkerung stellte kein besonderes Problem da. Die wohnten aufgrund der heftig wuchernden Pflanzenwelt auf den Inseln eh fast alle in der Hauptstadt auf Hawaii. Glücklicherweise gab es aber auf jeder der Hauptinseln derzeit noch einen intakten Vulkan.

Es dauerte auch nicht lange, bis unsere Freunde aus Subterra Maxima sich wieder meldeten. Ich konnte das Gespräch über den Walkman an meiner rechten Hüfte mithören: „Wir werden zunächst einmal dafür sorgen, dass

die Vulkane auf sämtlichen Inseln Staub in die Atmosphäre ausstoßen.
Danach bringen wir einige Schutzschirmgeneratoren nach oben und binden damit den Staub dauerhaft in der Atmosphäre. Damit halten wir die UV-Strahlen der Sonne zurück. Was uns dann ermöglichen würde, dass unsere Truppen sich dort dauerhaft ohne Sonnenschutz aufhalten können. Gleichzeitig werden dadurch auch jegliche Angriffe von außen verhindert.
Die Deutschmann-Brothers haben sich übrigens wieder vertragen und zusammen einen leistungsfähigeren Materie-Transmitter entwickelt, der die Städte und Militärbasen zusammen mit ihrer Bevölkerung problemlos durch den Äther an andere Orte auf der Welt beamen kann. Auch die kleinen Neo-Nazis aus dem Tannenwald konnten zwischenzeitlich durch die beiden Brüder umprogrammiert werden und sind nun Profis darin, eine bestehende Umwelt mit allen Bäumen und sonstigen Pflanzen sowie der dort vorhandenen Tier-Population neuen Umweltbedingungen anzupassen. Euch werden wir mit einem der Transmitter erst mal aus dem Knast heraus zurück zu euerem Bus an den Strand beamen. Wir befürchten, dass es bei unserer Aktion echt Stress geben könnte. Wie wir gerade erfahren haben, hat Amerika neu gewählt. Präsident ist zum zweiten Mal ein gewisser Donald Trump. Und der hat angeblich wirklich voll einen an der Klatsche und ist absolut unberechenbar. Der hat in seiner kurze Amtszeit schon so viel Blödsinn und dummes Zeug verzapft, das glaubt ihr

nicht! Und jetzt nicht wundern, wenn ihr plötzlich im Freien steht. Es gab dann kurz die inzwischen gewohnten Pjoiing, Knarz und Beamsky-Korsakow Geräusche. Schon saßen wir wieder im Mosquitsch Tornado. Und waren froh darüber, dass der so eine prima Panzerung hatte. Denn um uns herum brach plötzlich die Hölle los. Sämtliche Vulkane des Hawaiianischen Archipels spuckten plötzlich massig Ruß – und Staubpartikel in die Luft. Diese sammelten sich einige Kilometer über uns in einem riesigen Schutzschirm. Die Sonne kam zwar noch etwas durch. Allerdings erinnerte die Beleuchtung jetzt eher an die in einer Höhle.
Aus Richtung Pearl Harbour hörten wir mehrmals ein lautes Ploppen. Dieses Geräusch war nur wenig später mal etwas lauter, mal viel leiser aus allen möglichen Richtungen zu hören. Aus dem Radio erfuhren wir kurz darauf, dass sich im Golf von Mexiko plötzlich wie aus dem Nichts eine neue Insel gebildet hatte. Mit einem großen Militärstützpunkt inklusive Hafen, einer Großstadt und mehreren kleineren Gemeinden.
Nur wenig später materialisierten die Deutschmann Brüder in Begleitung von Xena von Megabyte, Schraubensohn Hammerhand und einer Delegation der UGO (United Gnomes Organisation) auf dem Strand neben unserem Bus.
„Also das hier ist jetzt *Fantasy Island*? Ist ja wirklich ganz nett hier. Gibt sicher eine Menge Maloche, bis wir das hier so weit für unsere Belange umgebaut haben. Aber zusammen bekommen wir das bestimmt problemlos hin," meinte Schraubensohn Hammerhand auf seine trockene

Art. "Unsere Jungs haben allerdings ein paar Siedlungen gefunden, in denen ausschließlich Ureinwohner leben. Da die offensichtlich voll in Ordnung sind, durften die bleiben." Der Trump-Vogel Präsident drehte in den nächsten Wochen förmlich am Rad und hätte mit seiner Reaktion fast den Dritten Weltkrieg ausgelöst. Da sich seine kriegerischen Angriffe aber nur auf das amerikanisches Hoheitsgebiet beschränkten, hielten die Russen und Chinesen sich da netterweise mal raus.

War dann die nächsten Monate wie in der Werbung für Drei-Wetter-Taft.
April, Regen und Sturm: Der Schutzschirm hält!
Juni, heißer Sonnenschein: Der Schutzschirm hält!
Dezember, Schnee und Eis: Der Schutzschirm hält!

Lag wohl daran, dass der Schutzschirm seine Energie zum Großteil aus seiner unmittelbaren Umgebung bezog. Jede weitere Bombe, Rakete, Granate oder anderer militärischer Feuerwerkskram, der auf uns abgefeuert wurde, sorgte im Endeffekt nur dafür, dass sich der Schutzschirm mit mehr und mehr Energie auflud.
Und als dann tatsächlich Dutzende von Nuklear-Raketen wie mickrige Zisselmännchen vom Schutzschirm quasi aufgesogen und rückstandslos ohne Reststrahlung verdaut wurden, sah selbst der Bekloppte mit der Orangenhaut und der seltsamen Donald-Duck-Frisur in Washington ein, dass für ihn in Sachen militärischer Intervention so langsam das

Ende der Fahnenstange erreicht war.
Das Bombardement wurde eingestellt. Man bot uns noch am folgenden Tag Friedensverhandlungen an. Uns war klar, dass dabei sofort Reparationszahlungen in Milliardenhöhe geltend gemacht würden. „Ich habe da so ne Idee! DEM machen wir jetzt so richtig einen fertig," sagte der Captn und rieb sich dabei mit dem Zeigefinger die Nase wie Wickie aus Flake. „Dieser Knilch steht doch so unheimlich auf Gold. Hattet ihr nicht erwähnt, das nahe des Erdmittelpunktes ein Mineralvorkommen mit Millionen Tonnen von Nongoldit existiert? Was auf den ersten Blick zwar aussieht und fast exakt dieselben Eigenschaften aufweist, wie echtes Gold? Bieten wir dem Knallfrosch doch einen großen Batzen davon an. Der muss ja nicht unbedingt wissen, dass sich Nongoldit bei Kontakt mit der normalen Sauerstoff-Atmosphäre der Welt nach spätestens einem Jahr explosionsartig in seine Bestandteile zerlegt. Nämlich in nach faulen Eiern riechendes Ammoniak-Gas, zähflüssige Gülle und nasse Holzkohlenbriketts."

GUUUTE IDEE! Wir stiegen also mit einem Startgebot von zunächst einmal 10000 Tonnen Gold in die Verhandlungen ein. Ließen uns dann aber, wie es schien, im weiteren Verlauf irgendwann widerwillig darauf ein, noch eine Null dranzuhängen. Womit die hawaiianische Inselgruppe genau am 15. Mai 2023 für 100000 Tonnen glitzernder Mineralien offiziell und völlig legal den Besitzer wechselte.

Auch die Bunte Republik Deutschland, Russland, China und Mordkorea erhielten von uns im Austausch gegen normale Gebrauchsgüter wie Flachbildfernsehern, Wollsocken, Sonnenschirmen, Strandliegen, Gitarrensaiten, Wasserflugzeugen, Surfbrettern und anderen Luxusartikeln größere Lieferungen von Nongoldit. Was dem getoasteten Erpel in Washington ziemlich auf den Sack ging und so gar nicht in den Kram passte. Konnte uns aber so was von direkt am Arsch vorbei gehen. Denn seine zweite Amtszeit endete genau am Morgen des 15. Mai im Jahre des Herrn 2024. Genau in diesem Augenblick wurde er wegen *„Endgültig zu viel Scheiße am Schuh"* abgesetzt. War dann wohl doch *„Ein mieser Effekt zu viel"*.
Mike McNamara war an diesem Tag zu Fuß als einer der Wachposten in Fort Knox unterwegs auf Streife. Ihm taten die Füße weh. Die USA verfügten jetzt über so viele Goldreserven, dass Fort Knox um das Doppelte seiner vorherigen Größe erweitert werden musste. Dementsprechend länger gestalteten sich nun seine gemeinsamen Streifengänge mit Corporal James Gunn. Die folgende Unterhaltung übersetze ich aufgrund der besseren Lesbarkeit vom amerikanischen Englisch besser sofort ins Deutsche: „Scheiße! Das müffelt hier nach Scheiße. Und nach faulen Eiern. Ich will ja nichts sagen, aber wäre echt klasse, wenn du wenigstens einmal pro Monat deine Socken und die Unterwäsche wechseln würdest. Da bekommt man bei dem heißen Wüstenklima

hier ja fast unvermeidlich Nasenkrebs," meinte Sergeant McNamara. „Da liegst du definitiv falsch. Ich war gerade heute früh noch duschen, habe mich frisch rasiert und neue Unterwäsche und Socken angezogen. Hör mal. Muss das eigentlich so sein, dass das neue Gebäude mit dem Gnomengold gerade schmilzt?" fragte James Gunn. „Und der Gestank hier ist ja wirklich kaum noch auszuhalten."
Während der Gestank des sich in seine Bestandteile auflösenden Nongoldits die Gegend um Fort Knox herum in ein übelst stinkendes Inferno verwandelte, fielen sämtliche Wachposten in Fort Knox erst einmal kollektiv in Ohnmacht. Sergeant McNamara brachte kurz bevor er in Ohnmacht fiel noch hervor: „Hey Klasse! Ernie und Bert Socken. Die finde ich so was von prima! Stöööhn."
Nur wenige Wochen später lösten sich die Goldreserven von China, Russland, der Bunten Republik Deutschland und Mordkorea ebenfalls unter heftiger Geruchsentwicklung explosionsartig in Müll auf. Die Weltordnung hatte sich durch uns komplett verändert.

Wir waren auf unserer Reise tatsächlich viel länger als zunächst geplant unterwegs gewesen. Hatten neue Freunde gewonnen, viel erlebt und alles in allem unter Tage eine wirklich gute Zeit gehabt.

Epilog:

Ich könnte noch länger an diesem Roman herum doktern. Aber ich zähle euch hier einfach nur noch kurz auf, was dann später alles noch passiert ist:
Die Gnome aus alle Teilen der völlig unterschiedlichen, unterirdischen Welten bildeten sehr schnell zusammen eine neue Nation auf Hawaii und den umliegenden Inseln. Wider Erwarten entwickelten sie innerhalb weniger Monate doch weitgehend eine Unempfindlichkeit gegen Sonnenstrahlen. Lichtschutzfaktor 30 reichte nun völlig aus, um sich in einer Hängematte zu aalen und danach noch locker eine Runde surfen zu gehen. Die Vulkane hatten schon länger keinen Ruß mehr ausgestoßen. Der Schutzschirm klärte sich immer weiter auf, bis wieder die normale Sonne und Wolken zu sehen waren. Was gut für die heimische Flora und Fauna war. Denn die konnte deshalb so bleiben, wie sie war. Obwohl die Deutschmann-Brothers sich nicht lumpen ließen und zusammen mit den Nazi-Zwergen völlig neue Tierarten an den Start brachten:
Den Plastik-Kauknochen. Eine Art Spulwurm, der sich nun vom Mikroplastik im Meer ernährte. So wie den Kokos-Krabbler. Der sich leicht dazu abrichten ließ, reife Nüsse von den Palmen zu pflücken. Diese und weitere ihrer Erfindungen sorgten im Laufe der kommenden Jahre dafür, das nicht nur Hawaii, sondern auch der Rest der Welt seine Umweltprobleme in den Griff bekam.
Wir waren schon letztes Jahr nach Abschluss der bilateralen Verhandlungen und Reparationsgespräche endgültig nach Hause zurückgekehrt. Aber nur noch Lünen-Süd war dann

doch irgendwie Kacke. In diesem Zusammenhang danke ich den Gebrüdern Deutschmann, die für uns direkt neben meiner Laube einen Teleporter installiert haben, der uns auf Wunsch jederzeit direkt ins Hardrock Cafe in Gnomingo Bay transportiert. Da gab es regelmäßig alle drei Monate die OHRWURM GMBH live on Stage.

Das Leben kehrte für uns so langsam wieder in normale Bahnen zurück. Die Welt war fürs Erste gerettet.

Die Gnome lieferten Regenmaschinen in Regionen, die unter Dürre-Perioden litten. Sie entwickelten auch neue, ertragreiche Nutzpflanzen und sorgten dadurch netterweise dafür, dass es auf der Welt schrittweise voran ging und mit der Zeit immer besser wurde.

Friede, Freude, Kartoffelpuffer mit Apfelmus oder Lachs?

Also, dafür erst einmal ein fettes JA, SICHA!

Leider war es für uns damit immer noch nicht erledigt, was neue Abenteuer angeht. Aber das kriegen wir dann später im nächsten Roman.

In diesem Buch hier ist damit jedenfalls erst einmal:

SCHICHT AM SCHACHT!

Im nächsten Roman geht es für uns ab in den Welt-Aal. Sorry. Meinte natürlich das Weltall. Handelt grob gesagt von einer Rettungsmission galaktischen Ausmaßes, in die wir völlig unvorbereitet und absolut gegen unseren Willen hineingezogen werden. Sozusagen eine Space Opera mit einigen neuen Hauptdarstellern, massenhaft extrem verhaltensgestörten Bösewichten sowie verdrehten, oftmals unlogischen Handlungssträngen, einer Menge abgefahrener Ideen und (sorry) wieder einmal vielen Kraftausdrücken.

Hier ein kurzer Blick in den nächsten Roman:

Imperator Chuztriktel Schanckawullitan hatte es schon heute Morgen auf dem Gnarfelstuhl geahnt: "Schwarzer Gnarfel! Ein unheilverkündender schwarzer Gnarfelhucken!" Das bedeutete sicher nichts Gutes für den heutigen Tag. Beim Frühstück stieß er dann noch mit dem Gnappen so unglücklich gegen das Hortpofften, dass er vor Schmerz aufschrie: „Welcher Fartklumpen hat das hier hingestellt? Sucht ihn! Ich will Blut sehen! Schneidet ihm zuerst die Kufenknörtzel ab, und anschließend tötet, köpft und vierteilt ihr ihn. Ist mir scheißegal, in welcher Reihenfolge! Und vergesst nicht, ihm vorher noch die linken Hurtzdrüsen und die Ballawupsen zu amputieren! Macht das ordentlich! Die will ich unbedingt für meine private Sammlung haben!"

Damit hätten wir also den ersten von vielen unangenehmen Zeitgenossen kurz vorgestellt, mit denen wir uns im nächsten Roman herumärgern müssen ... Euer Onkel Ralle.

Zum Autor:

Ralf Vennemann, geboren am 24. September 1958 in Lünen. Zechenhausbesitzer, Hundenarr, Bücherwurm und Hobby-Schreiner. Verheiratet, eine Tochter. Musiker. Gitarrist und Sänger in einer Akustikband. Pensionierter Polizeibeamter, war u.a. bei der Kripo, im Streifendienst und als Verkehrssicherheitsberater tätig. Entdeckte schon als Kind seine Liebe zu Büchern und der Literatur. Als Romanautor allerdings ein absoluter Spätstarter. Dieser Roman entstand in der Zeit von Januar 2024 bis Ende Juni 2025. Den nächsten habe ich dann hoffentlich schneller fertig.

ISBN 978-3-8197-6463-9
9 783819 764639 00002
www.epubli.com